Todos os belos cavalos

Cormac McCarthy

Todos os belos cavalos

TRADUÇÃO
Marcos Santarrita

2ª reimpressão

Grafia atualizada segundo o Acordo Ortográfico da Língua Portuguesa de 1990, que entrou em vigor no Brasil em 2009.

Título original
All the Pretty Horses

Capa
Christiano Menezes

Preparação
Ana Kronemberger

Revisão
Dan Duplat
Adriana Bairrada

Dados Internacionais de Catalogação na Publicação (CIP)
(Câmara Brasileira do Livro, SP, Brasil)

McCarthy, Cormac
Todos os belos cavalos / Cormac McCarthy ; tradução Marcos Santarrita. — 1ª ed. — Rio de Janeiro : Alfaguara, 2017.

Título original: All the Pretty Horses.
ISBN 978-85-5652-046-3

1. Ficção norte-americana I. Santarrita, Marcos. II. Título.

17-05173 CDD-813

Índice para catálogo sistemático:
1. Ficção : Literatura norte-americana 813

EDITORA SCHWARCZ S.A.
Praça Floriano, 19, sala 3001 — Cinelândia
20031-050 — Rio de Janeiro — RJ
Telefone: (21) 3993-7510
www.companhiadasletras.com.br
www.blogdacompanhia.com.br
facebook.com/editora.alfaguara
instagram.com/editora_alfaguara
twitter.com/alfaguara_br

Todos os belos cavalos

I

A chama da vela e a imagem da chama da vela refletida no espelho do aparador curvaram-se e aprumaram-se quando ele entrou na sala e de novo quando fechou a porta. Ele tirou o chapéu e adiantou-se devagar. As tábuas do assoalho rangeram sob as botas. De terno negro, ficou de pé diante do vidro escuro onde os lírios se curvavam muito pálidos no vaso de cristal cinturado. Das paredes do frio corredor pendiam os retratos dos antepassados que ele mal conhecia emoldurados em vidro e pouco iluminados acima dos estreitos lambris. Ele baixou os olhos para o toco de vela rodeado de cera derretida. Pressionou o polegar na poça de cera sobre o verniz do carvalho. Por fim olhou o rosto muito murcho e franzido entre as dobras da mortalha, o bigode amarelado, as pálpebras finas como papel. Aquilo não era dormir. Aquilo não era dormir.

Lá fora estava escuro e frio e sem vento. Um bezerro mugiu ao longe. Ele continuou de pé com o chapéu na mão. O senhor nunca penteou o cabelo desse jeito quando estava vivo, disse.

Dentro de casa não se ouvia um som a não ser o tique-taque do relógio na cornija da lareira na sala da frente. Ele saiu e fechou a porta.

Escuro e frio e sem vento e um fino recife cinzento que começava na borda oriental do mundo. Ele andou até a pradaria e por um longo tempo ficou de pé segurando o chapéu como um pedinte à escuridão que cobria a todos.

Quando se virou, ouviu o trem. Parou e esperou. Sentia-o debaixo dos pés. Vinha do leste a varar a escuridão como um satélite obsceno do sol que nasceria berrando e uivando ao longe e o comprido facho do farol correndo no meio do emaranhado de galhos de algarobos e fazendo emergir da noite a interminável cerca ao longo da linha principal e sugando-a de volta arame e mourão milha a milha para dentro da escuridão atrás onde a fumaça da caldeira se desfazia lentamente no tênue novo horizonte e o som vinha em seguida e ele ainda estava parado segurando o chapéu durante a passagem do tremor de terra olhando até o trem desaparecer. Então se virou e voltou para a casa.

Ela ergueu o olhar do fogão quando ele entrou e olhou-o de cima a baixo em seu terno. *Buenos días, guapo*, disse.

Ele pendurou o chapéu num gancho junto à porta em meio a capas de chuva e mantas e peças diversas de arreios e aproximou-se do fogão e pegou seu café e levou-o para a mesa. Ela abriu o forno e tirou uma bandeja de pães doces que fizera e os colocou num prato e foi depositá-los à frente dele junto com uma faca para a manteiga e passou a mão na nuca dele antes de voltar ao fogão.

Obrigado por ter acendido a vela, ele disse.

Cómo?

La candela. La vela.

No fui yo, disse ela.

La señora?

Claro.

Ya se levantó?

Antes que yo.

Ele tomou seu café. Lá fora surgia uma luz granulada e Arturo vinha subindo em direção à casa.

Ele viu seu pai no funeral. Parado sozinho do outro lado da trilha de cascalho junto à cerca. A certa altura foi até seu carro na rua. Depois voltou. Soprara um vento norte no meio da manhã e ciscos de neve misturavam-se com a poeira no ar e as mulheres sentadas seguravam os chapéus. Haviam armado um toldo sobre o lugar da sepultura mas o vento vinha de lado e não adiantava nada. A lona balançava e batia e as palavras do pregador perdiam-se no vento. Quando acabou e os enlutados se levantaram para ir embora as cadeiras de lona em que se sentavam saíram rolando por entre os túmulos.

À tardinha ele selou o cavalo e partiu de casa rumo ao oeste. O vento diminuíra bastante e fazia muito frio e o sol fulgia rubro e enviesado sob os recifes de nuvem vermelho-sangue à frente. Cavalgou onde sempre gostava de cavalgar, lá onde a bifurcação oeste da velha trilha comanche que descia da região dos kiowa no norte atravessava o extremo oeste da fazenda e se via sua linha tênue seguindo para o sul pela baixa pradaria entre as bifurcações norte e do meio do rio Concho. Na hora de que sempre gostava quando as sombras se alongavam e a antiga trilha se estendia à sua frente na luz rósea e enviesada como um sonho do passado em que os potros pintados e os cavaleiros daquela nação perdida desciam do norte com os rostos caiados e os compridos cabelos em tranças e todos armados para a guerra que era a vida deles e as mulheres e crianças e as mulheres com crianças de peito todas juradas de sangue e só em sangue redimíveis. Quando o vento vinha do norte era possível ouvi-los, os cavalos e o resfolegar dos cavalos e os cascos dos cavalos calçados de couro cru e o matraquear das lanças e o arrastar constante dos trenós na areia como a passagem de uma enorme serpente e os jovens nus sobre vistosos cavalos selvagens parecendo cavaleiros de circo e tocando os cavalos velhos à frente e os cachorros trotando com a língua de fora e os escravos a pé seguindo seminus e sobrecarregados e acima de tudo o canto baixo do hino da jornada que os cavaleiros cantavam enquanto seguiam, nação e fantasma de nação a cruzar num baixo coral aquele deserto mineral rumo às trevas levando perdida para toda a história e toda a lembrança como um graal a soma de suas vidas seculares e transitórias e violentas.

Cavalgou com o sol acobreando seu rosto e o vento rubro soprando do oeste. Dobrou para o sul pela velha trilha de guerra e subiu ao topo de uma pequena elevação e desmontou e soltou as rédeas e afastou-se um pouco e parou como alguém que chegava ao fim de algo.

Viu uma velha caveira de cavalo no matagal e agachou-se e pegou-a e virou-a nas mãos. Frágil e quebradiça. Papel branco descorado. Ficou agachado à luz comprida segurando-a, os dentes de história em quadrinhos soltos nos encaixes. As juntas do crânio parecendo uma solda irregular das placas cranianas. O silencioso fio de areia escorrendo da caixa craniana quando a virou.

Do que ele gostava nos cavalos era o mesmo de que gostava nos homens, o sangue e o calor do sangue que neles corria. Dedicava todo o seu respeito e todo o seu carinho e todas as inclinações de sua vida aos que tinham coração ardente e sempre seria assim e nunca de outro jeito.

Voltou cavalgando no escuro. O cavalo apertou o passo. A última luz do dia abria-se lentamente em leque sobre a planície atrás e voltava a retirar-se pelas bordas do mundo num refrescante azul de sombra e crepúsculo e frio e uns últimos e poucos chilreios de pássaros isolados no matagal escuro e emaranhado. Tornou a cruzar a velha trilha e teve de virar o cavalo para a planície e a casa mas os guerreiros continuariam a cavalgar naquela escuridão em que se transformariam, passando com seus instrumentos de guerra da Idade da Pedra a matraquear sem qualquer substância e cantando baixinho no sangue e ansiando pelo México ao sul além das planícies.

A casa fora construída em mil oitocentos e setenta e dois. Setenta e sete anos depois seu avô ainda era o primeiro homem a morrer nela. Os outros que ali tinham sido velados eram trazidos em cima de uma porta ou embrulhados numa lona de carroça ou entregues encaixotados numa caixa de pinho cru com um carroceiro parado na porta com a conta do carreto. Isso os que chegavam. Na maior parte, estavam mortos segundo boatos. Uma tira de jornal amarelada. Uma carta. Um telegrama. A fazenda original tinha dois mil e trezentos acres segundo a medição do velho Meusebach da concessão Fisher-Miller, a casa original era uma toca de um cômodo de gravetos e varas. Isso fora em mil oitocentos e sessenta e seis. Naquele mesmo ano o primeiro gado fora tangido pelo que ainda era Bexar County e cortara a ponta norte da fazenda rumo a Fort Sumner e Denver. Cinco anos depois seu avô enviara seiscentos novilhos pela mesma trilha e com o dinheiro construíra a casa e a essa altura a fazenda já tinha dezoito mil acres. Em mil oitocentos e oitenta e três passou-se o primeiro arame farpado. Em oitenta e seis os búfalos já haviam desaparecido. Naquele mesmo inverno uma séria mortandade. Em oitenta e nove Fort Concho fora desmantelado.

Seu avô fora o mais velho de oito rapazes e o único a passar dos vinte e cinco anos de idade. Afogados, baleados, escoiceados por cavalos. Morreram em incêndios. Parece que só tinham medo de morrer na cama. Os dois últimos tinham sido mortos em Porto Rico em mil oitocentos e noventa e oito e naquele ano ele casara e trouxera a noiva para a fazenda e deve ter saído e ficado parado a olhar suas posses e a refletir sobre os longos caminhos de Deus e as leis da primogenitura. Doze anos depois, quando a esposa fora levada por uma epidemia de gripe, ainda não haviam tido filhos. Um ano depois casara-se com a irmã mais velha da esposa morta e com mais um ano nascera a mãe do rapaz e fora o único nascimento. O nome Grady foi enterrado com o homem naquele dia em que o vento norte soprou as cadeiras de lona sobre a grama morta do cemitério. O rapaz chamava-se Cole. John Grady Cole.

Ele se encontrou com o pai no saguão do St. Angelus e saíram andando pela Chadbourne Street até o Eagle Café e sentaram-se num reservado nos fundos. Algumas pessoas às mesas pararam de conversar quando eles entraram. Alguns homens cumprimentaram o pai com a cabeça e um deles disse o seu nome.

A garçonete chamava todo mundo de boneco. Anotou os pedidos e flertou com ele. O pai pegou os cigarros e acendeu um e pôs o maço na mesa e o isqueiro Zippo da Terceira Infantaria em cima e encostou e ficou fumando e encarando. Ele disse ao pai que o tio Ed Alison fora ao pregador depois do funeral e apertara a mão dele, os dois ali parados segurando os chapéus e curvados trinta graus sob o vento como personagens de teatro de variedades enquanto a lona balançava e rugia em torno deles e os participantes do funeral correndo atrás das cadeiras, e o tio curvara-se sobre o rosto do pregador e gritara-lhe que fora bom terem feito o enterro naquela manhã porque do jeito que iam as coisas aquilo podia virar uma verdadeira tempestade antes do fim do dia.

O pai riu em silêncio. Depois começou a tossir. Tomou um gole de água e ficou sentado fumando e balançando a cabeça.

Quando Buddy voltou da fronteira me disse que uma vez parou de ventar lá em cima e todas as galinhas caíram.

A garçonete trouxe o café deles. Aí está, bonecos, disse. Já vou pegar o pedido de vocês daqui a pouco.

Ela foi pra San Antonio, disse o rapaz.
Não chame ela de ela.
Mamãe.
Eu sei.
Tomaram o café.
Que pensa fazer?
Sobre o quê?
Sobre qualquer coisa.
Ela pode ir pra onde quiser.
O rapaz o observava. O senhor não devia fumar essas coisas, disse.
O pai franziu os lábios e tamborilou os dedos na mesa e ergueu a cabeça. Quando eu resolver perguntar a você o que devo fazer, aí você vai saber que já está crescidinho o bastante pra me falar, disse.
Sim, senhor.
Precisa de algum dinheiro?
Não.
Ele observava o rapaz. Vai dar tudo certo pra você, disse.
A garçonete trouxe o jantar, grossos pratos de louça com filé e molho e batata e feijão.
Vou buscar o pão de vocês.
O pai enfiou o guardanapo na camisa.
Não era comigo que eu estava preocupado, disse o rapaz. Posso falar isso?
O pai pegou a faca e cortou o filé. É, disse. Pode, sim.
A garçonete trouxe a cestinha de pão e colocou-a na mesa e foi embora. Eles comeram. O pai não comia muito. Após algum tempo empurrou o prato com o polegar e pegou outro cigarro e bateu-o no isqueiro e o colocou na boca e acendeu.
Você pode dizer qualquer coisa que passar pela sua cabeça. Diabos. Pode me encher o saco por causa do cigarro se quiser.
O rapaz não respondeu.
Sabe que não é o que eu queria, não sabe?
É. Eu sei.
Está cuidando bem de Rosco?
Ele não tem cavalgado.

Por que não vamos sábado?
Tudo bem.
Você não precisa ir se tiver outra coisa pra fazer.
Não tenho mais nada pra fazer.
O pai fumava, ele o observava.
Não precisa ir se não quiser, disse.
Eu quero.
Você e Arturo podem carregar e me pegar na cidade?
Claro.
Que horas?
Que horas o senhor se levanta?
Qualquer hora.
Estaremos lá às oito.
Vou estar pronto.
O rapaz balançou a cabeça. Continuou comendo. O pai olhou em volta. Vai saber com quem a gente tem que falar neste lugar pra arranjar um café, disse.

Ele e Rawlins haviam tirado as selas e soltado os cavalos na escuridão e deitavam-se nas mantas dos animais e usavam as selas como travesseiros. A noite era fria e límpida e as faíscas que subiam da fogueira passavam quentes e rubras entre as estrelas. Eles ouviam os caminhões na autoestrada e conseguiam ver o reflexo das luzes da cidade no deserto vinte e cinco quilômetros ao norte.

Que pensa fazer?, perguntou Rawlins.
Não sei. Nada.
Não sei o que você espera. Ele é dois anos mais velho que você. Tem seu próprio carro e tudo.
Não tem nada com ele. Nunca teve.
Que foi que ela disse?
Não disse nada. Que ia dizer? Não tem nada a dizer.
Bem, não sei o que você espera.
Eu não espero nada.
Não vai sábado?
Não.

Rawlins tirou um cigarro do bolso da camisa e sentou-se e pegou uma brasa da fogueira e acendeu o cigarro. Ficou sentado fumando. Eu não deixaria que ela se aproveitasse de mim, disse.

Bateu a cinza da ponta do cigarro no salto da bota.

Ela não vale isso. Nenhum deles vale.

Ele não respondeu por algum tempo. Depois disse: Valem, sim.

Quando voltou ele esfregou e acomodou o cavalo e dirigiu-se para a casa pela cozinha. Luisa fora para a cama e a casa estava em silêncio. Ele pôs a mão no bule de café para ver se estava quente e pegou e encheu uma xícara e atravessou o corredor.

Entrou no gabinete do avô e foi até a mesa e acendeu a lâmpada e sentou-se na velha cadeira giratória de carvalho. Sobre a mesa havia um antigo calendário de latão montado em rodas que mudava as datas quando a gente o rodava sobre a base. Ainda marcava treze de setembro. Um cinzeiro. Um peso de papel de vidro. Um mata-borrão com a inscrição Palmer Feed and Supply. O retrato de formatura de ginásio de sua mãe numa pequena moldura de prata.

O cômodo recendia a fumaça velha de charuto. Ele recostou-se e apagou o pequeno abajur de latão e ficou sentado na escuridão. Pela janela da frente via a pradaria à luz das estrelas estendendo-se para o norte. As negras cruzes dos postes telefônicos encangavam-se ao longo das constelações de leste a oeste. O avô dizia que os comanches cortavam os fios e os emendavam com crina de cavalo. Ele se recostou e cruzou as botas no tampo da mesa. Relâmpagos secos no norte, a sessenta quilômetros de distância. O relógio bateu onze horas na sala da frente, depois do corredor.

Ela desceu a escada e parou à porta do gabinete e ligou o interruptor da luz na parede. Vestia seu robe e ficou parada com os braços cruzados, os cotovelos nas palmas das mãos. Ele ergueu o olhar para ela e tornou a olhar para a janela.

Que está fazendo?, ela perguntou.

Sentado.

Ela ficou ali parada dentro de seu robe por um longo tempo. Depois se virou e atravessou o corredor e tornou a subir a escada. Quando ele a ouviu fechar a porta levantou-se e apagou a luz.

Ainda houve uns poucos dias quentes e por vezes à tarde ele e o pai sentavam-se no quarto do hotel nos móveis de vime branco com a janela aberta e as cortinas de crochê fino enfunando-se no quarto e tomavam café e o pai punha um pouco de uísque dentro de sua xícara e ficava sentado bebericando e fumando e olhando a rua lá embaixo. Carros de prospecção de petróleo paravam ao longo da rua parecendo vir de zonas de combate.

Se o senhor tivesse dinheiro comprava?, perguntou o rapaz.

Eu tinha e não comprei.

Está falando dos atrasados do Exército?

Não. Depois disso.

Qual foi a maior quantia que já ganhou?

Você não precisa saber. Pegar maus hábitos.

Quer que eu traga o tabuleiro de xadrez uma tarde dessas?

Não tenho paciência pra jogar.

Tem paciência pra jogar pôquer.

Isso é diferente.

Qual é a diferença?

A grana, essa é a diferença.

Calaram-se.

Ainda tem muito dinheiro no chão lá, disse o pai. O primeiro I C Clark aberto no ano passado era um grande poço.

Bebericou seu café. Pegou os cigarros na mesa e acendeu um e olhou o rapaz e depois a rua de novo. Após algum tempo, disse:

Ganhei vinte e seis mil dólares em vinte e duas horas de jogo. Quatro mil dólares na última parada, três de nós pagando. Dois caras de Houston. Ganhei a mão com três rainhas.

Virou-se e olhou o rapaz. Ele continuava sentado à sua frente com a xícara a meio caminho da boca. Voltou-se e tornou a olhar pela janela. Não tenho um vintém disso, disse.

Que acha que eu posso fazer?

Não creio que possa fazer muita coisa.

Vai falar com ela?

Não posso falar com ela.

Podia falar.

A última conversa que a gente teve foi em San Diego, Califórnia, em mil novecentos e quarenta e dois. Não é culpa dela. Não sou mais o que era antes. Gostaria de pensar que sim. Mas não sou.

É por dentro. Por dentro o senhor é.

O pai tossiu. Tomou um gole de sua xícara. Por dentro, disse.

Ficaram calados por um longo tempo.

Ela está numa peça ou algo assim por lá.

É. Eu sei.

O rapaz pegou o chapéu no chão e o pôs no joelho. É melhor eu voltar, disse.

Você sabe que eu tinha aquele velho em alta conta, não sabe?

O rapaz olhou pela janela. Sei, disse.

Não venha chorar pra cima de mim agora.

Não estou chorando.

Bem, não chore.

Ele nunca desiste, disse o rapaz. Foi ele que me disse pra não fazer. Disse não vamos fazer um funeral antes de ter alguma coisa pra enterrar, mesmo que sejam só os trapos dele. Estavam acertando pra dar suas roupas.

O pai sorriu. É melhor fazerem isso, disse. A única coisa que me servia eram as botas.

Ele sempre achou que vocês iam voltar um pro outro.

É, sei que achava.

O rapaz levantou-se e pôs o chapéu. É melhor eu voltar, disse.

Ele se metia em brigas por causa dela. Mesmo já velho. Qualquer um que dissesse alguma coisa dela. Se ele soubesse. Não era nem digno.

É melhor eu ir indo.

Bem.

Ele tirou os pés da balaustrada da janela. Eu acompanho você até lá embaixo. Preciso pegar o jornal.

Ficaram parados no saguão de ladrilhos, enquanto o pai passava os olhos pelas manchetes.

Como pode Shirley Temple estar se divorciando?, perguntou.

Ergueu o olhar. Crepúsculo de início de inverno nas ruas. Eu podia cortar o cabelo, disse.

Olhou para o rapaz.

Sei como você se sente. Me senti do mesmo jeito.

O rapaz balançou a cabeça. O pai tornou a olhar o jornal e o dobrou.

O Bom Livro diz que os mansos herdarão a terra, e espero que isso provavelmente seja verdade. Não sou muito moderno, mas vou dizer uma coisa. Estou longe de acreditar que seja algo tão bom assim.

Olhou o rapaz. Tirou a chave do bolso do paletó e a entregou a ele.

Vá lá em cima. Tem uma coisa pra você no armário.

O rapaz pegou a chave. Que é?, perguntou.

Só uma coisa que comprei pra você. Ia lhe dar no Natal mas estou cansado de viver topando com ela.

Sim, senhor.

De qualquer modo você parece que precisa de um pouco de estímulo. É só entregar a chave na recepção quando descer.

Sim, senhor.

Até logo.

Tudo bem.

Ele tornou a subir no elevador e atravessou o corredor e enfiou a chave na porta e foi ao armário e o abriu. No chão com dois pares de botas e um monte de camisas sujas havia uma sela Hamley Formfitter novinha em folha. Ele a pegou pelo arção e fechou o armário e levou--a até a cama e desenrolou-a e ficou admirando.

Fogo do inferno e danação, disse.

Deixou a chave na portaria e cruzou a porta da rua com a sela no ombro.

Desceu a South Concho Street e largou a sela no chão e ficou parado na frente dela olhando-a. Acabava de escurecer e as luzes dos postes haviam se acendido. O primeiro veículo a passar foi um caminhão Ford Modelo A que parou derrapando de lado nos freios mecânicos e o motorista se curvou no banco e abriu a outra janela pela metade e trovejou para ele com uma voz de uísque: Joga esse troço na carroceria, vaqueiro, e sobe aí.

Sim, senhor, ele disse.

Choveu toda a semana seguinte e depois clareou. Em seguida voltou a chover. A chuva batia sem piedade no duro chapado das planícies. A água cobriu a ponte sobre a autoestrada em Cristoval e a estrada foi fechada. Enchentes em San Antonio. Com a capa de chuva do avô ele foi a cavalo até o pasto de Alicia onde a cerca sul estava mergulhada até o arame de cima. O gado de pé ilhado fitando tristemente o cavaleiro. Redbo ficou parado olhando tristemente o gado. Ele apertou os flancos do cavalo com os saltos das botas. Vamos, disse. Não gosto mais disso que você.

Ele e Luisa e Arturo comiam na cozinha quando ela estava fora. Por vezes à noite após o jantar ele caminhava até a estrada e pegava uma carona até a cidade e andava pelas ruas e ficava parado diante do hotel na Beauregard Street e olhava a janela no quarto andar lá em cima onde a forma ou a sombra do pai passava por trás das finas cortinas e dava a volta e tornava a passar como um urso de lata numa galeria de tiro só que mais devagar, mais fina, mais agoniada.

Quando ela retornou eles voltaram a comer na sala de jantar, os dois nos extremos opostos da comprida mesa de nogueira e Luisa os servia. Ela levou os últimos pratos e voltou-se da porta.

Algo más, señora?

No, Luisa. Gracias.

Buenas noches, señora.

Buenas noches.

A porta fechou-se. O relógio tiquetaqueava. Ele ergueu o olhar.

Por que não pode me arrendar a fazenda?

Arrendar a fazenda a você.

É.

Achei que eu tinha dito que não queria discutir isso.

É um novo assunto.

Não, não é, não.

Eu lhe dava o dinheiro todo. A senhora podia fazer o que quisesse.

O dinheiro todo. Você não sabe do que está falando. Não tem dinheiro nenhum. Este lugar mal pagou as despesas durante vinte anos. Nenhum branco trabalha aqui desde antes da guerra. De qualquer modo você tem dezesseis anos, não pode dirigir uma fazenda.

Posso, sim.

Está sendo ridículo. Precisa ir pra escola.

Ela pôs o guardanapo na mesa e empurrou a cadeira para trás e levantou-se e saiu. Ele empurrou a xícara de café à sua frente. Recostou-se na cadeira. Na parede defronte acima do aparador havia um quadro a óleo de cavalos. Meia dúzia deles irrompia num curral de mourões e tinham longas crinas açoitadas e olhos loucos. Haviam sido copiados de um livro. Tinham o comprido focinho andaluz e os ossos da cara mostravam sangue árabe. Viam-se as garupas dos poucos à frente, traseiras boas e suficientemente pesadas para dar um cavalo de primeira. Como se talvez tivessem limalha de aço no sangue. Mas nada mais combinava e jamais houvera um cavalo assim que ele tivesse visto e certa vez perguntara ao avô que tipo de cavalos eram aqueles e o avô erguera o olhar do prato para o quadro como se nunca o tivesse visto antes e dissera são cavalos de livro de figuras e continuara comendo.

Ele subiu a escada até o mezanino e encontrou o nome de Franklin num arco de letras estampado no vidro fosco e tirou o chapéu e girou a maçaneta e entrou. A garota à mesa ergueu os olhos.

Vim falar com o senhor Franklin, ele disse.

Tem hora marcada?

Não, senhora. Ele me conhece.

Como se chama?

John Grady Cole.

Só um minuto.

Ela entrou na outra sala. Depois saiu e balançou a cabeça.

Ele se levantou e atravessou a sala.

Entra, filho, disse Franklin.

Ele entrou.

Senta aí.

Ele sentou.

Quando ele disse o que tinha a dizer Franklin recostou-se e olhou pela janela. Balançou a cabeça. Voltou-se e cruzou as mãos na mesa à sua frente. Em primeiro lugar, disse, não tenho liberdade para assessorar você. Isso se chama conflito de interesses. Mas acho que posso lhe dizer que aquilo é propriedade dela e ela pode fazer o que quiser com ela.

Eu não tenho nenhuma voz.

Você é menor.

E meu pai.

Franklin tornou a recostar-se. É uma questão pegajosa, disse.

Eles não são divorciados.

São, sim.

O rapaz ergueu o olhar.

É uma questão de conhecimento público logo não creio que seja quebra de confiança. Saiu no jornal.

Quando?

Foi concluído há três semanas.

Ele baixou os olhos. Franklin o observava.

Foi concluído antes da morte do velho.

O rapaz balançou a cabeça. Entendo o que quer dizer, disse.

É um negócio chato, filho. Mas acho que é assim que vai ser.

O senhor não podia conversar com ela?

Já conversei.

Que foi que ela disse?

Não importa o que disse. Não vai mudar de ideia.

Ele balançou a cabeça. Ficou sentado olhando o chapéu.

Filho, nem todo mundo acha que a vida numa fazenda de gado no oeste do Texas é a segunda coisa melhor depois de morrer e ir pro céu. Ela não quer viver lá, só isso. Se fosse uma coisa que desse dinheiro seria diferente. Mas não é.

Podia ser.

Bem, não quero entrar numa discussão sobre isso. De qualquer modo, ela é uma mulher jovem e o que imagino é que gostaria de ter um pouco mais de vida social do que teve de se acostumar a ter.

Ela tem trinta e seis anos.

O advogado recostou-se. Girou de leve na cadeira, bateu no lábio inferior com o indicador. A culpa é dele mesmo, porra. Assinava todo papel que punham na frente dele. Jamais levantou um dedo pra se salvar. Diabos, eu não podia dizer a ele. Disse a ele pra arranjar um advogado. Disse? Implorei a ele.

É, eu sei.

Wayne me disse que ele deixou de ir ao médico.

Ele balançou a cabeça. É. Bem, obrigado pelo seu tempo.

Sinto não ter notícias melhores pra você. Fique à vontade pra falar com outra pessoa.

Tudo bem.

Que está fazendo fora da escola hoje?

Faltei.

O advogado balançou a cabeça. Bem, disse. Isso explica.

O rapaz levantou-se e pôs o chapéu. Obrigado, disse.

O advogado levantou-se.

Tem coisas neste mundo que a gente não pode dar jeito, disse. E acho que provavelmente esta é uma delas.

É, disse o rapaz.

Depois do Natal ela vivia fora o tempo todo. Ele e Arturo e Luisa sentavam-se na cozinha. Luisa não podia falar do assunto sem chorar e por isso não falavam. Ninguém sequer dissera à mãe dela, que vivia na fazenda desde antes da virada do século. Finalmente Arturo foi obrigado a dizer-lhe. Ela ouviu e balançou a cabeça e deu as costas e foi só.

De manhã ele estava de pé na beira da estrada ao raiar do dia com uma camisa limpa e um par de meias numa sacola de couro com a escova de dentes e a navalha e o pincel de barba. A mochila pertencera ao avô e o capote revestido de manta que usava fora do pai. O primeiro carro que passou parou para ele. Ele entrou e pôs a mochila no chão e esfregou as mãos entre os joelhos. O motorista curvou-se por cima dele e testou a porta e pôs a comprida alavanca em primeira e partiram.

A porta não fecha bem. Aonde está indo?

San Antonio.

Bem, eu só vou até Brady, Texas.

Eu agradeço.

É comprador de gado?

Senhor?

O homem indicou com a cabeça a mochila com as correias e as fivelas de latão. Perguntei se é comprador de gado.

Não, senhor. É só minha mala.

Achei que talvez você fosse comprador de gado. Há quanto tempo estava ali parado?

Só alguns minutos.

O homem apontou um botão de plástico no painel que fulgia com uma cor laranja baça. Esta coisa tem um aquecedor mas não esquenta muito. Está sentindo?

Sim, senhor. Me parece muito bom.

O homem indicou com a cabeça a madrugada cinzenta e maligna. Moveu lentamente a mão nivelada à sua frente. Está vendo aquilo? perguntou.

Sim, senhor.

Ele balançou a cabeça. Eu desprezo o inverno. Jamais soube pra que serve o inverno.

Olhou para John Grady.

Você não é de falar muito, é?, perguntou.

Não muito.

Isso é bom.

Foi uma viagem de cerca de duas horas até Brady.

Atravessaram a cidade e o homem deixou-o do outro lado.

Fique na Oitenta e Sete quando chegar a Fredericksburg. Não salte na Noventa e Dois que vai dar direto em Austin. Está ouvindo?

Sim, senhor. Muito obrigado.

Fechou a porta e o homem balançou a cabeça e ergueu a mão e o carro fez a volta na estrada e retornou. O carro seguinte a passar parou e ele subiu.

Até onde vai?, perguntou o homem.

A neve caía em San Saba quando o atravessaram e também no Edwards Plateau e nos Balcones o calcário estava branco de neve e ele ficou sentado vendo os flocos cinzentos fulgirem no vidro do para-brisa na esteira do limpador. Uma lama translúcida começara a se formar na beira do asfalto e o gelo cobria a ponte sobre os Pedernales. A água verde deslizando lentamente pelas negras árvores das margens. Os algarobos à beira da estrada tão cobertos de visco que pareciam carvalhos. O motorista ia curvado sobre o volante assoviando baixinho para si mesmo. Entraram em San Antonio às três da tarde sob uma neve de açoite e ele desceu e agradeceu ao homem e subiu a rua e entrou no primeiro café que encontrou e sentou-se ao balcão e pôs a mochila no tamborete ao lado. Pegou o pequeno cardápio de papel do escaninho e abriu-o e olhou-o e olhou o relógio na parede do fundo. A garçonete pôs um copo de água à sua frente.

A hora aqui é a mesma que em San Angelo?, ele perguntou.

Eu sabia que você ia me perguntar uma coisa assim, ela disse. Tinha toda a pinta.

Não sabe?

Nunca estive em San Angelo, Texas, em minha vida.

Eu queria um cheeseburger e um milk-shake de chocolate.

Veio pro rodeio?

Não.

A hora é a mesma, disse um homem mais afastado no balcão. Ele agradeceu.

A hora é a mesma, disse o homem. A mesma hora.

Ela acabou de anotar o pedido e ergueu o olhar. Eu não iria lá por nada, ele disse.

Ele andou pela cidade debaixo da neve. Escureceu cedo. Ele ficou parado na ponte da Commerce Street vendo a neve desaparecer no rio. Ela cobria os carros estacionados e o trânsito na rua escura quase parara, só uns poucos táxis e caminhões, os faróis avançando devagar em meio à neve a cair e passando num baixo rumor de pneus. Ele foi à ACM na Martin Street e pagou dois dólares pelo quarto e subiu. Tirou as botas e colocou-as no aquecedor e tirou as meias e estendeu-as sobre o aquecedor ao lado das botas e pendurou o casaco e deitou-se na cama com o chapéu sobre os olhos.

Às dez para as oito estava parado diante da bilheteria de camisa limpa com o dinheiro na mão. Comprou uma poltrona no balcão, terceira fila, e pagou por ela um dólar e vinte e cinco.

Nunca vim aqui antes, disse.

É uma boa poltrona, disse a moça.

Ele agradeceu e entrou e entregou o ingresso ao lanterninha, que o levou para a escada atapetada de vermelho e devolveu-lhe o ingresso. Ele subiu e encontrou sua poltrona e sentou-se esperando com o chapéu no colo. O teatro estava com meia lotação. Quando as luzes diminuíram algumas das pessoas no balcão à sua volta levantaram-se e passaram para as poltronas da frente. Aí a cortina se ergueu e a mãe dele entrou por uma porta e começou a falar com uma mulher numa cadeira.

No intervalo ele se levantou e pôs o chapéu e desceu para o saguão e parou em um nicho dourado e enrolou um cigarro e ficou fumando com uma bota encostada na parede atrás. Não ignorava os olhares que se voltavam para ele dos frequentadores de teatro. Dobrara uma das pernas do jeans numa pequena concha e de vez em quando se curvava e batia nesse receptáculo a fofa cinza branca do cigarro. Viu alguns homens de botas e chapéus e cumprimentou-os gravemente com a cabeça e eles retribuíram. Após algum tempo as luzes do saguão tornaram a reduzir-se.

Ele se curvou para a frente na poltrona, os cotovelos na poltrona vazia à frente e o queixo nos antebraços e seguiu a peça com muita atenção. Achava que haveria alguma coisa na própria história que lhe diria como era ou estava se tornando o mundo mas não havia. Quando as luzes se acenderam houve aplausos e sua mãe veio à frente várias vezes e todo o elenco reuniu-se de um lado a outro do palco e deu-se as mãos e curvou-se e saiu para os bastidores. Ele ficou sentado um longo tempo no teatro vazio e depois se levantou e pôs o chapéu e saiu para o frio.

Quando saiu de manhã para tomar o café ainda estava escuro e a temperatura estava a zero. Meio palmo de neve cobria o chão em Travis Park. O único café aberto era um mexicano e ele pediu *huevos rancheros* e café e ficou sentado percorrendo com os olhos o jornal. Achou que haveria alguma coisa sobre sua mãe nos jornais mas não havia. Era o único freguês no café. A garçonete era uma mocinha que ficou olhando para ele. Quando ela serviu o prato ele largou o jornal de lado e empurrou a xícara.

Más café?, ela perguntou.

Sí por favor.

Ela trouxe o café. *Hace mucho frío*, disse.

Bastante.

Ele subiu a Broadway com as mãos nos bolsos do casaco e a gola erguida contra o vento. Entrou no saguão do Hotel Menger e sentou-se numa das poltronas e cruzou uma bota sobre a outra e abriu o jornal.

Ela atravessou o saguão lá pelas nove horas. Vinha de braço dado com um homem de terno e casaco e os dois saíram pela porta e tomaram um táxi.

Ele ficou ali sentado um longo tempo. Depois se levantou e dobrou o jornal e foi à recepção. O recepcionista ergueu o olhar.

Tem uma senhora Cole aqui?, ele perguntou.

Cole?

É.

Só um minuto.

O recepcionista deu as costas e examinou as fichas. Balançou a cabeça. Não, disse. Nenhum Cole.

Obrigado, ele disse.

Cavalgaram juntos uma última vez num dia do começo de março quando o tempo já esquentara e chapéus-mexicanos amarelos floriam na beira da estrada. Descarregaram os cavalos na casa de McCullough e atravessaram o pasto do meio ao lado do Grape Creek e subiram as colinas menores. O arroio estava claro e verde dos fios de musgo entrançados sobre os bancos de cascalho. Subiram devagar a região alta entre macegas de algarobo e nopal. Passaram do Tom Green County para o Coke County. Cruzaram a velha estrada de Schoonover e cavalgaram por entre escarpadas colinas pontilhadas de cedro, o solo coalhado de rochas, e podiam ver a neve nos tênues montes azuis cento e cinquenta quilômetros ao norte. Mal trocaram uma palavra o dia todo. O pai sentava-se meio curvado para a frente na sela segurando as rédeas numa mão a cerca de cinco centímetros do arção. Tão fino e frágil, perdido dentro das roupas. Olhando a região com aqueles olhos fundos como se o mundo ali fora tivesse sido alterado ou se tornado suspeito pelo que dele vira em outra parte. Como se talvez jamais fosse vê-lo de novo. Ou, pior, como se por fim o visse direito. Como se o visse como sempre fora, sempre seria. O rapaz que seguia um pouco à frente montava no cavalo não apenas como se houvesse nascido nele, o que era verdade, mas como alguém que se por malícia ou azar tivesse sido gerado numa terra estranha onde não houvesse cavalos ainda assim os teria encontrado. Saberia que faltava alguma coisa para o mundo estar em ordem ou ele em ordem no mundo, e sairia vagando até onde fosse preciso e pelo tempo que fosse preciso até encontrar um e saberia que era aquilo que procurava e seria mesmo.

À tarde passaram pelas ruínas de uma velha fazenda na meseta de pedra onde havia tortos mourões de cerca equilibrados entre pedras com restos de um arame que há anos não se via na região. Uma antiga estação de muda. Os restos de um velho moinho de vento de madeira caídos entre as pedras. Seguiram em frente. Espantaram patos das poças de água e à noite desceram por baixas colinas ondulantes e atravessaram uma planície de barro vermelho sujeita a inundações e entraram na cidade de Robert Lee.

Esperaram até a estrada ficar livre para levar os cavalos pela ponte de tábuas. O rio vermelho de lama. Subiram a Commerce Street montados e dobraram na Sétima e subiram a Austin Street passando pelo banco e desmontaram e amarraram os cavalos na frente do café e entraram.

O dono veio anotar os pedidos. Chamou-os pelos seus nomes. O pai ergueu o olhar do cardápio.

Pode pedir, disse. Ele não chega antes de uma hora.

Que vamos comer?

Acho que só quero um pedaço de torta e café.

Que torta tem aí?, perguntou o rapaz.

O dono olhou para o balcão.

Coma alguma coisa, disse o pai. Eu sei que você está com fome.

Fizeram os pedidos e o dono lhes trouxe café e voltou ao balcão. O pai tirou um cigarro do bolso.

Pensou um pouco mais em pôr o cavalo num estábulo?

É, disse o rapaz. Pensei.

Wallace podia dar comida a ele e arranjar baias e essas coisas. Faça isso.

Ele não vai gostar.

Quem, Wallace?
Não. Redbo.
O pai fumava. Olhou-o.
Ainda está com aquela garota Barnett?
Ele fez que não com a cabeça.
Ela deixou você ou você deixou ela?
Não sei.
Isso quer dizer que ela deixou você.
É.

O pai balançou a cabeça. Continuou a fumar. Dois cavaleiros passaram lá fora na rua e eles os examinaram e os animais que montavam. O pai ficou mexendo sua xícara um longo tempo. Não havia nada para mexer porque ele tomava o café amargo. Tirou a colher e deixou-a fumegando no guardanapo de papel e ergueu a xícara e encarou-a e bebeu. Ainda olhava pela janela embora nada houvesse para ver.

Sua mãe e eu nunca concordamos em muitas coisas. Ela gostava de cavalos. Eu achava que já bastava. Veja como eu era burro. Ela era jovem e eu achei que ia superar algumas das ideias que tinha mas não. Talvez fossem só ideias pra mim. Não foi só a guerra. A gente se casou dez anos antes da guerra. Ela foi embora daqui. Foi embora quando você tinha seis meses e só voltou quando você tinha uns três anos. Eu sei que você sabe alguma coisa disso e foi um erro não ter lhe contado. A gente se separou. Ela estava na Califórnia. Luisa cuidou de você. Ela e a *abuela*.

Olhou o rapaz e tornou a olhar pela janela.
Ela queria que eu fosse pra lá, disse.
Por que o senhor não foi?
Eu fui. Não durou muito.
O rapaz balançou a cabeça.
Ela voltou por causa de você, não de mim. Acho que era o que eu queria dizer.
Sim, senhor.

O dono trouxe o jantar do rapaz e a torta. O rapaz pegou o sal e a pimenta. Não ergueu o olhar. O dono trouxe o bule de café e encheu as xícaras deles e se afastou. O pai esmagou o cigarro e pegou o garfo e espetou a torta com ele.

Ela vai viver um pouco mais que eu. Eu gostaria de ver vocês acertarem suas diferenças.

O rapaz não respondeu.

Eu não estaria aqui se não fosse por ela. Quando eu estava em Goshee, falava com ela horas e horas. Achava que ela era do tipo que podia fazer qualquer coisa. Falava a ela de outros caras que eu achava que não iam dar certo e pedia a ela que cuidasse deles e rezasse por eles. E alguns deram. Acho que eu era meio louco. Pelo menos parte do tempo. Mas se não fosse por ela eu não teria conseguido. De jeito nenhum neste mundo. Eu nunca disse isso a ninguém. Nem ela sabe.

O rapaz continuou comendo. Lá fora escurecia. O pai tomava café. Esperavam Arturo chegar com o caminhão. A última coisa que o pai disse foi que a região jamais seria a mesma.

As pessoas não se sentem mais seguras, disse. Estamos como os comanches estavam há cem anos. Não sabemos o que vai aparecer aqui quando raiar o dia. Não sabemos nem de que cor eles serão.

A noite estava quase quente. Ele e Rawlins deitaram-se na estrada onde podiam sentir o calor subindo do asfalto contra as costas e contemplaram as estrelas espalhadas pela longa encosta do firmamento abaixo. Ouviram uma porta bater ao longe. Uma voz gritou. Um coiote que estivera uivando em alguma parte nas montanhas ao sul parou. Depois recomeçou.

Será alguém berrando por você?, ele perguntou.

Na certa, disse Rawlins.

Deitaram-se estatelados no asfalto como cativos à espera de um julgamento ao amanhecer.

Você contou para o seu velho?, perguntou Rawlins.

Não.

Vai contar?

De que adiantaria?

Quando vão ter de sair?

Vão finalizar em primeiro de junho.

Você podia esperar até lá.

Pra quê?

Rawlins pôs o tacão de uma bota sobre o bico da outra. Como para medir o céu. Meu pai fugiu de casa quando tinha quinze anos. Se não fosse por isso eu teria nascido no Alabama.

Não teria nascido de jeito nenhum.

Que faz você dizer isso?

Porque sua mãe é de San Angelo e ele nunca ia conhecer ela.

Conhecia outra.

E ela também.

E daí?

Daí você não nascia.

Não vejo por que você diz isso. Eu ia nascer em algum lugar.

Como?

Ora, por que não?

Se sua mãe tivesse um filho com outro marido e seu pai com outra esposa qual seria você?

Nenhum deles.

É isso.

Rawlins ficou olhando as estrelas. Depois de algum tempo disse: Mesmo assim eu ainda podia nascer. Podia parecer diferente ou alguma coisa assim. Se Deus quisesse que eu nascesse, eu nascia.

E se Ele não quisesse?

Você está me deixando com uma dor de cabeça da porra.

Eu sei. Estou deixando a mim mesmo.

Ficaram deitados olhando as estrelas.

Então que acha?, ele perguntou.

Não sei, disse Rawlins.

Bem.

Posso entender que se você fosse do Alabama tinha toda a razão do mundo pra fugir pro Texas. Mas se já está no Texas. Não sei. Você tem muito mais motivo pra ir embora do que eu.

Que diabo de motivo você tem pra ficar? Acha que alguém vai morrer e deixar alguma coisa para você?

Merda, não.

Ótimo. Porque ninguém vai mesmo.

A porta bateu. A voz tornou a chamar.

É melhor eu voltar, disse Rawlins.

Levantou-se e espanou os fundilhos dos jeans com a mão e pôs o chapéu.

Se eu não for, você vai mesmo assim?

John Grady sentou-se e pôs o chapéu. Já fui, disse.

Ele a viu uma última vez na cidade. Fora à loja de Cullen Cole na North Chadbourne mandar soldar um freio de brida e subia a Twohig Street quando ela saiu da Cactus Drug. Ele cruzou a rua mas ela gritou para ele e ele parou e esperou que ela o alcançasse.

Queria me evitar?, ela perguntou.

Ele a olhou. Acho que não pensei no assunto nem que sim nem que não.

Ela o olhava. A gente não pode evitar o que sente, disse.

Isso vale pros dois, não é?

Achei que a gente podia ser amigos.

Ele balançou a cabeça. Tudo bem. Não vou ficar aqui tanto tempo assim.

Aonde vai?

Não posso dizer.

Por que diabos não?

Só não posso.

Ele a olhou. Ela estudava o rosto dele.

Que acha que ele diria se visse você aí parada conversando comigo?

Ele não é ciumento.

Ótimo. É um bom traço de caráter. Poupa a ele um monte de ofensas.

Que quer dizer com isso?

Não quero dizer nada. Tenho de ir.

Você tem ódio de mim?

Não.

Não gosta de mim.

Ele a olhou. Está me cansando, menina, disse. Que diferença faz? Se está com dor de consciência é só me dizer o que quer que eu diga que eu digo.

Não quero que diga nada. De qualquer modo não estou com dor de consciência. Só achei que a gente podia ser amigos.

Ele balançou a cabeça. É só conversa, Mary Catherine. Tenho de ir.

E daí se é só conversa? Tudo é conversa não é?

Nem tudo.

Vai mesmo embora de San Angelo?

É.

Vai voltar?

Talvez.

Eu não tenho nenhum ressentimento de você.

Não tem motivo.

Ela desviou o olhar rua acima para onde ele olhava mas não havia muita coisa para ver. Ela se virou e ele a olhou nos olhos mas se estavam úmidos era apenas o vento. Ela estendeu a mão. A princípio ele não soube o que ela fazia.

Só desejo o melhor pra você, ela disse.

Ele tomou a mão dela, pequena na sua, familiar. Jamais apertara a mão de uma mulher antes. Cuide-se, ela disse.

Obrigado. Vou me cuidar.

Ele recuou e tocou na aba do chapéu e deu as costas e subiu a rua. Não olhou para trás mas podia vê-la nas janelas do Edifício Federal do outro lado da rua ali parada e continuava parada quando ele chegou à esquina e saiu do vidro para sempre.

Ele desmontou e abriu o portão e puxou o cavalo pela rédea e fechou o portão e saiu puxando o cavalo ao longo da cerca. Abaixou-se para ver se podia distinguir a silhueta de Rawlins mas ele não estava lá. Jogou a rédea no canto da cerca e ficou olhando a casa. O cavalo farejou o ar e enfiou o focinho no cotovelo dele.

É você, companheiro?, Rawlins sussurrou.

É melhor que seja.

Rawlins trouxe o cavalo puxando-o e parou e olhou a casa atrás.

Está pronto?, perguntou John Grady.

Estou.

Eles desconfiam de alguma coisa?

Não.

Bem, vamos embora.

Espera um minuto. Eu amontoei tudo em cima do cavalo e trouxe ele pra cá.

John Grady tomou as rédeas e montou na sela. Acendeu uma luz lá, disse.

Porra.

Você vai se atrasar até pro seu enterro.

Ainda não são quatro horas. Você chegou adiantado.

Bem, vamos embora. Agora é a luz do celeiro.

Rawlins tentava amarrar sua manta atrás da sela. Tem um interruptor na cozinha, disse. Ele ainda não foi pro celeiro. Talvez nem vá. Pode estar só pegando um copo de leite ou alguma coisa assim.

Pode estar carregando uma espingarda ou alguma coisa assim.

Rawlins montou. Está pronto?, perguntou.

Já estava.

Cavalgaram ao longo da cerca e cruzaram o pasto aberto. Os couros rangiam no frio da manhã. Puseram os cavalos a galope. As luzes sumiram atrás deles. Tomaram a alta pradaria onde reduziram a marcha dos cavalos a passo e as estrelas enxameavam em meio à escuridão. Ouviram dobrar e parar em alguma parte na noite deserta um sino onde não havia sino nenhum e cavalgaram sobre o redondo terraço da terra que só ela era escura e sem luz e conduzia suas figuras e as levava para o enxame de estrelas de modo que eles cavalgavam não sob elas mas entre elas e iam ao mesmo tempo alegres e circunspectos, como ladrões recém-libertados naquela elétrica escuridão, como jovens ladrões num pomar fulgurante, pouco abrigados contra o frio e com dez mil mundos à escolha.

Ao meio-dia do dia seguinte tinham feito uns sessenta quilômetros. Ainda em região conhecida. Ao cruzarem a fazenda de Mark Fury à noite haviam desmontado no cruzamento da cerca para John Grady arrancar os grampos com um pé de cabra e pisar nos arames enquanto Rawlins atravessava os cavalos e depois erguer os arames e enfiar os grampos de volta nos mourões e guardar o pé de cabra no alforje da sela e montar e seguir cavalgando.

Como diabos esperam que a gente cavalgue nesta região?, perguntou Rawlins.

Não esperam, disse John Grady.

Cavalgaram com o sol e comeram os sanduíches que John Grady trouxera de casa e ao meio-dia deram de beber aos cavalos no velho tanque de pedra e fizeram-nos descer um leito de rio seco entre as trilhas do gado e dos pecaris até um grupo de choupos. Bois deitados sob as árvores levantaram-se ao vê-los chegar e ficaram olhando e depois se afastaram.

Eles se deitaram no mato seco debaixo das árvores com os casacos enrolados sob a cabeça e os chapéus sobre os olhos enquanto os cavalos pastavam na grama ao longo do leito do rio.

Que você trouxe pra atirar?, perguntou Rawlins.

Só o velho estoura-dedo do vovô.

Acerta alguma coisa com ele?

Não.

Rawlins deu uma risadinha. A gente conseguiu, não foi?

Foi.

Acha que estão atrás da gente?

Pra quê?

Não sei. Só que parece fácil demais, de certa forma.

Ouviam o vento e o som dos cavalos cortando o capim.

Vou dizer uma coisa, disse Rawlins.

Diga.

Estou pouco ligando.

John Grady sentou-se e tirou o fumo do bolso da camisa e pôs-se a fazer um cigarro. Pro quê?, perguntou.

Passou a língua no cigarro e o colocou na boca e tirou os fósforos e acendeu-o e apagou o fósforo com o sopro da fumaça. Voltou-se e olhou para Rawlins mas Rawlins adormecera.

Tornaram a cavalgar até o fim da tarde. Ao pôr do sol podiam ouvir os caminhões numa estrada ao longe e no longo e frio entardecer rumaram para o leste por uma elevação da qual viam os faróis na estrada indo e vindo casuais e periódicos em seu lento intercâmbio.

Chegaram a uma estrada de roça e seguiram-na até a rodovia onde havia uma porteira. Ficaram nos cavalos. Não viam porteira do outro lado da rodovia. Viam os faróis dos caminhões ao longo da cerca para um lado e para o outro mas não havia porteira lá.

Que quer fazer?, perguntou Rawlins.

Não sei. Queria atravessar essa coisa esta noite.

Eu não vou levar meu cavalo por essa estrada aí no escuro.

John Grady curvou-se e deu uma cusparada. Nem eu, disse.

A noite esfriava mais. O vento matraqueava na porteira e os cavalos pateavam nervosos.

Que luzes são aquelas?, perguntou Rawlins.

Acho que é Eldorado.

Que distância você calcula?

Dezesseis, dezoito quilômetros.

Que quer fazer?

Estenderam as mantas num leito seco de rio e tiraram as selas e amarraram os cavalos e dormiram até o romper do dia. Quando Rawlins se levantou John Grady já selara seu cavalo e amarrava a manta. Tem um café lá na estrada, disse. Quer ir comer lá?

Rawlins pôs o chapéu e pegou as botas. Tá falando a minha língua, filho.

Levaram os cavalos pelo meio de um monturo de velhas portas e diferenciais de caminhão e peças de motor jogadas fora atrás do café e deram-lhes de beber num tanque de metal usado para localizar furos em câmaras de ar. Um mexicano trocava o pneu de um caminhão e John Grady aproximou-se e perguntou-lhe onde ficava o banheiro dos homens. Ele indicou com a cabeça o lado da casa.

Ele pegou as coisas de barbear no alforje e entrou no banheiro e barbeou-se e lavou-se e escovou os dentes e penteou o cabelo. Quando saiu os cavalos estavam amarrados numa mesa de piquenique debaixo de umas árvores e Rawlins dentro do café tomando café.

Ele se enfiou no reservado. Já pediu?, perguntou.

Esperando você.

O dono se aproximou com outra xícara de café. Que vão querer os rapazes?, perguntou.

Peça, disse Rawlins.

Ele pediu três ovos com presunto e feijão e pães e Rawlins pediu a mesma coisa e mais panquecas e mel.

É melhor encher bem a pança.

Olha só, disse Rawlins.

Sentavam-se com os cotovelos fincados na mesa e olhavam pela janela as planícies ao sul até as montanhas distantes envoltas nas próprias sombras ao sol da manhã.

É pra lá que a gente vai, disse Rawlins.

Ele assentiu com a cabeça. Tomaram o café. O homem trouxe o desjejum em pesados pratos de barro branco e voltou com o bule. Rawlins havia apimentado os ovos até ficarem pretos. Passou manteiga nas panquecas.

Taí um homem que gosta de ovos com pimenta, disse o dono.

Serviu as xícaras deles e voltou para a cozinha.

Agora preste atenção a seu velho, disse Rawlins. Vou lhe mostrar como se trata um desjejum rebelde.

À vontade, disse John Grady.

Podia pedir tudo isso de novo.

A loja não tinha comida para viagem. Eles compraram uma caixa de aveia seca e pagaram a conta e saíram. John Grady cortou o tubo de papelão da embalagem em dois com a faca e despejaram a aveia em duas calotas e ficaram sentados à mesa de piquenique fumando enquanto os cavalos comiam. O mexicano veio olhar os cavalos. Não era muito mais velho que Rawlins.

Pra onde vão?, perguntou.

México.

Pra quê?

Rawlins olhou para John Grady. Acha que a gente pode confiar nele?

Ele parece legal.

Estamos fugindo da lei, disse Rawlins.

O mexicano examinou-os de alto a baixo.

A gente assaltou um banco.

Parado o mexicano olhava os cavalos. Não roubaram banco nenhum, disse.

Conhece aquela região lá embaixo?, perguntou Rawlins.

O mexicano balançou a cabeça e cuspiu. Nunca fui ao México em minha vida.

Depois que os animais comeram, eles tornaram a selá-los e os puxaram até a frente do café e o outro lado da rodovia. Puxaram-nos pelas rédeas ao longo da vala até a porteira e os fizeram passar e fecharam a porteira. Depois montaram e pegaram a trilha de terra da fazenda. Cavalgaram por ela mais ou menos um quilômetro e meio até que ela dobrou para o leste e eles a deixaram e partiram para o sul pelas ondulantes planícies de cedros.

Alcançaram o rio do Diabo na metade da manhã e deram de beber aos cavalos e deitaram-se à sombra de um renque de salgueiros e olharam o mapa. Era um mapa rodoviário de uma empresa de petróleo que Rawlins pegara no café e ele o olhou e olhou para o sul através da abertura nas baixas colinas. Havia estradas e rios e cidades no lado americano do mapa até o rio Grande e depois era tudo vazio.

Não mostra nada lá embaixo, mostra?, perguntou Rawlins.

Não.

Acha que não foi mapeado?

Tem mapas. Só que este não é um deles. Eu tenho um no alforje.

Rawlins voltou com o mapa e sentou-se no chão e traçou a rota deles com um dedo. Ergueu o olhar.

Que foi?, perguntou John Grady.

Não tem merda nenhuma lá embaixo.

Deixaram o rio e seguiram o vale seco rumo ao oeste. A região era ondulante e coberta de mato e o dia estava frio sob o sol.

Achei que tivesse mais gado nesta região, disse Rawlins.

Também.

Espantavam pombas e codornas do matagal ao longo das encostas. De vez em quando um coelho. Rawlins desmontou e tirou a pequena carabina 25-20 da bainha em que a carregava e caminhou pela encosta. John Grady ouviu-o atirar. Em breve ele voltava com um coelho e tornou a embainhar a carabina e tirou o canivete e afastou-se um pouco e abaixou-se e estripou o animal. Depois se levantou e limpou o canivete na perna da calça e fechou-o e aproximou-se do cavalo e amarrou o coelho pelas patas traseiras na correia da manta e tornou a montar e partiram.

No fim da tarde cruzaram uma estrada que corria para o sul e ao anoitecer alcançaram Johnson's Run e acamparam junto a um poço no leito de um rio fora isso seco e deram de beber aos cavalos e apearam e os soltaram para pastar. Fizeram uma fogueira e esfolaram o coelho e espetaram-no num galho verde e o puseram para assar na beira do fogo. John Grady abriu a mochila de acampar de lona preta e tirou um pequeno bule de café esmaltado e foi ao riacho e encheu-o. Ficaram sentados olhando o fogo e o fino crescente acima das negras colinas a oeste.

Rawlins enrolou um cigarro e acendeu-o com uma brasa e recostou-se em sua sela. Vou lhe dizer uma coisa.

Diga.

Eu me acostumava a esta vida.

Tragou o cigarro e segurou-o para um lado e bateu a cinza com um movimento delicado do indicador. Não demorava nada.

Cavalgaram todo o dia seguinte por colinas ondulantes, as baixas mesetas de basalto pontilhadas de cedro, as iúcas em branco a florescer ao longo das encostas que davam para o leste. Chegaram à estrada de Pandale ao anoitecer e viraram para o sul e tomaram a estrada da cidade.

Nove casas, incluindo uma loja e um posto de gasolina. Amarraram os cavalos diante da loja e entraram. Vinham cobertos de poeira e Rawlins de barba crescida e cheiravam a cavalo e suor e fumaça de lenha. Alguns homens sentados em cadeiras no fundo da loja ergueram o olhar quando eles entraram e depois continuaram conversando.

Eles pararam diante da vitrine de carnes. A mulher saiu de detrás do balcão e passou por trás da vitrine e pegou um avental e puxou uma correntinha que ligou a lâmpada elétrica acima.

Você parece mesmo um bandido, disse John Grady.

Você não parece nenhum maestro de coro, disse Rawlins.

A mulher amarrou o avental às costas e voltou-se para olhá-los por cima da borda esmaltada da montra de carnes. Que é que os rapazes vão querer?, perguntou.

Eles compraram salsichão e queijo e uma bisnaga de pão e um pote de maionese. Compraram uma caixa de biscoitos de água e sal e uma dúzia de latas de salsicha tipo viena. Compraram uma dúzia de pacotes de *koolaid* e uma fatia de toucinho defumado e algumas latas de feijão e um saco de dois quilos e meio de flocos de milho e um vidro de molho de pimenta. A mulher embrulhou a carne e o queijo separados e molhou um lápis na língua e somou as compras e depois botou tudo dentro de uma sacola grande de supermercado.

De onde são vocês?, perguntou.

Da área de San Angelo.

Vieram de cavalo até aqui?

Sim, senhora.

Ora, vejam só.

Quando acordaram pela manhã estavam à plena vista de uma casinha de adobe. Uma mulher saíra da casa e jogara uma panela de água suja no quintal. Ela os olhou e tornou a entrar. Eles tinham pendurado as selas na cerca para secar e quando as pegavam de volta um homem saiu e ficou a olhá-los. Eles selaram os cavalos e os levaram pela mão para a estrada e montaram e rumaram para o sul.

Imagina o que estarão fazendo lá em casa?, perguntou Rawlins.

John Grady curvou-se e cuspiu. Bem, disse, na certa estão se divertindo à beça. Na certa encontraram petróleo. Pra mim eles estão agora na cidade escolhendo os carros novos e tudo mais.

Merda, disse Rawlins.

Seguiram em frente.

Você nunca se sente sem jeito?, perguntou Rawlins.

Com o quê?

Não sei. Com qualquer coisa. Só sem jeito.

Às vezes. Quando a gente está num lugar onde não deve eu acho que a gente fica sem jeito. Pelo menos deve.

Bem, imagine que você estivesse sem jeito e não soubesse por quê. Isso quer dizer que você está num lugar onde não devia e não sabe?

Que diabos deu em você?

Não sei. Nada. Acho que vou cantar.

E o fez. Cantou: Você vai sentir falta de mim, vai sentir falta de mim? Vai sentir falta de mim quando eu partir?

Sabe aquela estação de rádio de Del Rio?, perguntou.

É, ouvi falar.

Me disseram que de noite a gente ferra os dentes num arame de cerca e ouve. Nem precisa de rádio.

Você acredita?

Não sei.

Já experimentou?

Já. Uma vez.

Continuaram cavalgando. Rawlins cantava. Que diabos é uma árvore florida na fronteira?, perguntou.

Me pegou, primo.

Passaram sob um imenso penhasco de calcário por onde descia um riacho e atravessaram um largo leito seco de cascalho. Mais acima em poças deixadas pelas chuvas recentes duas garças se equilibravam sobre suas longas sombras. Uma levantou voo, a outra ficou. Uma hora depois eles atravessaram o rio Pecos, pondo os cavalos para vadear a água rápida e límpida e meio salgada correndo sobre o leito de calcário e os cavalos estudando o caminho líquido à frente e pousando os pés com muito cuidado nas largas placas de basalto e olhando as formas dos fios de musgo embaixo da água que chamejavam e se contorciam com uma cor verde elétrica à luz da manhã. Rawlins curvou-se na sela e meteu a mão na água do rio e provou-a. É gesso, disse.

Desmontaram entre os juncos do outro lado e fizeram sanduíches com salsichão e queijo e comeram e ficaram sentados fumando e vendo o rio passar. Tem alguém seguindo a gente, disse John Grady.

Você viu?

Ainda não.

A cavalo?

É.

Rawlins examinou a estrada do outro lado do rio. Por que não será só alguém andando a cavalo?

Porque já teria aparecido no rio a esta hora.

Talvez tenha ido pra outro lado.

Pra onde?

Rawlins fumava. Que acha que eles querem?

Não sei.

Que pensa fazer?

Vamos simplesmente em frente. Ou eles dão as caras ou não.

Deixaram o leito do rio cavalgando devagar lado a lado pela estrada poeirenta e entraram num alto platô de onde podiam ver a região ao sul, terra ondulante coberta de mato e margaridas silvestres. A oeste corria uma cerca de um quilômetro e meio ligada de um mourão a outro como uma sutura malfeita cortando o capinzal cinzento e além dela um pequeno bando de antílopes voltados para eles. John Grady virou o cavalo de lado e parou e ficou olhando a estrada embaixo. Rawlins esperou.

Ele vem lá atrás?

É. Em alguma parte.

Cavalgaram até chegar a uma campina pantanosa ou *bajada* no platô. Um pouco à direita ficava um bosque fechado de cedros e Rawlins indicou-o com a cabeça e diminuiu a marcha do cavalo.

Por que a gente não para ali e espera por ele?

John Grady olhou a estrada. Tudo bem, disse. Vamos continuar um pouco e depois voltar. Se ele notar que os rastros deixam a estrada aqui, vai saber onde a gente está.

Tudo bem.

Cavalgaram por mais um quilômetro, quase, e deixaram a estrada e voltaram para os cedros e desmontaram e amarraram os cavalos e sentaram-se no chão.

Acha que dá tempo pra fumar?, perguntou Rawlins.

Fume se tem cigarro, disse John Grady.

Ficaram sentados fumando e observando a estrada de terra. Esperaram muito tempo mas ninguém apareceu. Rawlins deitou-se e cobriu os olhos com o chapéu. Não vou dormir, disse. Só descansar.

Não dormira muito tempo quando John Grady chutou sua bota. Ele se sentou e pôs o chapéu e olhou. Um cavaleiro aproximava-se pela estrada. Mesmo de longe eles repararam no cavalo.

Ele se aproximou até não estar a mais de cem metros estrada abaixo. Usava um chapéu de aba larga e jardineira. Diminuiu o passo do cavalo e olhou a *bajada*, na direção deles. Depois continuou vindo.

É um menino, disse Rawlins.

Um cavalo e tanto, disse John Grady.

É mesmo.

Acha que ele viu a gente?

Não.

Que pensa fazer?

Dar a ele um minuto e depois a gente simplesmente pega a estrada atrás.

Esperaram até ele quase desaparecer e aí desamarraram os cavalos e montaram e saíram para a estrada.

Quando ele os ouviu parou e olhou para trás. Empurrou o chapéu para cima na testa e ficou parado no cavalo na estrada observando-os. Eles se aproximaram um de cada lado.

Está vindo atrás da gente?, perguntou Rawlins.

Era um menino de uns treze anos.

Não, respondeu. Não estou indo atrás de vocês.

Então por que está seguindo a gente?

Não estou seguindo vocês.

Rawlins olhou para John Grady. John Grady olhava o garoto. Desviou o olhar para as montanhas distantes e depois de novo para o menino e finalmente para Rawlins. Rawlins estava parado com as mãos no arção da sela. Não andou seguindo a gente?, perguntou.

Estou indo pra Langtry, disse o menino. Não sei quem são vocês.

Rawlins olhou para John Grady. John Grady enrolava um cigarro e estudava o menino e os trajes e o cavalo dele.

Onde arranjou esse cavalo?, perguntou.

É meu.

Ele pôs o cigarro na boca e tirou um fósforo do bolso da camisa e riscou-o com a unha do polegar e acendeu o cigarro. Esse chapéu é seu?, perguntou.

O menino olhou o chapéu de aba larga acima dos olhos. Olhou para Rawlins.

Quantos anos você tem?, perguntou John Grady.

Dezesseis.

Rawlins cuspiu. Você é um saco de merda verde mentiroso.

Você não sabe de tudo.

Sei que você não tem dezesseis anos porra nenhuma. De onde está vindo?

Pandale.

Viu a gente em Pandale ontem à noite?

Vi.

Que fez, fugiu?

Ele olhou de um para o outro. E daí se fugi?

Rawlins olhou para John Grady. Que vai fazer?

Não sei.

A gente podia vender esse cavalo no México.

É.

Eu não vou cavar cova como a gente fez com o último.

Diabos, disse John Grady, aquilo foi ideia sua. Eu disse pra deixar ele pros urubus.

Quer tirar cara ou coroa para ver quem atira nele?

É. Jogue.

Peça, disse Rawlins.

Cara.

A moeda girou no ar. Rawlins pegou-a e bateu-a no pulso e estendeu-o de modo que a vissem e levantou a mão.

Cara, disse.

Me passa seu rifle.

Não é justo, disse Rawlins. Você atirou nos três últimos.

Vamos lá então. Fica me devendo um.

Bem, segure o cavalo dele. Pode não estar acostumado com tiros.

Vocês estão só brincando, disse o menino.

Por que tem tanta certeza?

Não mataram ninguém.

Por que acha que não é uma boa pessoa pra gente começar?

Estão só brincando. Eu sabia o tempo todo.

Claro, disse Rawlins.

Quem está atrás de você?, perguntou John Grady.

Ninguém.

Mas estão atrás desse cavalo, não estão?

Ele não respondeu.

Estava mesmo indo pra Langtry?

É.

Não vai com a gente, disse Rawlins. Vai levar a gente pra cadeia.

O cavalo é meu, disse o menino.

Filho, disse Rawlins, pouco me importa de quem é o cavalo. Mas é claro que não é seu, porra. Vamos embora, companheiro.

Viraram os cavalos e incitaram-nos e saíram trotando pela estrada de novo rumo ao sul. Não olharam para trás.

Achei que ele ia discutir mais, disse Rawlins.

John Grady jogou o toco de cigarro na estrada à frente. A gente ainda não se livrou desse boboca magrelo.

Ao meio-dia haviam deixado a estrada e seguiam para o sudoeste, através do capinzal aberto. Deram de beber aos cavalos num tanque de aço debaixo de um velho moinho de vento F. W. Axtell que rangia vagaroso ao vento. Ao sul viam-se bois à sombra de um grupo de carvalhos. Eles pretendiam manter-se longe de Langtry e falaram em cruzar o rio à noite. O dia estava quente e lavaram as camisas e puseram-nas para secar e montaram e seguiram cavalgando. Viam a estrada atrás por diversos quilômetros, para o nordeste, mas nenhum cavaleiro.

Nessa noite cruzaram os trilhos da Southern Pacific pouco a leste de Pumpville, Texas, e acamparam a menos de um quilômetro do outro lado da linha principal. Quando acabaram de escovar e amarrar os cavalos e fazer uma fogueira, estava escuro. John Grady pôs sua sela em pé junto ao fogo e saiu para a pradaria e ficou à escuta. Via a caixa-d'água de Pumpville contra o céu roxo. Ao lado, a lua em forma de chifre. Ele ouvia os cavalos pastando a uns cem metros. Fora isso, era a pradaria azul e silenciosa em toda a volta.

Cruzaram a rodovia Noventa no meio da manhã seguinte e entraram numa terra de pastagem pontilhada de bois. Muito ao sul as montanhas do México surgiam e desapareciam à luz incerta de uma capa de nuvens móvel como montanhas espectrais. Duas horas depois estavam no rio. Postaram-se num penhasco baixo e tiraram os chapéus e ficaram olhando-o. A água era barrenta e rolava e eles ouviam os encapelamentos rio abaixo. O banco de areia abaixo era densamente coberto de juncos e taboas e os penhascos do outro lado manchados e esburacados e cruzados por uma constante miríade de andorinhas. Além disso era o deserto a rolar como antes. Eles se voltaram e se olharam um ao outro e puseram os chapéus.

Subiram o rio até onde um riacho se bifurcava e desceram o riacho e entraram numa barra de areia e pararam e ficaram examinando a água e a região em volta. Rawlins enrolou um cigarro e cruzou uma perna sobre o arção da sela e ficou fumando.

De quem é que a gente está se escondendo?, perguntou.

De quem não está?

Não vejo quem possa estar escondido lá.

Eles dizem a mesma coisa olhando para cá.

Rawlins continuou fumando. Não respondeu.

A gente pode atravessar bem ali junto daquele banco de areia, disse John Grady.

Por que não vamos agora?

John Grady curvou-se e cuspiu no rio. Eu faço o que você quiser, disse. Acho que a gente tinha combinado ir no certo.

Claro que eu queria deixar isso logo pra trás se a gente vai mesmo.

Eu também, companheiro. Voltou-se e olhou para Rawlins.

Rawlins fez que sim com a cabeça. Tudo bem, disse.

Tornaram a subir o riacho e desmontaram e tiraram as selas na barra de cascalho e amarraram os cavalos no mato à beira do riacho. Sentaram-se à sombra dos salgueiros e comeram salsichas tipo viena e biscoitos e beberam *koolaid* preparado com água do riacho. Acha que tem salsicha tipo viena no México?, perguntou Rawlins.

No fim da tarde John Grady subiu o riacho e parou na pradaria com o chapéu na mão e olhou para o noroeste além do capinzal ondulante. Um cavaleiro cruzava a planície a um quilômetro e meio. Ele o observou.

Quando voltou ao acampamento acordou Rawlins.

Que foi?, perguntou Rawlins.

Vem alguém aí. Acho que é aquele pestinha.

Rawlins ajeitou o chapéu e subiu no barranco e ficou olhando.

Está reconhecendo?, perguntou John Grady

Rawlins fez que sim com a cabeça. Curvou-se e cuspiu.

Se não reconheço ele sem dúvida reconheço o cavalo.

Ele viu você?

Não sei.

Está vindo pra cá.

Na certa me viu.

Acho que a gente deve enxotar ele.

Tornou a olhar para John Grady. Estou meio nervoso com esse filho da puta.

Eu também.

E também não é tão criança quanto parece.

Que é que ele está fazendo?, perguntou John Grady.

Vindo.

Bem, agora volte. Talvez ele não tenha visto a gente.

Parou, disse Rawlins.

Que está fazendo?

Vindo de novo.

Esperaram que ele chegasse se quisesse. Não demorou muito para que os cavalos erguessem a cabeça e ficassem olhando riacho abaixo. Eles ouviram o cavaleiro descer o leito do riacho, um matraquear na barra de cascalho e um leve tinir de metal.

Rawlins tirou o rifle quando desceram o riacho até o rio. O menino estava montado no grande cavalo baio na água rasa que corria sobre o cascalho e olhando o outro lado do rio. Quando se virou e os viu empurrou o chapéu para trás com o polegar.

Eu sabia que vocês não tinham atravessado, disse. Tem dois gamos comendo junto daquelas algarobeiras lá.

Rawlins agachou-se na barra de cascalho e equilibrou o rifle em pé à sua frente e segurou-o e apoiou o queixo nas costas da mão. Que diabo a gente faz com você?, perguntou.

O menino olhou para ele e ele olhou para John Grady. Ninguém vai atrás de mim no México.

Depende do que você fez, disse Rawlins.

Eu não fiz nada.

Como é seu nome?, perguntou John Grady.

Jimmy Blevins.

Mentira, disse Rawlins. Jimmy Blevins está no rádio.

É outro Jimmy Blevins.

Quem está atrás de você?

Ninguém.

Como você sabe?

Porque ninguém está.

Rawlins olhou para John Grady e ele olhou para o menino outra vez. Tem alguma comida?, perguntou.

Não.

Algum dinheiro?

Não.

É simplesmente um cabeça-oca.

O menino encolheu os ombros. O cavalo deu um passo dentro da água e tornou a parar.

Rawlins balançou a cabeça e cuspiu e olhou para o outro lado do rio. Só me diga uma coisa.

Tudo bem.

Pra que diabos a gente ia querer você com a gente?

Ele não respondeu. Ficou sentado olhando a água arenosa passando por eles e as finas sombras dos juncos correndo sobre o banco de areia à luz da tarde. Ergueu o olhar para as *sierras* azuis ao sul e suspendeu a alça direita da jardineira e ficou com o polegar enfiado na parte de cima e se voltou e olhou para ele.

Porque sou americano, disse.

Rawlins virou-se e balançou a cabeça.

Cruzaram o rio sob um quarto crescente branco nus e pálidos e magros em cima de seus cavalos. Enfiaram as botas viradas de cabeça para baixo dentro dos jeans e as camisas e jaquetas depois com os estojos de coisas de barbear e munição e fecharam os jeans com os cintos na cintura e amarraram as pernas em torno do pescoço e apenas de chapéus puxaram os cavalos pelas rédeas para a faixa de cascalho e afrouxaram as cilhas e montaram e tocaram os cavalos dentro da água com os calcanhares nus.

No meio do rio os cavalos nadaram bufando e esticando o pescoço para fora da água, as caudas flutuando atrás. Cortaram a corrente enviesados, os cavaleiros nus curvados para a frente e falando com os cavalos, Rawlins erguendo o rifle numa mão, em fila um atrás do outro e dirigindo-se para a margem estrangeira como um grupo de saqueadores.

Saíram do rio entre os juncos e montaram em fila única rio acima por baixios até uma longa praia de cascalho onde tiraram os chapéus e olharam a região que tinham deixado para trás. Ninguém disse nada. De repente fizeram os cavalos galopar praia acima e viraram e voltaram agitando os chapéus e rindo e parando e dando tapas no pescoço dos cavalos.

Porra, disse Rawlins. Vocês sabem onde a gente está?

Ficaram parados nos cavalos fumegantes ao luar e olharam-se uns aos outros. Depois desmontaram em silêncio e desamarraram as roupas do pescoço e vestiram-nas e puxaram os cavalos para fora do leito de juncos e bancos de cascalho e chegaram à planície onde montaram e rumaram para o sul nas terras de mato seco de Coahuila.

Acamparam à beira de uma planície de algarobeiras e pela manhã prepararam toucinho defumado e feijão e pão de milho feito de fubá e água e ficaram sentados comendo e olhando a região.

Qual foi a última vez que você comeu?, perguntou Rawlins.

Outro dia, respondeu o garoto Blevins.

Outro dia.

É.

Rawlins examinava-o. Você se chama Blivet, não é?

É Blevins.

Sabe o que é *blivet*?

Que é?

Cinco quilos de merda dentro de um saco de dois e meio.

Blevins parou de mastigar. Olhava a região a oeste onde o gado saíra do leito seco e estava parado na planície ao sol matinal. Depois continuou a mastigar.

Ainda não me disseram como se chamam, disse.

Você não perguntou.

Não foi assim que eu fui educado, disse Blevins.

Rawlins olhou-o carrancudo e virou o rosto.

John Grady Cole, disse John Grady. Esse aí é Lacey Rawlins.

O menino balançou a cabeça. Continuou mastigando.

Somos lá de San Angelo, disse John Grady.

Eu nunca estive lá pra cima.

Esperaram que ele dissesse de onde era, mas ele não disse.

Rawlins limpou o prato com um pedaço de pão de milho e o comeu. E se, perguntou, a gente quisesse trocar esse cavalo por um que não fizesse a gente correr tanto risco de levar um tiro?

O menino olhou para John Grady e de novo para onde o gado estava parado. Eu não sou vendedor de cavalos, disse.

Mas gosta que a gente cuide de você, não gosta?

Sei cuidar de mim mesmo.

Claro que sabe. Acho que tem arma e tudo.

Ele não respondeu por um minuto. Depois disse: Eu tenho uma arma.

Rawlins ergueu o olhar. Depois ficou recolhendo o pão de milho com a colher. Que tipo de arma?, perguntou.

Colt trinta e dois-vinte.

Mentira, disse Rawlins. Isso é bala de rifle.

O menino acabara de comer e limpava o prato com um maço de capim.

Deixa a gente ver, disse Rawlins.

Ele largou o prato. Ergueu o olhar para Rawlins e depois para John Grady. Depois enfiou a mão no peito da jardineira e tirou o revólver. Girou-o na mão com uma virada e estendeu-o a Rawlins com a coronha para a frente e de cabeça para baixo.

Rawlins olhou o menino e olhou o revólver. Colocou o prato na grama e pegou a arma e revirou-a na mão. Era um velho Colt Bisley com cabo de guta-percha alisado de tanto uso. O metal um cinza baço. Ele o virou para ler a inscrição no alto do cano. Dizia 32-20. Olhou o menino e abriu a câmara com o polegar e armou o cão e virou o tambor e deixou cair uma das balas na palma da mão com a alavanca ejetora e olhou-a. Depois a colocou de volta e fechou a câmara e soltou o cão.

Onde arranjou um revólver desse?, perguntou.

Onde a gente arranja.

Já atirou com ele?

Já, já atirei com ele.

Acerta alguma coisa com ele?

O garoto estendeu a mão para pegar o revólver. Rawlins o sopesou na palma e virou-o e passou para ele.

Se quiser jogar alguma coisa pra cima eu acerto, disse o menino.

Bobagem.

O garoto deu de ombros e guardou o revólver no peito da jardineira.

Jogar pra cima o quê?, perguntou Rawlins.

Qualquer coisa que você queira.

Qualquer coisa que eu jogue você acerta.

É.

Bobagem.

O garoto levantou-se. Limpou o prato esfregando-o na perna da jardineira e olhou para Rawlins.

Jogue sua carteira para cima que eu faço um buraco nela, disse.

Rawlins levantou-se. Enfiou a mão no bolso de trás da calça e tirou a carteira. O garoto curvou-se e colocou o prato no chão e voltou a tirar o revólver. John Grady pôs a colher no prato e o prato no chão. Os três afastaram-se na planície à comprida luz matinal como duelistas.

Ele se postou de costas para o sol com o revólver pendente ao lado da perna. Rawlins virou-se e deu um sorrisinho para John Grady. Segurou a carteira entre o polegar e o indicador.

Está pronto, Annie Oakley?

Esperando por você.

Ele a jogou de repente. A carteira subiu rodopiando no ar, muito pequena contra o azul. Ficaram observando-a, à espera de que ele atirasse. Aí ele atirou. A carteira guinou de lado cortando a paisagem e abriu-se e caiu rodopiando no chão como um pássaro ferido.

O som do tiro do revólver desapareceu quase instantaneamente naquele imenso silêncio. Rawlins atravessou o mato e pegou a carteira e a pôs no bolso e voltou.

É melhor a gente ir indo, disse.

Deixa ver, disse John Grady.

Vamos embora. Precisamos dar o fora desse rio.

Pegaram os cavalos e selaram-nos e o menino desfez a fogueira com os pés e montaram e partiram. Viajavam lado a lado com espaços entre si sobre a larga planície de cascalho que fazia uma curva rio acima ao longo da margem do matagal. Seguiam calados e absorvendo a visão da nova região. Um gavião no alto de uma algarobeira mergulhou e voou baixo ao longo da *vega* e tornou a subir para outra árvore quase um quilômetro ao leste. Depois que eles passaram voou de volta.

Você já estava com esse revólver lá em Pecos, não estava?, perguntou Rawlins.

O menino olhou-o por baixo de seu chapéu imenso. Já, disse.

Continuaram cavalgando. Rawlins curvou-se e cuspiu. Imagino que ia atirar em mim.

O garoto também cuspiu. Eu não ia querer levar um tiro, disse.

Atravessaram baixas colinas cobertas de nopal e creosoto. No meio da manhã alcançaram uma trilha com rastros de cavalos e viraram para o sul e ao meio-dia entraram na cidade de Reforma.

Entraram em fila única pelo carreiro que servia de rua. Meia dúzia de casas baixas com paredes de adobe desabando em ruínas. Alguns *jacales* de palha e barro com telhados de palha e um curral de estacas onde cinco cavalos magrelos de cabeças enormes olhavam solenemente os cavalos que passavam na estrada.

Eles desmontaram e amarraram os cavalos numa pequena *tienda* de barro e entraram. Uma garota estava sentada numa cadeira de espaldar reto junto a um fogão de ferro no centro da sala lendo uma revista de histórias em quadrinhos à luz da porta da frente e olhou para eles e depois para a revista e depois de novo para eles. Levantou--se e olhou para os fundos da loja onde uma cortina verde cobria uma porta e largou a revista na cadeira e cruzou o chão de terra batida até o balcão e se voltou e ficou parada. No balcão havia três jarras de barro ou *ollas.* Duas estavam vazias mas uma tampa de lata de banha cobria a terceira, a tampa com um corte para encaixar o cabo de uma concha de metal esmaltado. Na parede atrás viam-se três ou quatro prateleiras contendo enlatados e tecidos e linhas e doces. Encostada na parede mais distante, uma caixa de farinha feita de pinho. Acima uma folhinha pregada à parede de barro com um graveto. Além do fogão e da cadeira isso era tudo o que havia na casa.

Rawlins tirou o chapéu e apertou o antebraço contra a testa e pôs o chapéu de volta. Olhou para John Grady. Ela tem alguma coisa pra gente beber?

Tiene algo que tomar?, perguntou John Grady.

Sí, disse a moça. Adiantou-se para assumir sua posição atrás do balcão e levantou a tampa. Os três fregueses de pé junto ao balcão olharam.

Que é isso?, perguntou Rawlins.

Sidrón, disse a moça.

John Grady olhou-a. *Habla inglés?*, perguntou.

Oh, no, ela respondeu.

Que é isso?, perguntou Rawlins.

Sidra.

Ele olhou dentro da jarra. Vamos tomar, disse. Bota três.

Mande?

Três, disse Rawlins. *Tres*. Mostrou três dedos.

Tirou a carteira. Ela pegou três copos na prateleira atrás e colocou-os sobre o balcão e segurou a concha e agitou um fino líquido pardo e encheu os copos e Rawlins depositou uma nota de um dólar no balcão. A nota tinha um buraco em cada ponta. Eles pegaram os copos e John Grady indicou a nota com a cabeça.

Ele quase acertou no centro da carteira, hem?

É, disse Rawlins.

Ergueu o copo e beberam. Rawlins ficou parado, pensativo.

Não sei que merda é essa, disse. Mas tem um gosto muito bom pra um vaqueiro. Bota mais três aí.

Depuseram os copos e ela tornou a enchê-los. Quanto a gente deve?, perguntou Rawlins.

Ela olhou para John Grady.

Cuánto?, perguntou John Grady.

Para todo?

Sí.

Uno cincuenta.

Quanto é isso?, perguntou Rawlins.

Uns três centavos o copo.

Rawlins empurrou a nota sobre o balcão. Deixa que seu velho paga, disse.

Ela tirou o troco de uma caixa de charutos debaixo do balcão e pôs as moedas mexicanas sobre o balcão e ergueu o olhar. Rawlins depôs seu copo vazio e indicou-o e pagou mais três copos e apanhou o troco e eles pegaram os copos e saíram.

Sentaram-se à sombra do caramanchão de varas e mato na frente da casa e ficaram bebendo seus drinques e olhando a desolada quietude do pequeno entroncamento ao meio-dia. As cabanas de barro. As piteiras e as calvas colinas de cascalho além. Um fino fio de água de chuva corria pelo rego de barro na frente da tenda e uma cabra parada na estrada esburacada olhava os cavalos.

Aqui não tem eletricidade, disse Rawlins.

Bebericou sua bebida. Olhou a estrada abaixo.

Duvido que algum dia tenha aparecido um carro aqui.

Não sei de onde ia vir, disse John Grady.

Rawlins balançou a cabeça. Ergueu o copo contra a luz e agitou a sidra e olhou-a. Acha que isso é algum tipo de suco de cacto, ou o quê?

Não sei, disse John Grady. É um pouco forte, não é?

Acho que é.

Melhor não deixar esse menino tomar mais.

Já tomei uísque, disse Blevins. Isto não é nada.

Rawlins balançou a cabeça. Tomando suco de cacto no velho México, disse. Que acha que estão falando lá em casa?

Acho que estão falando que a gente foi embora, disse John Grady.

Rawlins sentava-se com as pernas esticadas para a frente e as botas cruzadas e o chapéu sobre um joelho e olhava a terra estranha e balançava a cabeça. A gente foi mesmo, não foi?

Deram de beber aos cavalos e afrouxaram as cilhas para deixá-los respirar e depois tomaram a estrada péssima para o sul, cavalgando em fila única em meio à poeira. Na estrada havia rastros de vacas, pecaris, gamos, coiotes. No fim da tarde passaram por outro ajuntamento de cabanas mas seguiram em frente. A estrada tinha buracos fundos e era lisa nos leitos secos e neles havia bois mortos de uma seca antiga, só os ossos dispersos em volta com o couro seco duro enegrecido.

Que tal esta região?, perguntou John Grady.

Rawlins curvou-se e cuspiu mas não disse nada.

Ao anoitecer chegaram a uma pequena *estancia* e pararam montados junto à cerca. Várias construções espalhavam-se por trás da casa e também um curral de estacas com dois cavalos dentro. Duas meninas de vestido branco no terreiro. Elas olharam os cavaleiros e depois se viraram e correram para dentro de casa. Apareceu um homem.

Buenas tardes, ele disse.

Aproximou-se pela cerca até a porteira e fez-lhes sinal para que passassem e mostrou-lhes onde dar de beber aos cavalos. *Pásale*, disse. *Pásale.*

Comeram à luz de uma candeia de óleo numa mesinha de pinho. Das paredes de barro em volta pendiam velhas folhinhas e fotos de revistas. Numa das paredes havia um *retablo* emoldurado da Virgem. Embaixo dele, uma tábua segura por duas cunhas enfiadas na parede e na tábua um pequeno copo verde com um toco de vela enegrecido dentro. Os americanos sentavam-se ombro a ombro num dos lados da mesa e as duas meninas no outro lado olhando para eles com a respiração presa. A mulher comia de cabeça baixa e o homem brincava com elas e passava os pratos. Comeram feijão e *tortillas* e um *chile* de cabra tirado com uma concha de uma panela de barro. Tomaram café em canecas de esmalte e o homem empurrou as tigelas para eles gesticulando meticulosamente. *Deben comer*, disse.

Queria saber sobre a América, cinquenta quilômetros ao norte. Tinha visto uma vez quando criança do outro lado do rio em Acuña. Irmãos seus trabalhavam lá. Um tio certa vez vivera anos em Uvalde, Texas, mas achava que ele já morrera.

Rawlins acabou seu prato e agradeceu à mulher e John Grady disse a ela o que ele tinha dito e ela deu um sorriso e balançou pudicamente a cabeça. Rawlins mostrava às duas meninas como sabia arrancar o dedo e tornar a pô-lo no lugar quando Blevins cruzou os talheres no prato e limpou a boca na manga e recostou-se. O assento não tinha encosto e ele bracejou loucamente por um momento e estatelou-se no chão, chutando a mesa por baixo e fazendo matraquear os pratos e quase arrastando o banco com Rawlins e John Grady. As duas meninas levantaram-se imediatamente e bateram palmas e deram gritinhos de alegria. Rawlins agarrara a mesa para salvar-se e olhou o menino caído no chão. Porra, disse. Desculpe, senhora.

Blevins levantou-se com esforço, só o homem se oferecendo para ajudá-lo.

Está bien?, perguntou.

Ele está bem, disse Rawlins. Não dá pra machucar um bobo.

A mulher curvava-se para a frente para arrumar uma xícara, para silenciar as crianças. Ela não podia rir por não ser apropriado mas o brilho em seus olhos não escapou nem mesmo a Blevins. Ele passou a perna sobre o banco e tornou a sentar-se.

Estão prontos pra ir embora?, sussurrou.

A gente não acabou de comer, disse Rawlins.

Ele baixou o olhar nervoso. Não posso ficar sentado aqui, disse.

Sentava-se de cabeça baixa e sussurrava em voz rouca.

Por que não pode ficar sentado aqui?, perguntou Rawlins.

Não gosto que ninguém ria de mim.

Rawlins olhou as meninas. Estavam de novo sentadas, os olhos arregalados e sérios de novo. Diabos, disse. São só crianças.

Não gosto que ninguém ria de mim, sussurrou Blevins.

O homem e a mulher olhavam para eles preocupados.

Se não gosta que ninguém ria de você não caia de bunda no chão, disse Rawlins.

Vão me desculpar, disse Blevins.

Passou a perna por cima do banco e pegou o chapéu e o pôs na cabeça e saiu. O homem da casa pareceu preocupado e curvou-se para John Grady e sussurrou uma pergunta. As duas meninas tinham os olhos baixos para seus pratos.

Acha que ele vai embora?, perguntou Rawlins.

John Grady deu de ombros. Eu duvido.

Os donos da casa pareciam esperar que um deles se levantasse para ir atrás dele mas não o fizeram. Tomaram seu café e após algum tempo a mulher levantou-se e tirou a mesa.

John Grady encontrou-o sentado no chão como uma figura em meditação.

Que está fazendo?

Nada.

Por que não volta para dentro?

Estou bem.

Eles disseram que a gente pode passar a noite.

Aceite.

Que pensa fazer?

Eu estou bem.

John Grady ficou parado olhando-o. Bem, disse. Fique à vontade.

Blevins não respondeu e ele o deixou ali sentado.

O quarto em que dormiram ficava no fundo da casa e cheirava a feno e palha. Era pequeno e não tinha janela e no chão havia duas enxergas de palha e pano de saco com serapes em cima. Eles pegaram a candeia que o anfitrião lhes estendeu e agradeceram e ele saiu curvando-se pela porta baixa e desejou-lhes boa noite. Não perguntou por Blevins.

John Grady pôs a candeia no chão e sentaram-se nas enxergas de palha e tiraram as botas.

Estou arriado, disse Rawlins.

Nem fale.

Que foi que o velho disse sobre trabalho nesta parte do país?

Disse que tem umas fazendas grandes do outro lado da Sierra del Carmen. A cerca de trezentos quilômetros.

Que distância é essa?

Cento e sessenta, cento e setenta milhas.

Acha que ele pensa que somos malfeitores?

Não sei. Se ele acha isso, está sendo muito bacana.

Eu também acho.

Ele fez a tal região parecer as Grandes Montanhas Rochosas de Açúcar. Disse que tem lagos e água corrente e capim que chega nos estribos. Eu não posso imaginar uma região assim pelo que a gente viu até agora, você pode?

Na certa ele só está querendo que a gente vá embora.

Pode ser, disse John Grady. Tirou o chapéu e deitou-se e cobriu-se com o serape.

Que diabos ele vai fazer?, perguntou Rawlins. Dormir no terreiro?

Acho que sim.

Talvez de manhã já tenha ido embora.

Talvez.

Ele fechou os olhos. Não deixe essa vela queimar até o fim, disse. Vai pretejar a casa toda.

Vou soprar daqui a um minuto.

Ele ficou deitado escutando. Não se ouvia nenhum som em parte alguma. Que está fazendo?, perguntou.

Ele abriu os olhos. Olhou para Rawlins. Rawlins abrira a carteira sobre a manta.

Que está fazendo?

Quero que você veja a porra da minha carteira de motorista.

Não vai precisar dela aqui.

Aqui está meu cartão do clube. Também trouxe.

Vá dormir.

Olha só esta merda. Ele acertou Betty Ward bem no meio dos olhos.

Que é que ela estava fazendo aí? Eu não sabia que você gostava dela.

Foi ela que me deu este retrato. Era o retrato de seus tempos de colégio.

Pela manhã comeram um imenso desjejum de ovos e feijão e *tortillas* à mesma mesa. Ninguém saiu para chamar Blevins e ninguém perguntou por ele. A mulher embrulhou um almoço para eles num pano e eles lhe agradeceram e apertaram a mão do homem e saíram para a manhã fria. O cavalo de Blevins não estava no curral.

Acha que a gente tem tanta sorte assim?, perguntou Rawlins.

John Grady balançou a cabeça, em dúvida.

Selaram os cavalos e se ofereceram para pagar ao homem pela comida mas ele franziu a testa e despediu-os e apertaram a mão de novo e ele lhes desejou boa viagem e eles montaram e partiram pela trilha esburacada rumo ao sul. Um cachorro seguiu-os por certo tempo e depois ficou parado olhando-os.

A manhã estava límpida e fria e havia um cheiro de fumaça de lenha no ar. Quando chegaram ao topo da primeira lombada na estrada Rawlins deu uma cusparada de nojo. Olha lá, disse.

Blevins estava parado de lado sobre o grande cavalo baio na estrada.

Eles reduziram o passo dos cavalos. Que diabos você acha que deu nele?, perguntou Rawlins.

É só um menino.

Merda, disse Rawlins.

Quando se aproximaram Blevins sorriu-lhes. Mascava fumo e curvou-se e cuspiu e limpou a boca com a parte de baixo do pulso.

De que está sorrindo?

'Dia, disse Blevins.

Onde arranjou fumo?, perguntou Rawlins.

O homem me deu.

O homem lhe deu?

É. Onde andaram vocês?

Passaram por ele pelos lados e ele seguiu atrás.

Têm alguma coisa pra comer?, perguntou.

Temos um almoço que ela preparou pra gente, disse Rawlins.

Que é?

Não sei. Não olhei.

Bem, por que a gente não dá uma olhada?

Está lhe parecendo hora de almoço?

Joe, manda ele me dar alguma coisa pra comer.

Ele não se chama Joe, disse Rawlins. E mesmo que se chamasse Evelyn não vai lhe dar almoço nenhum às sete da manhã.

Merda, disse Blevins.

Cavalgaram até depois do meio-dia. Nada havia ao longo da estrada a não ser a região que ela atravessava e nada na região tampouco. O único som era o constante matraquear dos cavalos na estrada e a periódica cusparada do fumo de Blevins atrás deles. Rawlins viajava com uma perna cruzada à frente apoiando-se no joelho e fumando pensativo a examinar a região.

Acho que estou vendo uns choupos lá adiante, disse ele.

Eu também, disse John Grady.

Almoçaram sob as árvores à beira de uma pequena *ciénaga*. Os cavalos ficaram no mato pantanoso sugando tranquilamente a água. A mulher embrulhara a comida num quadrado de musselina e eles estenderam o pano no chão e escolheram entre as *quesadillas* e *tacos* e *bizcochos* como pessoas num piquenique, apoiados nos cotovelos à sombra com as botas cruzadas à frente, mastigando sem pressa e de olho nos cavalos.

Nos velhos tempos, disse Blevins, era aqui que os comanches ficavam de tocaia e caíam em cima da gente.

Espero que tivessem algum trabalho ou tabuleiro de xadrez enquanto esperavam, disse Rawlins. Não parece que tenha passado alguém por essa estrada em um ano.

Nos velhos tempos tinha mais viajantes, disse Blevins.

Rawlins olhou de cara feia o terreno cauterizado. Que caralho sabe você dos velhos tempos?, perguntou.

Querem mais alguma coisa disso aqui?, perguntou John Grady.

Estou empanturrado.

Ele amarrou o pano e levantou-se e começou a tirar a roupa e dirigiu-se nu pelo meio do mato passando pelos cavalos e entrou na água e sentou-se nela até a cintura. Abriu os braços e deitou-se de costas na água e desapareceu. Os cavalos olhavam-no. Ele sentou-se dentro da água e jogou os cabelos para trás e enxugou os olhos. Depois ficou simplesmente sentado.

Nessa noite acamparam no leito seco de um rio afastado da estrada e fizeram uma fogueira e ficaram sentados na areia fitando as brasas.

Blevins, você é vaqueiro?, perguntou Rawlins.

Eu gosto.

Todo mundo gosta.

Não digo que seja nenhum bamba. Eu sei montar.

É?, perguntou Rawlins.

Aquele cara ali sabe montar, disse Blevins. Indicou com a cabeça John Grady do outro lado da fogueira.

Por que diz isso?

Ele sabe, só isso.

E se eu lhe dissesse que ele começou agora? E se eu lhe dissesse que ele nunca montou num cavalo que uma garota não pudesse montar?

Eu ia dizer que você está zombando de mim.

E se eu lhe dissesse que ele é o melhor que eu já vi?

Blevins cuspiu no fogo.

Você duvida?

Não duvido, não. Depende de quem você viu montar.

Eu vi Booger Red montar, disse Rawlins.

Viu?, perguntou Blevins.

É.

Você acha que ele monta melhor?

Tenho certeza de que monta.

Talvez sim, talvez não.

Você não distingue cocô de creme de maçã, disse Rawlins. Booger Red está morto.

Não ligue pra ele, disse John Grady.

Rawlins tornou a cruzar as botas e indicou John Grady com a cabeça. Ele não pode ficar com minha parte sem se gabar, pode?

Ele é um saco de merda, disse John Grady.

Ouviu?, perguntou Rawlins.

Blevins curvou o queixo para o fogo e cuspiu. Não vejo como você pode dizer que uma pessoa é a melhor e pronto.

Não pode, disse John Grady. Ele é só ignorante, só isso.

Tem um monte de cavaleiros bons, disse Blevins.

É verdade, disse Rawlins. Tem um monte de cavaleiros bons. Mas só um que é o melhor. E por acaso ele está sentado bem ali.

Deixe ele em paz, disse John Grady.

Não estou incomodando ele, disse Rawlins. Estou incomodando você?

Não.

Diga ao Joe aí que eu não estou incomodando você.

Eu já disse que não estava.

Deixe ele em paz, disse John Grady.

Dias seguidos eles cavalgaram pelas montanhas e cruzaram um desfiladeiro estéril e pararam sem desmontar entre as rochas e olharam a região para o sul onde as sombras corriam sobre a terra sopradas pelo vento e o sol a oeste pairava rubro entre os bancos de nuvens e as *cordilleras* distantes alcançavam os terminais do céu desbotando-se de cinzento para azul-claro e depois para absolutamente nada.

Onde você acha que fica esse paraíso?, perguntou Rawlins.

John Grady tirara o chapéu para que o vento lhe esfriasse a cabeça. A gente não pode saber o que tem numa região dessas enquanto não chega lá embaixo, respondeu.

Ainda tem um montão dela, não tem?

John Grady fez que sim com a cabeça. É pra isso que estou aqui.

Estou contigo, primo.

Desceram pela sombreada terra azul e cada vez mais fria da encosta norte. Bosques de coníferas nos leitos secos entre as rochas. Caquis, calmia. Um gavião levantou voo à frente e circulou na neblina crescente e mergulhou e eles tiraram os pés dos estribos e fizeram os cavalos descer com cuidado as ziguezagueantes trilhas de pedra escorregadia. Ao escurecer chegaram a um terraço natural de cascalho e acamparam e nessa noite ouviram o que não tinham ouvido antes, três longos uivos ao sudoeste e depois um silêncio.

Ouviu?, perguntou Rawlins.

Ouvi.

É um lobo, não é?

É.

Ele estava deitado de barriga para cima na manta e olhou o ponto onde o crescente se equilibrava torto no calcanhar das montanhas. Naquela falsa madrugada azul as Plêiades pareciam subir na escuridão lá em cima e arrastar consigo todas as estrelas, o grande diamante de Órion e Capella e a assinatura de Cassiopeia tudo se erguendo no fosfóreo escuro como uma rede de pesca. Ele ficou um longo tempo ouvindo a respiração dos outros a dormir e contemplando o deserto fora, o deserto dentro.

Fez frio à noite e de madrugada antes do amanhecer quando acordaram Blevins já estava de pé e com uma fogueira acesa no chão e acocorado junto dela com suas roupas leves. John Grady arrastou--se para fora e enfiou as botas e a jaqueta e saiu para examinar a nova região que ganhava forma emergindo da escuridão abaixo.

Tomaram o último café que lhes restava e comeram *tortillas* frias com um fino fio de molho de pimenta no meio.

Até onde você acha que a gente aguenta com isso?, perguntou Rawlins.

Não estou preocupado, disse John Grady.

Seu parceiro ali parece meio preocupado.

Não tem muita gordura de reserva.

Você também não.

Viram o sol nascer abaixo deles. Os cavalos parados no terraço pastando ergueram a cabeça e olharam-no. Rawlins tomou o resto de seu café e sacudiu a xícara e enfiou a mão no bolso da camisa para pegar o fumo.

Acha que vai chegar um dia em que o sol não sairá?

É, disse John Grady. No Dia do Juízo Final.

Quando acha que vai ser?

Quando Ele decidir.

Dia do Juízo Final, disse Rawlins. Você acredita nisso?

Não sei. Acho que sim. E você?

Rawlins pôs o cigarro no canto da boca e acendeu-o e jogou o fósforo fora. Eu não sei. Pode ser.

Eu sabia que você era um infiel, disse Blevins.

Não sabia porra nenhuma, disse Rawlins. Fique caladinho aí e não banque o otário mais do que já é.

John Grady levantou-se e pegou sua sela pelo arção e jogou a manta no ombro e voltou-se e olhou para eles. Vamos embora, disse.

No meio da manhã haviam chegado ao sopé da montanha e cruzaram uma grande planície coberta de aveia-do-campo e vime e pontilhada de *lechugilla.* Aí encontraram os primeiros cavaleiros que viram e pararam e os viram aproximar-se na planície a um quilômetro, três homens a cavalo puxando um trem de animais de carga com cangalhas vazias.

Que acha que são?, perguntou Rawlins.

A gente não deve ficar parado assim, disse Blevins. Se a gente vê eles eles também veem a gente.

Que diabos quer dizer isso?, perguntou Rawlins.

Que é que você ia pensar se visse eles parando?

Ele tem razão, disse John Grady. Vamos continuar.

Eram *zacateros* que iam para as montanhas colher *chino.* Se ficaram surpresos por ver americanos a cavalo na região não deram sinal. Perguntaram se eles tinham visto o irmão de um deles que estava nas montanhas com a esposa e duas filhas moças mas eles não tinham visto ninguém. Os mexicanos permaneceram montados em seus cavalos e examinaram os trajes deles com movimentos vagarosos.

Eles mesmos eram uma turma braba, as roupas meio maltrapilhas, os chapéus ensebados de gordura e suor, as botas remendadas com couro cru. Montavam em velhas selas de bordas quadradas, a madeira furando o couro, e enrolavam cigarros em tiras de palha de milho e os acendiam com *esclarajos* de pederneira e pedaços de felpa num cartucho de bala vazio. Um deles trazia um velho Colt carcomido enfiado na cinta com a guarda aberta para impedi-lo de escorregar e recendiam a fumaça e gordura e suor e pareciam tão selvagens e estranhos quanto a região onde estavam.

Son de Tejas?, perguntaram.

Sí, disse John Grady.

Eles assentiram com a cabeça.

John Grady fumava observando-os. Apesar de toda a miséria estavam bem montados e ele observava aqueles olhos negros para saber o que pensavam mas não soube nada. Falaram da região e do clima da região e disseram que ainda estava frio nas montanhas. Ninguém fez sinal de desmontar. Os mexicanos olhavam o terreno como se aquilo fosse um problema para eles. Alguma coisa sobre a qual não se haviam decidido inteiramente. As pequenas mulas que arrastavam atrás haviam adormecido em pé quase no mesmo instante em que as tinham detido.

O chefe acabou seu cigarro e deixou o toco cair na trilha. *Bueno*, disse. *Vámonos.*

Balançou a cabeça para os americanos. *Buena sorte*, disse. Enfiou as longas pontas da espora no cavalo e partiram. As mulas passaram atrás olhando os cavalos na estrada e açoitando as caudas embora não houvesse sinal de moscas na região.

À tarde deram de beber aos cavalos num riacho de águas claras que vinha do sudoeste. Andaram pelo riacho e beberam e encheram e tamparam os cantis. Havia antílopes na planície a uns três quilômetros de distância talvez, todos parados de cabeça erguida.

Seguiram em frente. Havia capim no chão plano do vale e bois malhados e de cores que variavam da de gatos domésticos à de casco de tartaruga e chitado moviam-se constantemente à frente deles no meio do matagal de cervina ou mantinham-se parados ao longo da baixa elevação de terra antiga que corria para o leste vendo-os passar na estrada. Nessa noite acamparam nas baixas colinas e assaram uma lebre-do-oeste que Blevins matara com seu revólver. Ele a esfolou com o canivete e a enterrou no chão de areia embrulhada na própria pele e acendeu uma fogueira em cima. Disse que era assim que os índios faziam.

Já comeu lebre-do-oeste?, perguntou Rawlins.

Ele balançou a cabeça. Ainda não, disse.

É melhor botar mais um pouco de lenha se quiser comer essa.

Vai assar.

Qual foi a coisa mais estranha que você já comeu?

A coisa mais estranha que eu já comi, disse Blevins. Acho que sou obrigado a dizer que foi uma ostra.

Ostra de montanha ou ostra de verdade?

Ostra de verdade.

Como foram cozidas?

Não foram cozidas. Só estavam lá, nas conchas. A gente botava molho de pimenta.

Você comeu isso?

Comi.

Que gosto tinha?

Mais ou menos o que a gente espera.

Ficaram sentados olhando o fogo.

De onde você é, Blevins?, perguntou Rawlins.

Blevins ergueu o olhar para Rawlins e baixou-o de novo para o fogo. Uvalde County, disse. Lá em cima, no rio Sabinal.

Por que fugiu?

E você?

Eu tenho dezessete anos. Posso ir aonde quiser.

Eu também.

John Grady sentava-se com as pernas cruzadas à frente, encostado em sua sela e fumando um cigarro. Já fugiu antes, não foi?, perguntou.

Já.

Que foi que fizeram, pegaram você?

É. Eu estava arrumando pinos numa pista de boliche em Ardmore, Oklahoma, e levei uma mordida de um buldogue que tirou um naco da minha perna do tamanho de um assado de domingo e a coisa infeccionou e o cara pra quem eu trabalhava me levou pro médico e acharam que eu estava com raiva ou algo assim e foi uma confusão dos diabos e me mandaram de volta pra Uvalde County.

Que era que você estava fazendo em Ardmore, Oklahoma?

Pegando pinos numa pista de boliche.

Como foi parar lá?

Um espetáculo ia passar por Uvalde e eu tinha economizado pra ir ver mas eles não apareceram porque o cara que dirigia o espetáculo foi pra cadeia em Tyler, Texas, porque fez um espetáculo indecente. Era a parte de striptease do espetáculo. Eu fui até lá e um cartaz dizia que eles iam pra Ardmore, Oklahoma, em duas semanas e foi assim que eu fui parar em Ardmore, Oklahoma.

Você fez todo o caminho até Ardmore pra ver um espetáculo?

Era pra isso que eu tinha economizado e eu queria ver.

Viu o espetáculo em Ardmore?

Não. Eles nunca apareceram por lá também.

Blevins levantou uma perna da jardineira e virou a perna para a luz da fogueira.

Olha aí onde o filho da puta me mordeu, disse. Eu preferia ter sido mordido por um jacaré.

Que foi que fez você fugir pro México?, perguntou Rawlins.

O mesmo motivo de vocês.

E qual é?

Porque vocês sabiam que eles iam ter um trabalho dos diabos pra encontrar vocês aqui.

Não tem ninguém atrás de mim.

Blevins baixou a perna da calça e futucou a fogueira com um graveto. Eu disse pra aquele filho da puta que não ia deixar ele me bater e não deixei mesmo.

Seu pai?

Meu pai não voltou da guerra.

Padrasto?

É.

Rawlins curvou-se para a frente e cuspiu na fogueira. Você não matou ele, matou?

Eu matava. E ele sabia.

Que fazia um buldogue numa pista de boliche?

Eu não fui mordido na pista de boliche. Eu só estava trabalhando na pista de boliche.

Que estava fazendo pra ser mordido por um cachorro?

Nada. Não estava fazendo nada.

Rawlins curvou-se e cuspiu na fogueira. Onde você estava nessa hora?

Você faz um monte de perguntas, porra. E não cuspa na fogueira onde estou preparando o jantar.

Como?, perguntou Rawlins.

Eu disse pra não cuspir na fogueira onde eu estou fazendo o jantar.

Rawlins olhou para John Grady. John Grady começara a rir. Ele olhou para Blevins. Jantar?, perguntou. Pense no jantar quando tentar comer esse filho da puta duro.

Blevins balançou a cabeça. É só me dizer se não quiser sua parte, disse.

O que arrancaram fumegando do chão parecia uma efígie mumificada de um túmulo. Blevins pôs numa pedra plana e retirou a pele e raspou a carne dos ossos para os pratos e a encharcaram de molho de pimenta e embrulharam no que restava das *tortillas*. Puseram-se a mastigar olhando-se uns aos outros.

Bem, disse Rawlins. Não está tão ruim assim.

Não, não está, disse Blevins. Pra falar a verdade, eu não sabia se se comia isso.

John Grady parou de mastigar e olhou para eles. Depois continuou mastigando. Vocês estão aqui há mais tempo que eu, disse. Eu achava que a gente tinha começado juntos.

No dia seguinte na trilha para o sul começaram a encontrar pequenas caravanas esmolambadas de mercadores migrantes que se dirigiam para a fronteira norte. Homens morenos e curtidos com jegues amarrados em filas de três e quatro abarrotados de *cadelilla* ou peles de cabra ou rodilhas de corda de *lechugilla* feita a mão ou a bebida fermentada que chamavam de *sotol* decantada em tambores e latas e amarradas em cangalhas feitas de galhos de árvores. Traziam água em couros de porco ou em bolsas de lona impermeabilizadas com cera de *candelilla* e equipadas com torneiras de chifre e alguns tinham mulheres e crianças consigo e empurravam os jegues com os ombros para dentro do mato e livravam a estrada para os *caballeros* e os cavaleiros lhes desejavam um bom-dia e eles riam e balançavam a cabeça até que eles passavam.

Tentaram comprar água das caravanas mas não tinham moedas suficientemente pequenas para isso. Quando Rawlins ofereceu a um homem cinquenta centavos pelo meio centavo de água que seria necessário para encher seus cantis o homem não quis saber. À noite compraram um cantil de *sotol* e passaram-no entre si enquanto seguiam e logo ficaram muito bêbados. Rawlins bebeu e puxou a tampa pelo barbante e atarraxou e pegou o cantil pela correia e virou-se e balançou-o para passá-lo a Blevins. E o cantil voltou. O cavalo de Blevins vinha andando atrás com a sela vazia. Rawlins olhou estupidamente o animal e parou o seu e gritou para John Grady que ia na frente.

John Grady voltou-se e ficou olhando.

Cadê ele?

Quem sabe? Caído em algum lugar lá atrás, eu acho.

Voltaram, Rawlins puxando o cavalo sem cavaleiro pela rédea. Blevins estava sentado no meio da estrada. Ainda tinha o chapéu. Ôôô, disse quando os viu. Estou bêbado pra caralho.

Eles ficaram em seus cavalos, olhando-o no chão.

Pode montar ou não?, disse Rawlins.

Um urso pode cagar no mato? Diabos, sim, eu posso montar. Estava montado quando caí.

Levantou-se meio inseguro e olhou em volta. Passou cambaleando por eles apalpando o caminho por entre os cavalos. Pelo lado e para cima, joelho de Rawlins. Achei que vocês tinham ido embora e me deixado, disse.

Da próxima vez a gente deixa esse seu rabo magro aí.

John Grady pegou as rédeas e segurou o cavalo enquanto Blevins montava. Me dê as rédeas, disse Blevins. Eu sou um vaqueiro do caralho, lá isso eu sou.

John Grady balançou a cabeça. Blevins deixou cair as rédeas e estendeu o braço para pegá-las e quase escorregou pelo pescoço do cavalo abaixo. Segurou-se e sentou-se com as rédeas e fez o cavalo voltar bruscamente. Um vaqueiro do caralho mesmo, é o que eu estou dizendo, disse.

Meteu os calcanhares nos vazios do cavalo que se agachou e saltou para a frente e Blevins caiu para trás na estrada. Rawlins cuspiu de nojo. Vamos deixar esse filho da puta caído aí, disse.

Monta na porra do cavalo, disse John Grady, e deixa de besteira.

Ao anoitecer todo o céu para o norte escurecera e o terreno despido que eles trilhavam passara para um cinza neutro até onde a vista alcançava. Eles pararam na estrada no topo de uma elevação e olharam para trás. A tempestade à frente avultava acima deles e o vento soprava frio nos rostos suados. Estavam desmoronados, os olhos baços, em cima das selas e olharam-se uns aos outros. Envolto nas negras nuvens o relâmpago distante fulgiu mudo como fogo de solda visto através da fumaça de uma fundição. Como se estivessem fazendo consertos em algum ponto corroído da férrea escuridão do mundo.

Vem aí uma boa, disse Rawlins.

Eu não posso pegar essa chuva, disse Blevins.

Rawlins riu e balançou a cabeça. Escuta essa, disse.

Aonde você acha que vai?, perguntou John Grady.

Não sei. Mas preciso ir pra algum lugar.

Por que não pode pegar a chuva?

Por causa do raio.

Raio?

É.

Diabos se você não parece meio sóbrio de repente, disse Rawlins.

Tem medo de raio?, perguntou John Grady.

Vai cair em cima de mim com toda a certeza.

Rawlins indicou com a cabeça o cantil pendurado pela correia do arção da sela de John Grady. Não dê mais essa merda a ele. O cara vai ter delirium tremens.

É de família, disse Blevins. Meu avô foi morto num vagão de mina em West Virginia, o raio se enterrou no chão uns cinquenta metros pra pegar ele, não esperou nem ele chegar em cima. Tiveram de esfriar o vagão jogando água para poder tirar ele de lá, ele e dois outros caras. Fritinhos que nem torresmo. O irmão mais velho de meu pai foi jogado de um guindaste em Batson Field em mil novecentos e quatro, o guindaste era de madeira mas o raio pegou ele assim mesmo não tinha nem dezenove anos. Um tio-avô pelo lado de minha mãe (do lado de minha mãe, estou dizendo) foi morto num cavalo e o raio não torrou nem um fio do cavalo e matou ele direitinho tiveram de cortar o cinto dele pra tirar porque a fivela derreteu e eu tenho um primo só quatro anos mais velho que eu que foi atingido no quintal quando saía do celeiro e o raio paralisou todo um lado dele e derreteu as obturações dos dentes e soldou o queixo.

Eu disse a você, disse Rawlins. Ele está inteiramente lelé.

Não sabiam o que ele tinha. O menino se contorcia e murmurava e como que apontava para a boca.

Está aí uma mentira dos diabos ou então eu nunca ouvi uma, disse Rawlins.

Blevins não ouviu. Gotas de suor brotavam de sua testa. Outro primo pelo lado do meu pai foi atingido por um raio que deixou os cabelos dele em chamas. As moedas no bolso queimaram o pano e caíram no chão e tocaram fogo no mato. Eu já fui atingido duas vezes e fiquei surdo deste ouvido aqui. Estou condenado à morte pelo fogo dos dois lados. A gente tem de ficar longe de qualquer coisa de metal. Os pregos das botas.

Que pensa fazer?

Ele olhou meio desesperado para o norte. É tentar cavalgar mais rápido que ela, disse. É a única chance que me resta.

Rawlins olhou para John Grady. Curvou-se e cuspiu. Bem, disse. Se tinha alguma dúvida antes isso deve deixar claro.

Ninguém pode vencer uma tempestade na corrida, disse John Grady. Que diabos deu em você?

É a única chance que me resta.

Nem bem tinha dito isso quando ouviram o primeiro estalo de trovão não mais alto que um graveto pisado. Blevins tirou o chapéu e passou a manga da camisa pela testa e dobrou as rédeas no punho e deu uma última olhada desesperada para trás e bateu na garupa do cavalo com o chapéu.

Eles o viram partir. Ele tentou pôr o chapéu na cabeça mas o perdeu. O chapéu rolou pela estrada. Ele seguiu em frente batendo os cotovelos e foi ficando pequeno na planície diante deles e ainda mais ridículo.

Eu não me responsabilizo por ele, disse Rawlins. Estendeu o braço e desprendeu o cantil do arção da sela de John Grady e adiantou seu cavalo. Vai estar caído na estrada lá embaixo e onde você acha que vai estar o cavalo?

Foi em frente, bebendo e falando consigo mesmo. Eu lhe digo onde vai estar o cavalo, gritou para trás.

John Grady seguiu-o. A poeira subia de debaixo dos cascos dos cavalos e retorcia-se para fora da estrada à frente.

Vai correr até deixar a região, gritou Rawlins. É onde ele vai estar. Vai pro beleléu. É lá que vai estar a porra do cavalo.

Seguiam em frente. O vento trazia pingos de chuva. O chapéu de Blevins estava caído na estrada e Rawlins tentou fazer o cavalo passar por cima mas o cavalo o contornou. John Grady retirou um pé do estribo e curvou-se e pegou o chapéu sem desmontar. Ouviam a chuva caindo na estrada atrás como uma migração fantasma.

O cavalo de Blevins estava parado selado na beira da estrada amarrado a uma touceira de juncos. Rawlins voltou-se e ficou parado sobre o cavalo na chuva e olhou para John Grady. John Grady se meteu por entre os juncos e desceu o *arroyo* seguindo uma ou outra pegada na lama até dar com Blevins encolhido entre as raízes de um choupo morto numa gruta onde o *arroyo* fazia uma curva e se abria em leque na planície. Estava nu a não ser por uma suja cueca maior que ele.

Que diabo está fazendo?, perguntou John Grady.

Blevins sentava-se agarrando os magros ombros brancos com as mãos. Só estou sentado aqui, respondeu.

John Grady olhou a planície onde os últimos raios de sol eram empurrados para as baixas colinas ao sul. Curvou-se e jogou o chapéu de Blevins aos pés dele.

Cadê suas roupas?

Eu tirei.

Eu sei disso. Onde estão?

Deixei lá. A camisa também tinha colchetes de metal.

Se essa chuva cair grossa vai descer por aqui um rio igual a um trem. Já pensou nisso?

Você nunca foi atingido por um raio, disse Blevins. Não sabe o que é.

Você vai se afogar sentado aí.

Tudo bem. Nunca me afoguei antes.

Vai ficar sentado aí?

É isso mesmo que eu vou fazer.

John Grady pôs as mãos nos joelhos. Bem, disse. Não vou dizer mais nada.

Uma longa e reboante trovoada cruzou o céu ao norte. O chão estremeceu. Blevins pôs as mãos na cabeça e John Grady virou o cavalo e voltou pelo *arroyo*. Grandes bátegas de chuva abriam buracos na areia molhada. Ele olhou para Blevins lá atrás uma vez. Continuava sentado como antes. Uma coisa quase inexplicável naquela paisagem.

Cadê ele?, perguntou Rawlins.

Está lá sentado. É melhor pegar seu impermeável.

Eu sabia assim que vi ele que o filho da puta tinha um parafuso solto, disse Rawlins. Estava escrito nele todo.

A chuva caía em lençóis. O cavalo de Blevins parecia um fantasma de cavalo debaixo do aguaceiro. Eles deixaram a estrada e subiram o *arroyo* em direção a um grupo de árvores e se abrigaram debaixo de uma pequena plataforma de rocha, sentados com os joelhos para fora e segurando os cavalos pelas rédeas. Os cavalos pateavam e balançavam a cabeça e o relâmpago estalava e o vento fustigava as acácias e os *paloverdes* e a chuva açoitava a região. Ouviram um cavalo correr em alguma parte debaixo da chuva e depois só a chuva.

Sabe o que foi isso, não sabe?, perguntou Rawlins.

Sei.

Quer um gole disto aqui?

Acho que não. Acho que está começando a me fazer mal.

Rawlins balançou a cabeça e bebeu. Acho que a mim também, disse.

Quando escureceu a tempestade diminuíra e a chuva quase cessara. Eles tiraram as selas molhadas dos cavalos e apearam-nos e caminharam em direções diferentes pelo *chaparral* e pararam de pernas abertas apoiando-se nos joelhos e vomitando. Os cavalos a pastar ergueram a cabeça. Aquele era um som que nunca tinham ouvido antes. No cinzento crepúsculo aquelas golfadas pareciam ecos dos chamados de uma primitiva espécie provisória solta naquele deserto. Uma coisa imperfeita e deformada alojada no âmago do ser. Uma coisa sorrindo com afetação no fundo dos olhos da própria graça como uma górgone numa poça de outono.

De manhã eles pegaram os cavalos e selaram-nos e enrolaram as mantas molhadas e levaram os cavalos para a estrada.

Que pensa fazer?, perguntou Rawlins.

Acho que é melhor ir procurar aquele idiota magrelo.

E se a gente simplesmente fosse embora?

John Grady montou e olhou Rawlins de cima. Não acho que possa deixar ele aqui a pé, disse.

Rawlins balançou a cabeça. É, disse. Acho que não.

John Grady desceu o *arroyo* e encontrou Blevins que vinha subindo no mesmo estado em que o deixara. Ficou parado. Blevins olhava onde pisava ao longo do leito trazendo uma bota. Ergueu o olhar para John Grady.

Cadê suas roupas?, perguntou John Grady.

A água levou.

Seu cavalo sumiu.

Eu sei. Já fui à estrada antes.

Que vai fazer?

Não sei.

Parece que aquela bebida dos diabos não fez bem a você.

Estou com a cabeça que parece que uma dona gorda sentou em cima.

John Grady olhou o deserto matinal brilhando ao sol novo. Olhou o menino.

Você encheu Rawlins de verdade. Acho que sabe disso.

A gente nunca sabe quando vai precisar das pessoas que desprezou, disse Blevins.

Onde diabos você ouviu isso?

Não sei. Só decidi dizer.

John Grady balançou a cabeça. Abriu a fivela de seu alforje e retirou uma muda de camisa e jogou-a para Blevins.

Vista isso antes de ser cozido aí. Eu vou descer o *arroyo* e ver se encontro suas roupas em alguma parte.

Muito obrigado, disse Blevins.

John Grady desceu o leito e voltou. Blevins sentara-se na areia com a camisa.

Quanta água passou por este leito ontem à noite?

Um bocado.

Onde encontrou a bota?

Numa árvore.

John Grady desceu o leito e saiu para a margem de cascalho e ficou parado olhando. Não viu bota nenhuma. Quando voltou Blevins continuava sentado onde o deixara.

A bota desapareceu, disse.

Era o que eu imaginava.

John Grady baixou uma mão. Vamos embora.

Puxou Blevins em roupa de baixo para a garupa do cavalo. Rawlins vai dar um assobio quando vir você, disse.

Ao vê-lo Rawlins pareceu consternado demais para falar.

Ele perdeu as roupas, disse John Grady.

Rawlins virou o cavalo e partiu devagar pela estrada abaixo. Eles seguiram. Ninguém disse mais nada. Após algum tempo John Grady ouviu alguma coisa cair na estrada e olhou para trás e viu a bota de Blevins caída lá. Olhou para Blevins mas ele olhava diretamente em frente por baixo da aba do chapéu e seguiram adiante. Os cavalos pisavam brejeiramente entre as sombras que caíam na estrada. As samambaias fumegavam. Logo passaram por uma touceira de *cholla* contra a qual pequenos pássaros tinham sido lançados e empalados pela tempestade. Passarinhos cinzentos e anônimos cravados em atitudes de voo natimorto ou pendendo frouxamente cobertos de penas. Alguns ainda estavam vivos e retorceram-se sobre as próprias espinhas quando os cavalos passaram e ergueram a cabeça e gritaram mas os cavaleiros seguiram em frente. O sol ergueu-se no céu e a região vestiu-se de novas cores, fogo verde nas acácias e nos *paloverdes* e verde no mato pisado da beira da estrada e fogo nos *ocotillos*. Como se fosse elétrica, a chuva tinha circuitos aterrados para haver eletricidade.

Assim montados eles cavalgaram até o meio-dia e chegaram a um acampamento de extração de cera no acidentado sopé de uma baixa meseta de pedra que corria a leste e oeste à frente. Havia ali um pequeno braço de águas límpidas e os mexicanos tinham escavado um fogão cercado de pedra e encaixado a caldeira na plataforma acima. A caldeira era feita da metade de baixo de um tanque de água galvanizado e para levá-la até ali eles tinham enfiado um eixo no fundo e feito uma armação de madeira onde enfiar o eixo na extremidade aberta e com uma parelha de cavalos haviam rolado o tanque pelo deserto desde Zaragoza, cento e vinte quilômetros ao leste. Ainda se via a trilha de *chaparral* amassado curvado no chão do deserto. Quando os americanos entraram no acampamento havia vários jegues que acabavam de ser trazidos da meseta carregados da *candelilla* que eles ferviam para tirar a cera e os mexicanos haviam deixado os animais parados ali enquanto comiam. Uma dúzia de homens, a maioria vestida com o que parecia um pijama e todos em trapos acocorados à sombra de alguns salgueiros e comendo com colheres de pau em pratos de barro. Ergueram o olhar mas não pararam de comer.

Buenos días, disse John Grady. Eles responderam num rápido coro surdo. Ele desmontou e eles o olharam e olharam-se uns aos outros e continuaram comendo.

Tienen algo que comer?

Um ou dois deles apontaram a fogueira com as colheres. Quando Blevins escorregou para baixo do cavalo eles tornaram a se entreolhar.

Os cavaleiros tiraram seus pratos e utensílios dos alforjes e John Grady pegou a pequena panela de esmalte na empretecida mochila de cozinha e entregou-a a Blevins junto com seu velho trinchante de cabo de madeira. Foram até a fogueira e encheram os pratos de feijão e *chile* e pegaram cada um duas *tortillas* de milho enegrecidas numa folha de ferro posta sobre o fogo e aproximaram-se e sentaram-se debaixo dos salgueiros um pouco afastados dos trabalhadores. Blevins sentou-se com as pernas nuas estendidas para a frente mas eram tão brancas e expostas ali no chão que ele pareceu envergonhado e tentou escondê-las sentando-se nelas e cobrindo os joelhos com as fraldas da camisa emprestada que usava. Comeram. A maioria dos trabalhadores já acabara a refeição e recostava-se fumando cigarros e arrotando baixo.

Vai perguntar a eles por meu cavalo?, disse Blevins.

John Grady mastigava pensativo. Bem, disse. Se estiver aqui, eles devem calcular que é da gente.

Acha que eles podiam roubar?

Você nunca vai conseguir recuperar aquele cavalo, disse Rawlins. Quando a gente chegar a uma aldeia lá pra baixo é melhor você ver se consegue trocar esse revólver por algumas roupas e uma passagem de volta de ônibus pro lugar de onde veio. Se tiver ônibus. Seu amigo aí pode estar disposto a arrastar esse seu rabo por todo o México mas eu certamente não estou.

Eu não estou com o revólver, disse Blevins. Está no cavalo.

Merda, disse Rawlins.

Blevins comia. Após algum tempo, ergueu o olhar. Que foi que eu fiz a você?, perguntou.

Não me fez nada. E não vai fazer. Essa é a questão.

Deixa ele em paz, Lacey. Não vai fazer mal à gente tentar ajudar o garoto a recuperar o cavalo.

Só estou dizendo a verdade a ele, disse Rawlins.

Ele sabe a verdade.

Não parece.

John Grady limpou o prato com o resto da *tortilla* e a comeu e colocou o prato no chão e pôs-se a enrolar um cigarro.

Estou com uma fome da porra, disse Rawlins. Acha que eles se importam se a gente voltar e repetir?

Não, disse Blevins. Vá em frente.

Quem lhe perguntou?, disse Rawlins.

John Grady começou a procurar um fósforo no bolso e levantou e se aproximou dos trabalhadores e se agachou e pediu fogo. Dois deles tiraram *esclarajos* das roupas e um riscou o seu e ele se curvou e acendeu o cigarro e balançou a cabeça. Fez perguntas sobre a caldeira e as cargas de *candelilla* ainda em cima dos jegues e os trabalhadores lhe falaram da cera e um deles se levantou e se afastou e voltou com um bolo cinzento e o entregou a ele. Parecia uma barra de sabão. Ele o arranhou com a unha e cheirou. Ergueu-o e olhou-o.

Qué vale?, perguntou.

Eles deram de ombros.

Es mucho trabajo, disse.

Bastante.

Um homem magro com um colete de couro sujo de frente bordada observava John Grady com olhos entrecerrados e especulativos. John Grady devolveu a cera e esse homem magro fez um psiu e chamou-o com a cabeça.

John Grady voltou-se.

Es su hermano, el rubio?

Referia-se a Blevins. John Grady balançou a cabeça. *No*, disse.

Quién es?, perguntou o homem.

Ele olhou para o outro lado da clareira. O cozinheiro dera a Blevins um pouco de gordura e ele se sentara esfregando-a nas pernas queimadas de sol.

Un muchacho, no más, disse.

Algún parentesco?

No.

Un amigo.

John Grady deu uma tragada no cigarro e bateu a cinza no tacão da bota. *Nada*, disse.

Ninguém falou. O homem de colete examinou John Grady e olhou para Blevins do outro lado da clareira. Depois perguntou a John Grady se queria vender o garoto.

Ele não respondeu por um instante. O homem talvez pensasse que ele avaliava o assunto. Esperaram. Ele ergueu o olhar. *No*, disse.

Qué vale?, perguntou o homem.

John Grady esmagou o cigarro contra a sola da bota e levantou-se.

Gracias por su hospitalidad, disse.

O homem propôs trocá-lo por cera. Os outros haviam se voltado para ouvi-lo. Agora se voltavam para John Grady.

John Grady estudou-os. Não pareciam maus, mas isso não lhe servia de conforto. Ele voltou-se e atravessou a clareira em direção aos cavalos parados. Blevins e Rawlins levantaram-se.

Que foi que eles disseram?, perguntou Blevins.

Nada.

Você perguntou sobre meu cavalo?

Não.

Por que não?

Eles não estão com seu cavalo.

Que era que aquele sujeito estava falando?

Nada. Pegue os pratos. Vamos embora.

Rawlins olhou os homens sentados do outro lado da clareira. Pegou as rédeas caídas e montou na sela.

Que aconteceu, parceiro?, perguntou.

John Grady montou e virou o cavalo. Olhou para os homens lá atrás e depois para Blevins. Ele estava parado com os pratos.

Por que ele estava me olhando?, Blevins perguntou.

Bote eles na mochila e suba logo.

Não estão lavados.

Faça o que eu disse.

Alguns dos homens tinham se levantado. Blevins enfiou os pratos na mochila e John Grady abaixou-se e puxou-o para a garupa.

Deu meia-volta no cavalo e deixaram o acampamento e tomaram a estrada para o sul. Rawlins olhou para trás e pôs o cavalo em trote e John Grady aproximou-se e cavalgaram juntos pela trilha esburacada abaixo. Ninguém falava. Quando já estavam a um quilômetro e meio do acampamento mais ou menos Blevins perguntou o que o homem de colete queria mas John Grady não respondeu. Quando Blevins tornou a perguntar Rawlins olhou para ele.

Queria comprar você, disse. Era isso que ele queria.

John Grady não olhava para Blevins.

Seguiram em silêncio.

Por que foi dizer isso a ele?, perguntou John Grady. Não tinha necessidade.

Acamparam nessa noite na baixa cadeia de colinas sob a Sierra de la Encantada e os três ficaram sentados em volta da fogueira calados. As pernas ossudas do garoto mostravam-se pálidas à luz da fogueira e cobertas da poeira da estrada e de pedaços de penugem que haviam grudado na gordura. A cueca que usava era folgada e suja e ele na verdade parecia uma espécie de servo triste e maltratado ou coisa pior. John Grady deu-lhe uma de suas mantas e ele se enrolou nela e deitou-se à beira da fogueira e logo adormeceu. Rawlins sacudiu a cabeça e cuspiu.

Triste pra caralho, disse. Você pensou mais um pouco no que eu disse?

Pensei, disse John Grady. Pensei.

Rawlins fitou por muito tempo o rubro coração do fogo. Vou lhe dizer uma coisa, disse.

Diga.

Alguma coisa ruim vai acontecer.

John Grady fumava lentamente, os braços passados em torno dos joelhos encolhidos.

Isso é só uma amostra, disse Rawlins. É o que é.

Ao meio-dia do dia seguinte entraram no *pueblo* de Encantada aos pés da baixa cadeia de montanhas peladas que vinham contornando e a primeira coisa que viram foi o revólver de Blevins projetando-se do bolso de trás de um homem curvado sobre o motor de um carro Dodge. John Grady viu-o primeiro, e podia citar outras coisas que preferiria ter visto.

Lá está a porra do meu revólver, cantou Blevins.

John Grady pôs a mão para trás e agarrou-o pela camisa, senão ele teria escorregado para baixo do cavalo.

'Guenta aí, seu idiota.

'Guenta o caralho, disse Blevins.

Que acha que vai fazer?

Rawlins havia emparelhado com eles. Continue em frente, ele lhe disse por entre os dentes. Bom Deus todo-poderoso.

Algumas crianças espiavam de uma porta e Blevins olhava para trás por cima do ombro.

Se aquele cavalo estiver aqui, disse Rawlins, não é preciso mandar chamar Dick Tracy pra adivinhar a quem pertence.

Que quer fazer?

Não sei. Sair da porra da rua. Talvez seja tarde de qualquer jeito. Proponho que a gente meta ele em algum lugar seguro antes de dar uma olhada por aí.

Está bem pra você, Blevins?

Não importa porra nenhuma se está bem pra ele ou não, disse Rawlins. Ele não tem voz nisso. Pelo menos se quiser minha ajuda.

Passou por eles e dobraram num rego de barro que passava por uma rua. Para de olhar pra trás, porra, disse John Grady.

Deixaram-no com um cantil de água à sombra de uns choupos e mandaram-no ficar escondido e depois voltaram a cruzar devagar a aldeia. Buscavam o caminho por entre os regos esburacados de que se compunha a aldeia quando viram o cavalo olhando pela janela sem caixilho de uma casa de taipa abandonada.

Continue em frente, disse Rawlins.

John Grady balançou a cabeça.

Quando voltaram aos choupos Blevins tinha desaparecido. Rawlins ficou olhando o descampado empoeirado. Meteu a mão no bolso para pegar fumo.

Vou lhe dizer uma coisa, primo.

John Grady se curvou e cuspiu. Tudo bem.

Em toda burrice que fiz na vida tinha uma decisão que eu tinha tomado antes. Nunca era a burrice mesmo. Era sempre uma escolha que eu tinha feito antes. Entende o que estou dizendo?

É. Acho que sim. Que quer dizer?

O seguinte. Esta é a última oportunidade da gente. Agora. A hora é esta e não vai ter outra vez isso eu garanto.

Quer dizer simplesmente deixar ele aí?

Sim, senhor.

E se fosse você?

Não sou eu.

E se fosse?

Rawlins enfiou o cigarro no canto da boca e tirou um fósforo do bolso e acendeu-o com o polegar. Olhou para John Grady.

Eu não deixaria você nem você me deixaria. Isso não se discute.

Você percebe a encrenca em que ele está?

É. Eu percebo. Foi ele quem se meteu.

Ficaram parados. Rawlins fumava. John Grady cruzou as mãos no arção da sela e ficou olhando para elas. Após algum tempo, ergueu a cabeça.

Não posso fazer isso, disse.

Tudo bem.

Que quer dizer isso?

Quer dizer tudo bem. Se não pode não pode. Acho que eu já sabia o que você ia dizer mesmo.

É, bem. Eu não sabia.

Tiraram as selas e amarraram os cavalos e deitaram-se nas folhas secas debaixo dos choupos e depois de algum tempo adormeceram. Quando acordaram estava quase escuro. O menino estava agachado ali observando-os.

Ainda bem que eu não sou um ladrão, ele disse. Podia deixar vocês aí e levar tudo que vocês têm.

Rawlins voltou-se e olhou-o por baixo da aba do chapéu e tornou a dar as costas. John Grady sentou-se.

Que foi que descobriram?, perguntou Blevins.

Seu cavalo está aqui.

Vocês viram ele?

Vimos.

E a sela?

Não vimos sela nenhuma.

Eu não saio daqui sem recuperar minhas coisas.

Lá vai você, disse Rawlins. Escuta só isso.

Que é que ele diz?, perguntou Blevins.

Deixa pra lá, disse John Grady.

Se fossem as coisas dele era diferente eu aposto. Então ele ia querer voltar, não ia?

Não provoque.

Escuta aqui, seu cabeça de merda, disse Rawlins. Se não fosse por esse cara eu não estaria aqui de modo nenhum. Eu tinha deixado seu rabo lá no *arroyo*. Não, retiro isso. Eu tinha deixado você em Pecos.

A gente vai tentar recuperar seu cavalo, disse John Grady. Se isso não estiver bom pra você diga logo.

Blevins fitava o chão.

Ele está cagando, disse Rawlins. Eu podia escrever. Morrer de tiro por roubo de cavalo não quer dizer nada pra ele. Já espera isso.

Não é roubo, disse Blevins. O cavalo é meu.

Grande vantagem. Diga a esse cara o que vai fazer, porque eu garanto a você que estou cagando.

Tudo bem, disse Blevins.

John Grady examinava-o. Se a gente pegar seu cavalo, você estará em condições de montar?

Sim.

Temos sua palavra?

Palavra uma ova, disse Rawlins.

Sim, disse Blevins.

John Grady olhou para Rawlins. Rawlins continuava deitado, o rosto coberto pelo chapéu. Ele se voltou para Blevins. Tudo bem, disse.

Levantou-se e pegou uma manta e voltou e a entregou a Blevins.

Vamos dormir agora?, perguntou Blevins.

Eu vou.

Já comeram?

Já, disse Rawlins. Claro que a gente já comeu. Você não comia? Um grande bife cada um e rachamos um terceiro.

Porra, disse Blevins.

Dormiram até a lua baixar e ficaram sentados no escuro fumando. John Grady olhava as estrelas.

Que horas você acha que são, parceiro?, perguntou Rawlins.

O quarto crescente se põe à meia-noite lá de onde eu venho.

Rawlins fumava. Diabos. Acho que vou voltar pra cama.

Vá. Eu acordo você.

Tudo bem.

Blevins foi dormir também. John Grady ficou a olhar o firmamento desenrolar-se saindo de trás das enegrecidas paliçadas das montanhas a leste. Para os lados da aldeia só escuridão. Nem um cão latia. Ele olhou para Rawlins adormecido em sua manta e soube que ele tinha razão em tudo o que dissera e não tinha jeito e a Ursa Maior na borda norte do mundo girava e a noite demorava a passar.

Quando os chamou não faltava muito mais de uma hora para o amanhecer.

Está pronto?, perguntou Rawlins.

Tão pronto quanto possível.

Selaram os cavalos e John Grady entregou sua corda para Blevins. Faça um cabresto com ela, disse.

Tudo bem.

Ponha debaixo da camisa, disse Rawlins. Não deixe ninguém ver.

Não tem ninguém pra ver, disse Blevins.

Não aposte nisso. Já estou vendo uma luz ali.

Vamos embora, disse John Grady.

Não havia luzes acesas nas casas na rua onde tinham visto o cavalo. Eles cavalgavam devagar. Um cachorro que dormia no chão acordou e começou a latir e Rawlins fez um gesto de quem joga alguma coisa e ele se encolheu. Quando chegaram à casa onde estava o cavalo John Grady saltou e se aproximou e olhou pela janela e voltou.

Não está lá, disse.

O silêncio era mortal na ruazinha de terra. Rawlins curvou-se e cuspiu. Bem, merda, disse.

Tem certeza de que o lugar é este?, perguntou Blevins.

É o lugar.

O menino escorregou do cavalo para baixo e atravessou a rua cautelosamente com seus pés descalços até a casa e olhou para dentro. Depois saltou a janela.

Que diabos ele está fazendo?, perguntou Rawlins.

Não sei.

Esperaram. Ele não voltava.

Aí vem alguém.

Alguns cachorros despertaram. John Grady montou e deu a volta no cavalo e retornou pela estrada e ficou parado no escuro. Cachorros começavam a latir em resposta aos outros por toda a aldeia. Uma luz acendeu-se.

Deus do céu, acabou, não acabou?, perguntou Rawlins.

John Grady olhou para ele. Tinha a carabina em pé na coxa. Por trás das casas e do barulho dos cachorros veio um grito.

Sabe o que esses filhos da puta vão fazer com a gente?, perguntou Rawlins. Já pensou nisso?

John Grady curvou-se para a frente e falou ao cavalo e pôs lhe a mão no pescoço. O cavalo tinha começado a patear nervoso e não era um cavalo nervoso. Ele olhou para as casas onde tinham visto a luz. Um cavalo relinchou no escuro.

Aquele filho da puta maluco, disse Rawlins. Aquele filho da puta maluco.

O inferno se desencadeara do outro lado do terreno. Rawlins deu meia-volta no cavalo e o animal pateou e trotou e ele bateu-lhe nas ancas com o cano do rifle. O cavalo agachou-se e firmou as patas traseiras e Blevins em roupas de baixo em cima do grande baio e seguido por uma matilha de cães uivantes explodiu na estrada numa chuva de destroços da cerca de *ocotillo* na qual metera o cavalo.

O cavalo passou raspando de lado por Rawlins, Blevins agarrado à crina e segurando o chapéu. Os cachorros ensandecidos encheram a rua e o cavalo de Rawlins empinou e sacudiu a cabeça e o grande baio fez um círculo completo e ouviram-se três tiros de revólver vindos de algum lugar na escuridão em intervalos regulares, pop pop pop. John Grady enfiou os calcanhares das botas no seu cavalo e curvou-se na sela e ele e Rawlins subiram chispando a estrada. Blevins passou pelos dois, os joelhos brancos agarrados no cavalo e as fraldas da camisa voando atrás.

Antes de chegarem à curva no alto da colina ouviram-se mais três tiros na estrada atrás. Tomaram a principal trilha para o sul e atravessaram correndo a aldeia. Já havia luzes acesas em algumas janelas pequenas. Eles atravessaram em galope picado e subiram as baixas colinas. A primeira luz da manhã desenhava a região para o leste. Um quilômetro e meio ao sul da aldeia alcançaram Blevins. Ele voltara seu cavalo na estrada e observava-os a eles e à estrada atrás deles.

Parem, disse. Vamos ouvir.

Tentaram silenciar os animais resfolegantes. Seu filho da puta, disse Rawlins.

Blevins não respondeu. Escorregou de seu cavalo e deitou-se na estrada ouvindo. Depois se levantou e tornou a montar no cavalo.

Turma, disse, aí vêm eles.

Cavalos?

É. Vou dizendo logo que vocês não vão conseguir me acompanhar. Me deixem pegar a estrada, já que é de mim que estão atrás.

Eles vão seguir a poeira e vocês escapolem pelo campo. Me encontro com vocês adiante na estrada.

Antes que eles pudessem concordar ou discordar ele virara o cavalo pelo cabresto e disparava trilha acima.

Ele tem razão, disse John Grady. É melhor a gente dar o fora desta porra de estrada.

Tudo bem.

Vararam o matagal no escuro pegando a região mais baixa que podiam, deitados sobre os pescoços dos cavalos para não serem vistos em silhueta.

Vamos é fazer com que os cavalos sejam mordidos por cobras, tão certo como eu me chamo Rawlins, disse Rawlins.

Logo vai amanhecer.

Aí a gente leva tiro.

Dentro em breve ouviram cavalos na estrada. Depois outros cavalos. Depois silêncio total.

É melhor a gente ir pra algum lugar, disse Rawlins. Vai amanhecer logo logo.

É, eu sei.

Você acha que quando eles voltarem vão ver onde a gente deixou a estrada?

Não se muitos deles passaram por cima.

E se pegarem ele?

John Grady não respondeu.

Ele não teria escrúpulos em mostrar a eles pra que lado a gente veio.

Na certa não.

Você sabe que não. Só têm de olhar pra ele atravessado.

Então é melhor a gente seguir.

Bem, eu não sei de você, mas eu estou quase sem cavalo.

Bem, então me diga o que pensa fazer.

Merda, disse Rawlins. A gente não tem escolha. Vamos ver o que traz o dia. Talvez um desses dias a gente encontre um pouco de dinheiro em algum lugar desta região.

Talvez.

Reduziram o passo dos cavalos e subiram para a crista da cadeia de montanhas. Nada se movia em toda a paisagem cinzenta. Desmontaram e caminharam ao longo da crista. Passarinhos começavam a cantar dentro do *chaparral.*

Sabe quanto tempo faz que a gente comeu?, perguntou Rawlins.

Eu nem pensei nisso.

Eu também não até agora. Levar tiro à vontade sem dúvida faz a gente perder o apetite, não faz?

Espere um minuto.

Que foi?

Espere.

Ficaram escutando.

Não estou ouvindo nada.

Tem uns cavaleiros lá.

Na estrada?

Não sei.

Está vendo alguma coisa?

Não.

Vamos seguir.

John Grady cuspiu e ficou escutando. Depois seguiram.

Ao amanhecer deixaram os cavalos parados num leito de cascalho e subiram ao topo de uma elevação e sentaram-se no meio dos *ocotillos* e observaram a região atrás a nordeste. Alguns gamos passaram comendo na crista defronte. Fora isso não viram nada.

Está vendo a estrada?, disse Rawlins.

Não.

Ficaram sentados. Rawlins apoiou o rifle no joelho e tirou o fumo do bolso. Acho que vou fumar, disse.

Um longo leque de luz abria-se no leste e o sol nascente inchava vermelho-sangue no horizonte.

Olha lá, disse John Grady.

Quê?

Daquele lado.

A uns três quilômetros alguns cavaleiros haviam subido a uma crista. Um, dois. Um terceiro. Depois tornaram a sumir de vista.

Para que lado eles iam?

Bem, primo, eu não sei, mas tenho uma ideia muito boa.

Rawlins ficou sentado segurando o cigarro. A gente vai é morrer nesta porra deste país, disse.

Não vai, não.

Acha que eles podem seguir a gente neste terreno?

Não sei. Não sei se não podem.

Eu vou lhe dizer uma coisa, parceiro. Se eles cercarem a gente aqui em cima por causa dos cavalos vão ter de passar por cima do cano deste rifle.

John Grady olhou para ele e de novo para o lugar onde os cavaleiros tinham estado. Eu odiaria ter de abrir caminho a bala até o Texas, disse.

Onde está sua arma?

No alforje da sela.

Rawlins acendeu o cigarro. Se eu tornar a ver aquele filho da puta eu mesmo mato ele. Caralho se não.

Vamos indo, disse John Grady. Eles ainda têm muito chão pra cobrir. Eu prefiro uma boa fuga a uma briga ruim.

Cavalgaram para oeste com o sol às costas e as sombras de cavalos e cavaleiros projetando-se à frente da altura de árvores. A região onde se encontravam era de lava antiga e eles se mantiveram na borda da negra planície de cascalho, de olho na retaguarda. Tornaram a avistar os cavaleiros, ao sul de onde os julgavam. E mais uma vez depois.

Se os cavalos deles não estivessem no fim acho que vinham mais rápido do que vêm, disse Rawlins.

Eu também.

No meio da manhã eles subiram à crista de uma pequena elevação vulcânica e viraram os cavalos e ficaram de vigia.

Que acha?, perguntou Rawlins.

Bem, eles sabem que não estamos com o cavalo. Isto é certo. Talvez não estejam tão loucos para andar por este terreno quanto a gente.

Tem razão.

Ficaram parados por um longo tempo. Nada se mexia.

Acho que desistiram da gente.

Eu também.

Vamos em frente.

No fim da tarde os cavalos já tropeçavam. Deram-lhes de beber nos chapéus e secaram eles próprios o outro cantil e tornaram a montar e seguir. Não viram mais os cavaleiros. Pelo entardecer avistaram um bando de pastores acampado no outro lado de um *arroyo* fundo com leito de brancos seixos redondos. Os pastores pareciam ter escolhido o local com vistas à sua defesa como faziam os antigos daquela região e olharam com muita solenidade os cavaleiros que se aproximavam do outro lado.

Que acha?, perguntou John Grady.

Acho que a gente deve seguir em frente. Estou meio desconfiado dos cidadãos desta parte do país.

Acho que você tem razão.

Cavalgaram mais um quilômetro e meio e desceram ao *arroyo* para pegar água. Não encontraram. Desmontaram e puxaram os cavalos, os quatro cambaleando na crescente escuridão, Rawlins ainda trazendo o rifle, seguindo os rastros sem sentido de pássaros e porcos selvagens na areia.

A noite encontrou-os sentados em suas mantas no chão, os cavalos amarrados a alguns palmos de distância. Simplesmente sentados na escuridão sem fogueira, calados. Após algum tempo, Rawlins disse: A gente devia ter conseguido água com os pastores.

Vamos encontrar água de manhã.

Queria que já fosse de manhã.

John Grady não respondeu.

O puto do Junior vai mijar e gemer a noite toda. Eu sei como ele fica.

Na certa eles acham que a gente ficou louco.

E não ficou?

Acha que pegaram ele?

Não sei.

Eu vou dormir.

Ficaram deitados nas mantas no chão. Os cavalos mexiam-se nervosos na escuridão.

Vou dizer uma coisa sobre ele, disse Rawlins.

Quem?

Blevins.

Que é?

O filho da putinha não ia deixar ninguém roubar o cavalo dele.

De manhã deixaram os cavalos no *arroyo* e subiram para ver o sol nascer e o que oferecia a região. Fizera frio à noite lá embaixo e quando o sol surgiu eles se viraram e sentaram-se de costas para ele. Ao norte uma fina espiral de fumaça erguia-se no ar parado.

Acha que é o acampamento dos pastores?, disse Rawlins.

É melhor que seja.

Quer voltar lá e ver se eles dão um pouco de água e de grude à gente?

Não.

Eu também não.

Ficaram observando a região.

Rawlins levantou-se e afastou-se com o rifle. Após algum tempo voltou com umas frutas de nopal no chapéu e despejou-as na rocha plana e sentou-se descascando-as com seu canivete.

Quer umas?

John Grady aproximou-se e agachou-se e tirou seu canivete. O nopal ainda estava frio da noite e sujava os dedos deles de um vermelho-sangue, e eles ficaram sentados comendo-o e cuspindo os pequenos caroços duros e tirando os espinhos dos dedos. Rawlins indicou a região com um gesto. Não acontece muita coisa por aqui, não é?

John Grady balançou a cabeça. O maior problema da gente é que pode dar com esse pessoal e nem saber. A gente nunca deu uma boa olhada nos cavalos deles.

Rawlins cuspiu. Eles têm o mesmo problema. Também não conhecem a gente.

Iam reconhecer.

É, disse Rawlins. Tem razão.

Claro que não temos problema nenhum perto de Blevins. Era melhor ele pintar aquele cavalo de vermelho e sair por aí tocando uma corneta.

É verdade.

Rawlins limpou a lâmina do canivete nas calças e fechou-o. Acho que estou perdendo terreno com essas coisas.

O estranho é que ele fala a verdade. O cavalo é dele.

Bem, é de alguém.

O certo é que não é daqueles mexicanos, porra.

É. Bem, ele tem de provar.

Rawlins guardou o canivete no bolso e ficou examinando o chapéu em busca de espinhos de nopal. Um cavalo bonito é como uma mulher bonita, disse. Dão sempre mais trabalho do que valem. O que a gente precisa é só de um que faça o serviço.

Onde você ouviu isso?

Não sei.

John Grady dobrou seu canivete. Bem, disse. Tem muito chão por lá.

É. Um monte de chão.

Deus sabe aonde ele foi.

Rawlins balançou a cabeça. Vou lhe dizer o que você me disse.

Que foi?

A gente ainda não se livrou do magrelo.

Cavalgaram o dia todo na vasta planície rumo ao sul. Só foram encontrar água depois do meio-dia, um lodoso resíduo no fundo de um tanque de adobe. À noite passando por uma fenda nas baixas colinas assustaram um gamo chifrudo num bosque de juníperos e Rawlins sacou o rifle da bainha e ergueu e apontou e disparou. Tinha soltado as rédeas e o cavalo empinou e saltou para o lado e ficou tremendo e ele desmontou e correu para o lugar onde avistara o pequeno gamo e ele estava morto em seu sangue no chão. John Grady aproximou-se levando o cavalo de Rawlins. O gamo fora atingido na base do crânio e os olhos vidravam-se. Rawlins extraiu a cápsula da bala e recarregou e baixou o cão com o polegar e ergueu o olhar.

Foi um tiro dos diabos, disse John Grady.

Foi pura sorte cega, só isso. Eu só levantei a arma e atirei.

Mesmo assim um tiro dos diabos.

Me passa a sua faca. Se eu não conseguir caçar nada pode me chamar de china.

Estriparam o gamo e penduraram-no nos juníperos para esfriar e cataram lenha na encosta. Fizeram uma fogueira e cortaram varas de *paloverde* e forquilhas para segurá-las e Rawlins esfolou o gamo e cortou a carne em tiras e estendeu-as nas varas para defumar. Quando o fogo baixou ele espetou os pernis em duas varas e apoiou-as em pedras sobre as brasas. Depois ficaram sentados vendo a carne dourar e sentindo o cheiro da fumaça quando a gordura caía chiando nas brasas.

John Grady foi tirar a sela dos cavalos e apeá-los e soltá-los e voltou com sua manta e sua sela.

Toma aí, disse.

Que é isso?

Sal.

Eu queria era um pouco de pão.

Que tal milho verde e batatas e torta de maçã?

Não seja idiota.

Não está pronto ainda?

Não. Senta aí. Nunca vai ficar pronto com você aí de pé desse jeito.

Comeram um filé cada um e giraram as tiras de carne nas varas e recostaram-se e enrolaram cigarros.

Eu vi os *vaqueros* que trabalham pro Blair cortarem um novilho em fatias tão finas que a gente podia ver do outro lado. Eles descarnavam o bicho quase que só numa longa manta. Penduravam a carne ao redor de toda a fogueira como roupa lavada e se a gente encontrasse aquilo de noite não ia saber o que era. Era como olhar através de uma coisa e ver o coração. Eles viravam a carne e refaziam a fogueira à noite e a gente via eles andando lá dentro. A gente acordava de noite e lá estava aquela coisa na planície, no vento, brilhando como um fogão quente. Vermelho como sangue.

Essa carne aí vai ficar com gosto de cedro, disse John Grady.

Eu sei.

Coiotes ladravam ao longo da crista ao sul. Rawlins curvou-se e bateu a cinza do cigarro no fogo e deitou-se.

Você às vezes pensa na morte?

É. Um pouco. E você?

Um pouco. Acha que tem um céu?

Acho. Você não?

Não sei. É. Pode ser. Acha que a gente pode acreditar em céu quando não acredita em inferno?

Acho que a gente pode acreditar no que quiser.

Rawlins balançou a cabeça. A gente pensa em tudo o que pode acontecer com a gente, disse. É um nunca acabar.

Está querendo que a gente vire religioso?

Não. Só que às vezes eu me pergunto se não era melhor se virasse.

Não está pensando em me deixar, está?

Eu já disse que não.

John Grady balançou a cabeça.

Acha que aquelas tripas podem atrair um leão?, perguntou Rawlins.

Podem.

Você já viu um?

Não. E você?

Só aquele morto que Julius Ramsay matou com os cachorros lá em Grape Creek. Ele subiu numa árvore e derrubou o bicho com uma vara pros cachorros lutarem.

Acha que ele fez isso mesmo?

É. Acho que na certa fez.

John Grady balançou a cabeça. Ele bem podia.

Os coiotes uivavam e paravam, uivavam e paravam.

Você acha que Deus olha pelas pessoas?, perguntou Rawlins.

Acho que olha. E você?

Também acho. Do jeito que o mundo é. Alguém pode acordar e espirrar em algum lugar do Arkansas ou outra porra de lugar qualquer e antes que acabe tem guerras e ruína e todo o inferno. A gente não sabe o que vai acontecer. Eu diria que Ele tem de olhar. Não acredito que a gente vivesse um dia de outro modo.

John Grady balançou a cabeça.

Você não acha que aqueles filhos da puta podem ter pegado ele, acha?

Blevins?

É.

Não sei. Eu achava que você estava satisfeito por ter se livrado dele.

Não quero que nada de ruim aconteça com ele.

Nem eu.

Acha que o nome dele é Jimmy Blevins mesmo?

Quem sabe?

À noite os coiotes acordaram-nos e eles ficaram deitados no escuro ouvindo-os reunidos em torno da carcaça do gamo, brigando e bufando feito gatos.

Quero que você escute essa porra desse barulho, disse Rawlins.

Levantou-se e tirou um tição da fogueira e gritou com eles e jogou o pau. Eles se calaram. Ele refez a fogueira e girou a carne nas varas de cedro. Quando voltou para as mantas eles tinham recomeçado.

Cavalgaram todo o dia seguinte pela região montanhosa rumo ao oeste. Enquanto viajavam cortavam tiras de carne de gamo defumada e meio seca e mastigavam-nas e limpavam as mãos negras e gordurosas no pescoço dos cavalos e passavam o cantil de água de um para outro e admiravam a região. Havia tempestades ao sul e massas de nuvem que se deslocavam devagar no horizonte com os negros ranúnculos mergulhados em chuva. Nessa noite acamparam numa plataforma de rocha acima da planície e ficaram vendo os incessantes relâmpagos em todo o horizonte destacarem da inconsútil escuridão as distantes cadeias de montanhas. Cruzando a planície na manhã seguinte encontraram água parada nas *bajadas* e deram de beber aos cavalos e beberam água de chuva das rochas e foram subindo constantemente no frio cada vez maior das montanhas até que na noite desse dia da crista das *cordilleras* viram embaixo a região da qual tinham ouvido falar. Os pastos estendiam-se numa densa névoa roxa e a oeste pequenas revoadas de aves aquáticas dirigiam-se para o norte contra o pôr do sol nas fundas galerias vermelhas sob os bancos de nuvens como cardumes de peixes num mar ardente e na planície em frente eles viram *vaqueros* tangendo o gado no meio de um véu de poeira dourada.

Acamparam na encosta sul da montanha e estenderam as mantas na terra seca sob uma plataforma de rocha. Rawlins pegou o cavalo e as cordas e arrastou para a frente do acampamento uma árvore morta inteira e acenderam uma grande fogueira contra o frio. Na noite ilimitada da planície viam como um reflexo de sua própria fogueira num lago de escuridão a fogueira dos *vaqueros* a uns oito quilômetros de distância. Choveu à noite e a chuva chiava na fogueira e os cavalos emergiram da escuridão e ficaram mexendo e piscando os olhos rubros e pela manhã estava frio e cinzento e o sol demorou muito a aparecer.

Ao meio-dia cavalgavam na planície no meio de um mato que não tinham visto antes. A trilha do gado cortava o mato como um lugar onde correra água e no meio da tarde eles viram a boiada à frente seguindo para o oeste e em uma hora a alcançaram.

Os *vaqueros* os reconheceram pelo modo como se sentavam nos cavalos e os chamaram de *caballeros* e trocaram coisas de fumar com eles e lhes falaram da região. Tocaram o gado para o oeste vadeando riachos e um pequeno rio e espantando bandos de antílopes e gamos de cauda branca dos bosques de enormes choupos que atravessavam e seguiram em frente até o fim do dia quando chegaram a uma cerca e começaram a virar o gado para o sul. Havia uma estrada do outro lado da cerca e na estrada as marcas de pneus e de gado deixadas pelas chuvas recentes e uma moça desceu cavalgando a estrada e passou por eles e eles pararam de falar. Ela usava botas de montaria inglesas e culote e uma jaqueta de sarja azul e trazia um chicote e o cavalo que montava era um cavalo de sela árabe negro. Andara cavalgando no rio ou nas *ciénagas* porque o cavalo tinha a barriga molhada e as guardas de couro da sela estavam escuras nas pontas de baixo e as botas dela também. Usava um chapéu de copa chata de feltro negro e abas largas e o cabelo negro solto por baixo caía-lhe até o meio das costas e quando ela passou sorriu e tocou a aba do chapéu com o chicote e os *vaqueros* tocaram as deles um por um até o último dos que fingiam nem tê-la visto passar. Então ela pôs o cavalo num trote picado e desapareceu estrada abaixo.

Rawlins olhou o chefe dos *vaqueros* mas ele adiantou o cavalo e percorreu a fila. Rawlins recuou para o meio dos cavaleiros ao lado de John Grady.

Viu aquela beleza?

John Grady não respondeu. Ainda olhava a estrada onde ela desaparecera. Nada havia lá para ver, mas ele olhava assim mesmo.

Uma hora depois a luz indo embora eles ajudavam os *vaqueros* a pôr o gado num curral. O *gerente* viera da casa e ficou em cima do cavalo palitando os dentes e olhando o trabalho sem fazer comentários. Quando acabaram o chefe e outro *vaquero* os levaram e apresentaram sem dizer nomes e os cinco foram juntos para a casa do *gerente* e ali na cozinha junto a uma mesa de metal sob uma lâmpada nua o *gerente* fez-lhes um interrogatório cerrado sobre o que sabiam do trabalho de fazenda enquanto o chefe apoiava cada afirmação deles e o *vaquero* balançava a cabeça e dizia que era isso mesmo e o chefe atestou voluntariamente sobre as qualificações dos *gueros* das quais nem os próprios tinham consciência, desfazendo as dúvidas com um gesto da mão como a dizer que eram coisas que todo mundo sabia. O *gerente* recostou-se em sua cadeira e os examinou. No fim eles deram seus nomes e os soletraram e o *gerente* os anotou em seu livro e aí se levantou e apertou as mãos deles e saiu para o crepúsculo onde a lua nascia e o gado mugia e os quadrados amarelos da luz da janela davam calor e forma a um mundo estranho.

Eles tiraram as selas dos cavalos e os soltaram no cercado e seguiram o chefe até o barracão. Uma comprida construção de adobe de dois aposentos com telhado de zinco e piso de concreto. Num dos aposentos mais ou menos uma dúzia de catres de madeira ou metal. Uma pequena estufa de ferro fundido. No outro uma mesa comprida com bancos em vez de cadeiras e um fogão a lenha. Uma velha prateleira de madeira contendo copos e talheres. Uma pia de pedra-sabão com um aparador coberto de zinco. Os homens já estavam à mesa comendo quando eles entraram e foram ao aparador e pegaram copos e pratos e pararam no fogão e serviram-se de feijão e *tortillas* e um generoso ensopado feito de bezerro e dirigiram-se à mesa onde os *vaqueros* os cumprimentaram com a cabeça e fizeram gestos expansivos para que se sentassem, comendo enquanto isso com a mão.

Após o jantar eles ficaram sentados à mesa fumando e tomando café e os *vaqueros* fizeram muitas perguntas sobre os Estados Unidos e todas eram sobre cavalos e gado e nenhuma sobre eles. Alguns tinham amigos ou parentes que haviam estado lá mas para a maioria o país do norte era pouco mais que um boato. Uma coisa para a qual parecia não haver explicação. Alguém trouxe uma lâmpada de hulha para a mesa e acendeu-a e pouco depois desligaram o gerador e as lâmpadas elétricas penduradas dos fios do teto reduziram-se a um fio fino laranja e apagaram-se. Todos ouviam com muita atenção quando

John Grady respondia às suas perguntas e balançavam solenemente a cabeça e tinham cuidado com seus modos para ninguém pensar que tinham opiniões sobre o que ouviam pois como a maioria dos homens bons no que fazem desprezavam a menor sugestão de que sabiam alguma coisa não aprendida em primeira mão.

Eles puseram os pratos num tanque galvanizado de água e espuma de sabão e levaram a lâmpada para seus catres no outro extremo e desenrolaram os colchões sobre as molas enferrujadas e desdobraram os lençóis e despiram-se e sopraram a lâmpada. Apesar de cansados ficaram acordados um longo tempo depois de os *vaqueros* terem adormecido. Ouviam-nos respirar profundamente no aposento que cheirava a cavalos e a couro e a homens e escutavam ao longe o gado recém-chegado ainda não deitado no curral.

Acho que eles são uns caras muito legais, sussurrou Rawlins.

É, também acho.

Viu aquelas cartucheiras?

Vi.

Acha que eles pensam que estamos aqui fugidos?

E não estamos?

Rawlins não respondeu. Após algum tempo disse: Eu gosto de ouvir o gado aqui.

É. Eu também.

Ele não falou muito do Rocha, falou?

Não muito.

Acha que era a filha dele?

Eu acho que sim.

É uma região e tanto, hem?

É. É mesmo. Vá dormir.

Parceiro?

Sim.

Era assim no tempo dos velhos vaqueiros, não era?

Era.

Quanto tempo acha que ia gostar de ficar aqui?

Uns cem anos. Vá dormir.

II

A Hacienda de Nuestra Señora de la Purísima Concepción era uma fazenda de onze mil hectares situada na borda do Bolsón de Cuatro Ciénagas, no estado de Coahuila. As partes ocidentais entravam pela Sierra de Anteojo adentro e chegavam a elevações de dois mil e quinhentos metros mas ao sul e ao leste a fazenda ocupava parte do vasto *barrial* ou leito de bacia do Bolsón e era bem aguada por nascentes naturais e riachos límpidos e pontilhada de brejos e lagos rasos ou *lagunas*. Nos lagos e riachos havia espécies de peixes desconhecidas em outras partes da Terra e pássaros e lagartos e outras formas de vida igualmente primitivas pois o deserto estendia-se para todos os lados.

La Purísima era uma das pouquíssimas fazendas naquela parte do México que retinham todo o complemento de seis léguas quadradas de terra concedido pela legislação colonial de mil oitocentos e vinte e quatro e o proprietário don Héctor Rocha y Villareal era um dos poucos *hacendados* que atualmente vivia na terra que possuía, terra que estava com sua família há cento e setenta anos. Tinha quarenta e sete anos e era o primeiro herdeiro homem em toda aquela linhagem do Novo Mundo a atingir essa idade.

Possuía mais de mil cabeças de gado naquela terra. Possuía uma casa na Cidade do México onde vivia a esposa. Pilotava seu próprio avião. Adorava cavalos. Quando chegou a cavalo à casa do *gerente* naquela manhã vinha acompanhado de quatro amigos e um séquito de *mozos* e dois animais de carga com cangalhas, uma vazia, a outra trazendo as provisões do meio-dia. Seguia-os uma matilha de galgos e os cachorros eram magros e prateados e passavam por entre as pernas dos cavalos silenciosos e fluidos como mercúrio e os cavalos nem ligavam. O *hacendado* gritou para dentro de casa e o *gerente* apareceu em mangas de camisa e os dois conversaram ligeiramente e o *gerente* balançou a cabeça e o *hacendado* falou com seus amigos e seguiram em frente. Quando passaram pelo barracão e cruzaram a porteira e tomaram a estrada para o norte alguns dos *vaqueros* pegavam seus cavalos no estábulo e puxavam-nos para fora para selá-los para o dia de trabalho. John Grady e Rawlins de pé na porta tomavam seu café.

Lá está ele, disse Rawlins.

John Grady balançou a cabeça e jogou os restos do café no terreiro.

Onde diabos acha que estão indo?, perguntou Rawlins.

Eu diria que vão caçar coiotes.

Não têm armas.

Têm cordas.

Rawlins olhou-o. Está me gozando?

Acho que não.

Ora, eu bem que gostaria de ver.

Eu também. Está pronto?

Trabalharam dois dias nos currais marcando a ferro e na orelha e castrando e arrancando chifres e vacinando. No terceiro dia os *vaqueros* trouxeram uma pequena manada de potros selvagens de três anos da meseta e prenderam-nos e ao anoitecer Rawlins e John Grady foram vê-los. Eles se amontoavam contra a cerca do outro lado do cercado e eram variados, ruãos e ruços baios e alguns malhados de vários tamanhos e conformações. John Grady abriu a porteira e os dois entraram e a fecharam atrás. Os animais horrorizados começaram a subir uns nos outros e a separar-se e a correr ao longo da cerca nas duas direções.

É o bando de cavalos mais loucos que já vi, disse Rawlins.

Não sabem que diabo é a gente.

Não sabem o que é a gente?

Acho que não. Acho que nunca viram um homem a pé.

Rawlins curvou-se e cuspiu.

Vê alguma coisa aí que gostaria de ter?

Aqueles cavalos ali.

Onde?

Veja aquele baio escuro. Ali à direita.

Estou vendo.

Olhe de novo.

Aquele cavalo não pesa nem quatrocentos quilos.

Sim, pesa sim. Veja aquela garupa. Daria um cavalo de vaqueiro. Veja aquele ruão ali.

Aquele filho da puta com pés de guaxinim?

Bem, é, é pequeno. Tudo bem. Aquele outro ruão. O terceiro para a direita.

Aquele com a mancha branca?

É.

Me parece um cavalo meio esquisito.

Não, não é, não. Só tem uma cor meio diferente.

E você acha que isso não é nada? Tem os pés brancos.

Aquele é um bom cavalo. Veja a cabeça dele. Veja a queixada dele. É preciso lembrar que as caudas não estão aparadas.

É. Pode ser. Rawlins balançou a cabeça, em dúvida. Antes você era muito exigente com cavalos. Talvez não veja nenhum há muito tempo.

John Grady balançou a cabeça. É, disse. Bem. Não esqueci como eles são.

Os cavalos haviam se juntado de novo no outro extremo do curral e rolavam os olhos e corriam a cabeça pelo pescoço uns dos outros.

Eles têm uma vantagem, disse Rawlins.

Qual?

Nenhum mexicano tentou domar nenhum deles.

John Grady balançou a cabeça.

Ficaram estudando os cavalos.

Quantos tem aí?, perguntou John Grady.

Rawlins avaliou. Quinze. Dezesseis.

Pra mim são dezesseis.

Que seja.

Acha que você e eu podemos domar todos em quatro dias?

Depende do que você chama domar.

Só chucros meio domados. Digamos seis selas. Se curva, para e fica parado para ser selado.

Rawlins tirou o fumo do bolso e empurrou o chapéu para trás.

Que está pensando?, perguntou.

Domar esses cavalos.

Por que quatro dias?

Acha que a gente consegue?

Será que vão pôr eles em serviço? O que acho é que qualquer cavalo domado em quatro dias pode ficar chucro de novo em outros quatro.

Eles estão sem cavalos, é por isso que estão aqui, pra começar.

Rawlins despejou o fumo na mortalha dobrada. Está querendo dizer que o que estamos vendo aqui é nossa reserva?

É o que eu acho.

Vamos montar um filho da puta de um queixo-duro domado com uma daquelas malditas argolas mexicanas?

É.

Rawlins balançou a cabeça. Que quer fazer, tentar amarrar as pernas?

É.

Acha que tem tanta corda assim por aqui?

Não sei.

Você ia ser um mata-chucro. Isso eu lhe digo.

Pense em como você ia dormir bem.

Rawlins pôs o cigarro na boca e pescou um fósforo. Que mais você sabe que não me contou?

Armando diz que o velho tem cavalos por toda aquela montanha.

Quantos?

Alguma coisa em torno de quatrocentas cabeças.

Rawlins olhou-o. Riscou o fósforo e acendeu o cigarro e jogou o fósforo fora. Pra que diabos?

Tinha começado um programa de criação antes da guerra.

Que tipo de cavalos?

Media sangres.

Que diabo é isso?

Mestiços, como a gente diz.

É?

Aquele ruão ali, disse John Grady, é um declarado garanhão se tiver os pés ruins.

De onde acha que eles vêm?

De onde vêm todos. De um cavalo chamado José Chiquito.

Zé Pequeno?

É.

O próprio?

O próprio.

Rawlins ficou fumando, pensativo.

Os dois cavalos foram vendidos no México, disse John Grady. O Um e o Dois. O que ele tem lá em cima é uma grande *yeguada* de éguas descendentes da velha linhagem de cavalos Traveler-Ronda de Sheeran.

Que mais?, perguntou Rawlins.

É só isso.

Vamos conversar com o cara.

Estavam parados na cozinha com os chapéus nas mãos e o *gerente* sentado à mesa estudava-os.

Amansadores, disse.

Sí.

Ambos, ele disse.

Sí. Ambos.

Ele se recostou. Tamborilou com os dedos no tampo metálico da mesa.

Hay dieciseis caballos en el potrero, disse John Grady. *Podemos amansarlos en cuatro días.*

Voltaram andando pelo terreiro até o barracão para lavar-se para o jantar.

Que foi que ele disse?, perguntou Rawlins.

Disse que a gente é uns sacos de merda. Mas de uma maneira simpática.

Acha que é um não direto?

Acho que não. Acho que ele não pode deixar assim.

Foram trabalhar nos potros selvagens ao amanhecer. Domingo de manhã com as roupas ainda úmidas por terem-nas lavado na noite anterior e dirigindo-se ao *potrero* antes de se apagarem as estrelas, comendo uma *tortilla* fria embrulhada em torno de uma concha de feijão frio e sem café e levando seus seis metros de laço enrolados no ombro. Levavam mantas de sela e uma *bosalea* ou cabresto com uma brida de metal e John Grady dois sacos de aninhagem limpos sobre os quais dormira e sua sela Hamley com os estribos já encurtados.

Ficaram olhando os cavalos. Eles se mexiam e paravam, formas cinzentas na manhã cinzenta. Empilhados no chão fora da porteira havia rolos de tudo que é tipo de corda, desde algodão e *manilla* e couro cru trançado e maguei e gravatá até pedaços de velhas *mecates* de crina trançada e outras emendadas. Empilhados contra a cerca viam-se os dezesseis cabrestos que eles haviam passado a noite fazendo no barracão.

Esse grupo já foi selecionado uma vez lá na meseta, não foi?

Eu diria que sim.

Que é que eles querem com as éguas?

Aqui elas são montadas.

Bem, disse Rawlins. Agora vejo por que eles são duros com os cavalos. Tendo de enfrentar essas megeras.

Balançou a cabeça e enfiou o resto da *tortilla* na boca e limpou as mãos nas calças e torceu o arame e abriu a porteira.

John Grady entrou atrás e equilibrou a sela no chão e tornou a sair e trouxe um monte de cordas e cabrestos e agachou-se para escolhê-los. Rawlins ficou em pé fazendo seu laço.

Pelo que sei você não está ligando pra ordem deles, disse.

Está sabendo certo, primo.

Está mesmo decidido a tirar a rabugem desses vermes?

É.

Meu velho sempre disse que a gente doma um cavalo é pra montar nele e se você está decidido a domar é melhor selar e subir a bordo e ir em frente.

John Grady sorriu. Seu velho era um domador de verdade?

Nunca ouvi ele dizer que era. Mas não tenho dúvida que eu vi ele se segurar e sacudir em cima uma ou duas vezes.

Bem, vai ver mais um pouco disso.

Vamos acabar com eles duas vezes?

Pra quê?

Eu nunca vi um que acreditasse completamente da primeira ou que duvidasse da segunda.

John Grady sorriu. Eu faço eles acreditarem, disse. Você vai ver.

Vou lhe dizer agora mesmo, primo. Esse aí é um grupo dos diabos.

Como é que diz Blair? Não existe potro mau?

Não existe potro mau, disse Rawlins.

Os cavalos já se mexiam. Ele escolheu o primeiro que se separou e jogou o laço e pegou as pernas dianteiras do potro e o bicho bateu no chão com um tremendo baque. Os outros cavalos enlouqueceram e se agruparam e olharam para trás enlouquecidos. Antes que o potro conseguisse se levantar John Grady já se agachara sobre o pescoço dele e puxou a cabeça para cima e para um lado e segurou-o pelo focinho apertando a comprida cabeça contra o peito e o bafo quente e doce do animal fluía dos negros poços das narinas para seu rosto e pescoço como notícias de outro mundo. Eles não tinham cheiro de cavalo. Tinham cheiro do que eram, animais selvagens. Ele segurava a cara do cavalo contra o peito e sentia na parte de dentro das coxas o sangue pulsando nas artérias e aspirava o cheiro do medo e tapava os olhos do cavalo e alisava-o e não parava um minuto de falar com ele em voz baixa e firme dizendo-lhe tudo que ia fazer e tapando os olhos dele e espantando o terror com o alisamento.

Rawlins tirou um dos pedaços de corda do pescoço e deu-lhe uma volta e passou-o pela quartela da pata traseira e puxou-a para cima e amarrou-a às patas dianteiras do cavalo. Soltou o laço com que o pegara e jogou-o para um lado e pegou o cabresto e os dois o enfiaram pelo focinho e as orelhas do animal. John Grady correu o polegar pela boca do cavalo e Rawlins meteu a brida e depois passou uma segunda volta de corda pela outra pata traseira. Depois amarrou as duas cordas ao cabresto.

Pronto?, perguntou.

Pronto.

Ele soltou a cabeça do cavalo e levantou-se e afastou-se. O cavalo levantou-se com esforço e virou-se e disparou uma pata traseira e deu um puxão em si mesmo e fez uma meia-volta e caiu. Tornou a levantar-se e a escoicear e a cair. Quando se levantou a terceira vez ficou parado dando coice e puxando a cabeça numa dança. Parou. Afastou-se e tornou a parar. Depois disparou uma pata traseira e tornou a cair.

Ficou ali caído por um tempo repensando tudo e quando se levantou parou um minuto e depois deu três saltos e simplesmente se imobilizou fuzilando-os com o olhar. Rawlins pegara o laço e tornava a armá-lo. Os outros cavalos observavam-no com muito interesse do outro lado do *potrero*.

Esses chucros são loucos de pedra, disse.

Pegue o que achar mais louco, disse John Grady, e eu lhe dou um cavalo prontinho deste domingo a uma semana.

Prontinho pra quem?

Pro seu julgamento.

Bobagem, disse Rawlins.

Quando já tinham três cavalos amarrados e impedidos de escoicear no curral bufando e olhando furiosos em volta vários *vaqueros* na porteira tomavam café à vontade observando-os. No meio da manhã oito cavalos estavam amarrados e os outros oito pareciam mais loucos que veados, espalhando-se ao longo da cerca e agrupando-se e correndo num crescente mar de poeira à medida que o dia esquentava, compreendendo lentamente a crueldade daquela transformação de suas individualidades fluidas e coletivas naquela condição de paralisia isolada e desvalida que parecia uma praga insinuante entre eles. Todo o resto dos *vaqueros* tinha saído do barracão para ver e ao meio-dia todos os dezesseis *mesteños* estavam parados no *potrero* apeados a seus cabrestos e voltados em todas as direções e desfeita toda a comunhão entre eles. Pareciam animais amarrados por crianças como diversão e parados esperavam não sabiam o que com a voz do domador ainda correndo pelos seus cérebros como a voz de um deus que viera habitá-los.

Quando foram para o barracão almoçar, os *vaqueros* pareceram tratá-los com certa deferência mas se era a deferência concedida aos vitoriosos ou aos retardados mentais eles não tinham certeza. Ninguém pediu sua opinião sobre os cavalos nem os interrogou sobre o método. Quando voltaram ao curral à tarde havia umas vinte pessoas paradas em volta olhando os cavalos — mulheres, crianças, moças e homens — todos esperando que eles voltassem.

De onde diabos saíram eles?, perguntou Rawlins.

Não sei.

Quando o circo chega à cidade a notícia se espalha logo, não é?

Passaram pela multidão cumprimentando com a cabeça e entraram no cercado e fecharam a porteira.

Escolheu um?, perguntou John Grady.

Já. Como inteiramente louco, eu indico aquele cabeça-de-balde filho da puta parado ali à direita.

O *grullo*?

O que parece *grullo*.

O cara entende de cavalos.

Entende de loucura.

Ficou observando enquanto John Grady se aproximava do animal e amarrava um pedaço de corda de uns quatro metros ao cabresto. Depois o levou pela porteira do *potrero* para o curral onde os cavalos seriam montados. Rawlins achou que o cavalo ia refugar ou recuar mas ele não o fez. Ele pegou o saco e as peias e aproximou-se e enquanto John Grady falava com o cavalo ele apeou as patas dianteiras e pegou a corda de *mecate* e entregou o saco a John Grady e segurou o animal enquanto no quarto de hora seguinte John Grady passava o saco em cima e embaixo do animal e esfregava sua cabeça com ele e passava-o de um lado a outro da cara e corria-o para cima e para baixo entre as patas falando com ele enquanto isso e esfregando-o e encostando-se nele. Foi aí que ele pegou a sela.

Para que acha que serve cercar o cavalo desse jeito?, perguntou Rawlins.

Não sei, disse John Grady. Não sou cavalo.

Pegou a manta e colocou-a nas costas do animal e esticou-a e ficou parado alisando o animal e falando com ele e depois se curvou e pegou a sela e ergueu-a com as cilhas presas em cima e o estribo pendurado no arção e a pôs sobre o animal e ajeitou-a no lugar. O cavalo não se mexeu. Ele se curvou e apertou a cilha e prendeu-a. O cavalo deitou as orelhas para trás e ele lhe falou e apertou a cilha outra vez, encostou-se no cavalo e falou-lhe como se ele não fosse nem louco nem mortal. Rawlins olhou para a porteira do curral. Havia umas cinquenta ou mais pessoas olhando. Faziam piquenique no chão. Pais com bebês no colo. John Grady tirou o estribo do arção e soltou-o. Depois suspendeu de novo a cilha e passou a fivela. Tudo bem, disse.

Segura ele, disse Rawlins.

Ele segurou a corda enquanto Rawlins desatava as pontas do cabresto e ajoelhava-se e as amarrava às peias da frente. Depois tiraram o cabresto da cabeça do cavalo e John Grady ergueu a *bosalea* e encaixou-a delicadamente na cabeça do animal e puseram a brida e a cabeçada. Ele pegou as rédeas e passou-as por cima da cabeça do cavalo e assentiu e Rawlins ajoelhou-se e desamarrou as peias e puxou as voltas de corda até que elas caíram no chão junto às patas traseiras do cavalo. E afastou-se.

John Grady pôs um pé no estribo e comprimiu-se contra o pescoço do cavalo falando-lhe e depois montou na sela.

O cavalo permaneceu imóvel. Disparou uma pata traseira para testar o ar e parou de novo e depois se lançou de lado e contorceu-se e deu coices e parou bufando. John Grady tocou-lhe as costelas com os calcanhares e o cavalo andou. Ele puxou a rédea e o cavalo voltou-se. Rawlins cuspiu de nojo. John Grady virou de novo o cavalo e voltou.

Que diabo de bronco é esse?, perguntou Rawlins. Você acha que foi isso que as pessoas pagaram uma boa grana pra ver?

Ao anoitecer ele tinha montado onze dos dezesseis cavalos. Nem todos haviam sido tão tratáveis. Alguém fizera uma fogueira no chão do lado de fora do *potrero* e havia mais ou menos umas cem pessoas juntas, algumas vindas do *pueblo* de La Vega nove quilômetros ao sul, algumas de mais longe ainda. Ele montou os últimos cinco cavalos à luz da tal fogueira, os cavalos dançando, volteando na luz, os olhos rubros fulgindo. Quando acabaram os cavalos estavam parados no *potrero* ou passeavam em torno arrastando as pontas dos cabrestos pelo chão com tanto cuidado para não pisar nelas e puxar os focinhos machucados que andavam com um ar de grande elegância e decoro. Dificilmente se podia dizer que houvera pela manhã aquele bando de potros selvagens e frenéticos que circulavam pelo *potrero* como bolas de gude giradas numa jarra e os animais relinchavam uns para os outros na escuridão e respondiam de volta como se algum deles estivesse faltando, ou alguma outra coisa.

Quando eles se dirigiram para o barracão no escuro a fogueira ainda ardia e alguém trouxera um violão e outro alguém uma ocarina. Três estranhos separados ofereceram-lhes um gole de garrafas de mescal antes que eles se livrassem da multidão.

A cozinha estava vazia e eles pegaram o jantar no fogão e sentaram-se à mesa. Rawlins observava John Grady. Ele mastigava mecanicamente e meio desmoronado no banco.

Não está cansado, está, parceiro?, perguntou.

Não, respondeu John Grady. Estava cinco horas atrás.

Rawlins sorriu. Não tome mais esse café. Vai deixar você acordado.

Quando acordaram pela manhã ao romper do dia a fogueira ainda ardia e quatro ou cinco homens deitavam-se no chão dormindo, alguns com mantas e outros sem elas. Todos os cavalos no *potrero* observaram-nos passar pela porteira.

Você se lembra como eles são?, perguntou Rawlins.

Sim. Lembro. Eu sei que você se lembra de seu companheiro ali.

É, eu conheço o filho da puta.

Quando se aproximou do cavalo com o saco ele se voltou e saiu trotando. Ele o acuou contra a cerca e pegou a corda e puxou-a em volta e o cavalo ficou parado tremendo e ele se aproximou e começou a falar com o bicho e depois a alisá-lo com o saco. Rawlins foi pegar a manta e a sela e a *bosalea.*

Às dez daquela noite ele tinha montado toda a *remuda* de dezesseis cavalos e Rawlins fizera o mesmo uma segunda vez com cada um. Montaram-nos de novo na terça e na manhã de quarta-feira ao romper do dia com o primeiro cavalo selado e o sol não nascido John Grady cavalgou para a porteira.

Abre aí, disse.

Me deixa selar um cavalo pra acompanhar.

Não tem tempo.

Se esse filho da puta sentar seu rabo no chão lá no raio que o parta você vai ter tempo.

Então eu acho melhor me segurar na sela.

Me deixa selar um daqueles cavalos bons.

Tudo bem.

Ele saiu do cercado puxando o cavalo de Rawlins e esperou enquanto Rawlins fechava a porteira e montava ao seu lado. Os chucros pateavam e negaceavam nervosos.

Isso é meio como um cego puxando o outro, não é?

Rawlins fez que sim com a cabeça. É mais ou menos como T-Bone Watts quando trabalhava pro meu pai e todo mundo dizia que ele tinha mau hálito. Ele respondia que era melhor do que não ter respiração nenhuma.

John Grady sorriu e incitou o cavalo à frente num trote e partiram pela estrada.

No meio da tarde ele tinha montado todos os cavalos de novo e enquanto Rawlins trabalhava com eles no cercado ele cavalgou pelo campo o pequeno *grullo* que Rawlins escolhera. Três quilômetros acima da fazenda onde a estrada passava por entre tiriricas e juncos e ameixas silvestres à beira da laguna ela passou por ele num cavalo negro.

Ele ouviu o cavalo atrás e teria se virado para olhar se não o tivesse ouvido mudar de passo. Não a olhou enquanto o árabe dela não se emparelhou com o seu cavalo, marchando com o pescoço arqueado e um olho no *mesteño*, não com cautela mas com um leve nojo equino. Ela passou a uns cinco palmos de distância e virou o rosto de bela ossatura e olhou-o de frente. Tinha olhos azuis e cumprimentou com a cabeça ou talvez apenas a tenha baixado ligeiramente para ver melhor que tipo de cavalo ele montava, só a mais leve inclinação do largo chapéu preto direito na cabeça, a mais leve inclinação do longo cabelo negro. Passou e o cavalo tornou a mudar de passo e ela o montava mais que bem, cavalgando ereta com o peito aberto e fazendo o cavalo trotar na estrada. O *mesteño* parara e sujara a estrada com as patas traseiras separadas e ele ficou olhando-a. Quase falara com ela mas aqueles olhos haviam alterado o mundo para sempre no espaço de uma batida do coração. Ela desapareceu por trás dos juncos do lago. Um bando de passarinhos levantou voo e passou por ele com trinados agudos.

Nessa noite quando Antonio e o *gerente* vieram ao cercado para inspecionar os cavalos ele estava ensinando o *grullo* a andar para trás com Rawlins na sela. Eles ficaram observando, o *gerente* palitando os dentes. Antonio montou os dois cavalos que estavam selados, levando-os de um lado para outro no curral e fazendo-os parar. Desmontou e balançou a cabeça e ele e o *gerente* examinaram os cavalos na outra ala do curral e foram embora. Rawlins e John Grady olharam um para o outro. Tiraram as selas dos cavalos e puseram-nos com a *remuda* e voltaram para a casa trazendo suas selas e apetrechos e lavaram-se para o jantar. Os *vaqueros* estavam à mesa e eles pegaram seus pratos e serviram-se no fogão e pegaram o café e foram para a mesa e sentaram-se. Havia uma tigela de barro de *tortillas* no centro da mesa coberta com uma toalha e quando John Grady apontou e pediu que a passassem surgiram mãos dos dois lados da mesa para pegar o prato e passá-lo dessa maneira como uma taça cerimonial.

Três dias depois estavam nas montanhas. O chefe mandara *o mozo* com eles para cozinhar e cuidar dos cavalos e três jovens *vaqueros* não muito mais velhos que eles. O *mozo* era um velho manco de uma perna chamado Luis que havia lutado em Torreón e San Pedro e mais tarde em Zacatecas e os rapazes eram garotos do campo, dois deles nascidos na *hacienda.* Só um dos três tinha ido até Monterrey. Subiram as montanhas puxando três cavalos cada um com cargas para levar a comida e a tenda da cozinha e caçaram os cavalos selvagens nas florestas do planalto e nos pinheiros e *madroños* e nos *arroyos* onde eles tinham ido se esconder e tangeram-nos batendo as altas mesetas e prenderam-nos na ravina de pedra preparada quinze anos antes com cerca e porteira e os cavalos entraram e voltaram-se uns contra os outros mordendo-se e dando coices enquanto John Grady andava entre eles no meio de todo aquele suor e poeira e confusão com sua corda como se não passassem de um maldito sonho com cavalos. Acamparam à noite nas altas pontas de terra onde a fogueira açoitada pelo vento rasgava a escuridão e Luis contou-lhes histórias da região e das pessoas que moravam nela e das pessoas que tinham morrido e como tinham morrido. Toda a vida adorara cavalos e ele e o pai e dois irmãos tinham lutado na cavalaria e o pai e os irmãos tinham morrido na cavalaria mas todos desprezavam Victoriano Huerta acima de todos os outros homens e os atos de Huerta acima de todos os males que os acometiam. Disse que comparado com Huerta o próprio Judas não passava de outro Cristo e um dos jovens *vaqueros* virou a cabeça e benzeu-se. Ele disse que a guerra tinha destruído o país e que os homens acham que a cura para a guerra é a guerra como o *curandero* receita a carne da cobra para a mordida da cobra. Falou de suas campanhas nos desertos do México e dos cavalos mortos embaixo dele e disse que as almas dos cavalos refletem as almas dos homens muito mais do que supõem os homens e que os cavalos também adoram a guerra. Os homens dizem que só eles aprendem isso mas ele disse que nenhuma criatura pode aprender o que seu coração não tem capacidade de conter. Seu próprio pai dizia que nenhum homem que não foi à guerra a cavalo pode jamais entender de fato o cavalo e ele achava que desejava que não fosse assim mas era.

Por último disse que tinha visto as almas dos cavalos e que era uma visão terrível. Disse que podia ser vista em certas circunstâncias que cercavam a morte de um cavalo porque ele partilha uma alma comum e sua vida separada só se forma destacando-a da de todos os cavalos e tornando-a mortal. Disse que se a pessoa entendesse a alma do cavalo entenderia todos os cavalos que já existiram.

Ficaram sentados fumando, observando as brasas mais ardentes da fogueira onde o carvão rubro estalava e se partia.

Y de los hombres?, perguntou John Grady.

O velho fez com a boca que ia responder. Finalmente disse que entre os homens não havia tanta comunhão quanto entre os cavalos e a ideia de que os homens podem ser entendidos na certa era uma ilusão. Rawlins perguntou-lhe em seu espanhol estropiado se havia um céu para os cavalos mas ele balançou a cabeça e disse que o cavalo não precisava de céu. Por fim John Grady perguntou-lhe se não era verdade que se todos os cavalos desaparecessem da face da terra a alma do cavalo também pereceria pois não haveria nada com que reabastecê-la mas o velho apenas disse que não tinha sentido falar em não haver cavalos no mundo porque Deus não ia permitir uma coisa dessa.

Tangeram as éguas da montanha pelos leitos secos e *arroyos* e através dos pantanais do *bolsón* e prenderam-nas. Fizeram esse trabalho durante três semanas até que em meados de abril tinham mais de oitenta éguas no cercado, a maioria já no cabresto, algumas selecionadas para montaria. A essa altura o recolhimento dos bois estava em andamento e boiadas desciam diariamente do campo aberto para os pastos da fazenda e embora alguns dos *vaqueros* não tivessem mais de dois ou três cavalos de muda os novos cavalos continuaram no cercado. Na segunda manhã de maio o Cessna vermelho surgiu do sul e circulou a fazenda e guinou e desapareceu deslizando atrás das árvores.

Uma hora depois John Grady estava de pé na cozinha da casa da fazenda com o chapéu nas mãos. Uma mulher lavava pratos na pia e um homem sentava-se à mesa lendo um jornal. A mulher enxugou as mãos no avental e saiu para outra parte da casa e em poucos minutos voltou. *Un ratito*, disse.

John Grady balançou a cabeça. *Gracias*, respondeu.

O homem levantou-se e dobrou o jornal e atravessou a cozinha e voltou com uma tábua de cortar carne e facas de escarvar com uma pedra de afiar e as pôs sobre o jornal. No mesmo instante don Héctor apareceu na porta e ficou parado olhando para John Grady.

Era um homem magro de ombros largos e cabelos grisalhos e alto à maneira dos *norteños* e de pele clara. Entrou na cozinha e apresentou-se e John Grady passou o chapéu para a mão esquerda e os dois apertaram-se as mãos.

María, disse o *hacendado. Café por favor.*

Estendeu a mão com a palma para cima em direção à porta e John Grady cruzou a cozinha e entrou no salão. A casa era fria e silenciosa e cheirava a cera e flores. Um relógio de pé no corredor à esquerda. Os pesos de metal mexiam-se por trás dos caixilhos e o pêndulo oscilava lentamente. Ele se voltou para ver e o *hacendado* sorriu e estendeu a mão para a porta da sala de jantar. *Pásale*, disse.

Sentaram-se a uma comprida mesa de nogueira inglesa. As paredes da sala eram cobertas de damasco azul e tinham retratos pendurados de homens e cavalos. No fim da sala havia um aparador de nogueira com alguns abafadores de pratos e garrafas enfileirados e na balaustrada da janela do lado de fora tomavam sol quatro gatos. Don Héctor pegou às suas costas um cinzeiro de louça no aparador e o pôs à frente deles e tirou do bolso da camisa um pequeno estojo metálico de cigarros ingleses e abriu-o e ofereceu-os a John Grady e John Grady pegou um.

Gracias, disse.

O *hacendado* colocou o estojo sobre a mesa entre os dois e tirou um isqueiro de prata do bolso e acendeu o cigarro do rapaz e depois o seu.

Gracias.

O homem soprou devagar um fino fio de fumaça sobre a mesa e sorriu.

Bueno, disse. Podemos falar inglês.

Como le convenga, disse John Grady.

Armando me disse que você entende de cavalos.

Já lidei com alguns.

O *hacendado* fumava pensativo. Parecia esperar que se dissesse mais alguma coisa. O homem que estivera sentado na cozinha lendo o jornal entrou na sala com uma bandeja de prata contendo um serviço de café com xícaras e pote de creme e açucareiro além de um prato de *bizcochos.* Pôs a bandeja na mesa e ficou parado um instante e o *hacendado* agradeceu-lhe e ele tornou a sair.

Don Héctor dispôs ele mesmo as xícaras e serviu o café e indicou a bandeja com a cabeça. Por favor, sirva-se, disse.

Obrigado. Eu tomo sem açúcar.

Você é do Texas.

Sim, senhor.

O *hacendado* tornou a balançar a cabeça. Tomou um gole de café. Sentava-se de lado à mesa com as pernas cruzadas. Mexeu o pé na bota de couro de bezerro cor de chocolate e voltou-se e olhou para John Grady e sorriu.

Por que está aqui?

John Grady olhou-o. Baixou o olhar para a mesa onde as sombras dos gatos a tomar sol enfileiravam-se como gatos de cartolina ligeiramente inclinados. Tornou a olhar para o *hacendado.*

Acho que eu só queria conhecer o país. Ou queríamos.

Posso perguntar quantos anos tem?

Dezesseis.

O *hacendado* ergueu as sobrancelhas. Dezesseis?, disse.

É, sim, senhor.

O *hacendado* tornou a sorrir. Quando eu tinha dezesseis anos dizia aos outros que tinha dezoito.

John Grady tomou um gole de café.

Seu amigo também tem dezesseis anos?

Dezessete.

Mas você é o líder.

A gente não tem líder. Somos apenas companheiros.

Claro.

Ele empurrou o prato para a frente. Por favor, disse. Sirva-se.

Obrigado. Acabei de levantar da mesa do café da manhã.

O *hacendado* bateu a cinza do cigarro no cinzeiro de louça e tornou a recostar-se.

Que acha das éguas?, perguntou.

Tem algumas boas naquela manada.

É. Conhece um cavalo chamado Three Bars?

É um cavalo puro-sangue.

Conhece?

Sei que ele correu o Grande Prêmio do Brasil. Acho que veio do Kentucky, mas pertence a um sujeito chamado Vail, de Douglas, Arizona.

É. O cavalo nasceu na Fazenda Monterrey, em Paris, Kentucky. O garanhão que eu comprei é um meio-irmão, filho da mesma égua.

Sim, senhor. Onde está?

Está a caminho.

Onde?

A caminho. Do México. O *hacendado* sorriu. Era reprodutor num haras.

O senhor pretende criar cavalos de corrida?

Não. Pretendo criar cavalos de campo.

Pra usar aqui na fazenda?

É.

Pretende usar esse garanhão com suas éguas?

É. Que acha?

Não tenho opinião. Conheci alguns criadores e alguns com muita experiência mas eles pareciam ter muito pouca opinião. Sei que já houve alguns bons cavalos de campo gerados por puros-sangues.

É. Que importância você dá à égua?

A mesma que ao garanhão. Em minha opinião.

A maioria dos criadores confia mais no cavalo.

Sim, senhor. Confia.

O *hacendado* sorriu. Acontece que concordo com você.

John Grady curvou-se e bateu a cinza de seu cigarro. Não precisa concordar comigo, senhor.

É. Nem você comigo.

Sim, senhor.

Me fale dos cavalos da meseta.

Talvez ainda tenha umas boas éguas lá em cima mas não muitas. O resto eu diria que é só matungo. Mesmo assim alguns deles podem dar um cavalo de campo decente. Tipo de cavalo pra toda obra. Potros espanhóis, como a gente chama. Cavalos de Chihuahua. A velha linhagem Barb. São pequenos e meio leves e não têm a traseira que a gente gosta num bom cavalo mas sempre se pode fazer alguma coisa com eles...

Parou. Olhou o chapéu em seu colo e correu o dedo pela dobra e ergueu o olhar. Não estou lhe dizendo nada que o senhor não saiba.

O *hacendado* levantou o abafador do café e tornou a servir as xícaras.

Sabe o que é um *criollo*?

Sim, senhor. É um cavalo argentino.

Sabe quem foi Sam Jones?

Sei se está falando de um cavalo.

Crawford Sykes?

É outro dos cavalos de tio Billy Anson. Ouvi falar desse cavalo a vida toda.

Meu pai comprava cavalos do senhor Anson.

Tio Billy e meu avô eram amigos. Nasceram com três dias de diferença um do outro. Ele era o sétimo filho do duque de Litchfield. A esposa era uma atriz de teatro.

Você é de Christoval?

San Angelo. Ou dos arredores de San Angelo.

O *hacendado* estudava-o.

Conhece um livro chamado *O cavalo da América*, de Wallace?

Sim, senhor. Li de ponta a ponta.

O *hacendado* recostou-se em sua cadeira. Um dos gatos levantou--se e espreguiçou-se.

Veio do Texas até aqui a cavalo?

Sim, senhor.

Você e seu amigo.
Sim, senhor.
Só os dois?
John Grady olhou a mesa. O gato de cartolina meteu-se fino e inclinado entre as silhuetas dos outros. Ele tornou a erguer o olhar. Sim, senhor, disse. Só ele e eu.
O *hacendado* balançou a cabeça e esmagou o cigarro e empurrou a cadeira para trás. Venha, disse. Vou lhe mostrar uns cavalos.

Os dois sentavam-se em seus catres um defronte do outro, os cotovelos nos joelhos curvados para a frente e olhando as mãos cruzadas. Após algum tempo Rawlins falou. Não ergueu o olhar.
É uma oportunidade pra você. Não vejo motivo pra você recusar.
Se você não quiser que eu aceite eu não aceito. Fico aqui.
Não é como se você fosse partir pra qualquer lugar.
A gente vai continuar trabalhando juntos. Trazendo cavalos e tudo.
Rawlins balançou a cabeça. John Grady o observava.
É só você dizer que eu digo não a ele.
Não tem por que fazer isso, disse Rawlins. É uma oportunidade pra você.
De manhã tomaram o desjejum e Rawlins saiu para trabalhar nos currais. Quando voltou ao meio-dia o colchão de John Grady estava enrolado na cabeceira do catre e os apetrechos haviam desaparecido. Rawlins foi aos fundos lavar-se para o almoço.

O estábulo era construído em estilo inglês e revestido de placas e pintado de branco e tinha uma cúpula e um cata-vento no alto da cúpula. O quarto dele ficava no fundo, perto da sala de arreios. Do outro lado do corredor havia outro cubículo onde vivia um velho cavalariço que trabalhara para o pai de Rocha. Quando John Grady levou seu cavalo para o estábulo o velho apareceu e ficou parado olhando o animal. Depois olhou para os pés. Depois para John Grady. Depois deu as costas e voltou para seu quarto e fechou a porta.

À tarde quando ele trabalhava uma das novas éguas no curral diante do estábulo o velho apareceu e ficou a observá-lo. John Grady disse-lhe boa tarde e o velho balançou a cabeça e respondeu. Observava a égua. Disse que era encorpada. Falou *rechoncha* e John Grady não sabia o que significava e perguntou e o velho fez uma forma de barril com os braços e John Grady achou que ele queria dizer que ela estava prenha e disse que não e o velho deu de ombros e voltou a entrar.

Quando ele levou a égua de volta para o estábulo o velho apertava a cilha do árabe negro. A moça dava-lhe as costas. Quando a sombra da égua escureceu a porta do corredor ela se voltou e olhou.

Buenas tardes, ele disse.

Buenas tardes, ela disse. Enfiou os dedos sob a cilha para verificá-la. Ele ficou parado na entrada do corredor. Ela se ergueu e passou as rédeas por cima da cabeça do cavalo e pôs o pé no estribo e montou e virou o cavalo e saiu do corredor para a porta.

Nessa noite acordado em seu catre ele ouvia a música que vinha da casa e enquanto mergulhava no sono pensava em cavalos e campo aberto e cavalos. Cavalos ainda selvagens na meseta que jamais tinham visto um homem a pé e que nada sabiam dele ou de sua vida mas em cujas almas ele iria residir para sempre.

Subiram para as montanhas uma semana depois com o *mozo* e dois dos *vaqueros* e depois que os *vaqueros* foram dormir em suas mantas ele e Rawlins ficaram sentados junto à fogueira na borda da meseta tomando café. Rawlins pegou o seu fumo e John Grady pegou seus cigarros e balançou o maço para ele. Rawlins guardou o fumo.

Onde encontrou a mortalha pros cigarros?

Em La Vega.

Ele balançou a cabeça. Tirou um ferro de marcar do fogo e acendeu o cigarro e John Grady curvou-se e acendeu o seu.

Você disse que ela estuda na Cidade do México?

É.

Quantos anos tem?

Dezessete.

Rawlins balançou a cabeça. Em que escola ela estuda?

Não sei. Algum tipo de escola secundária ou algo assim.

Escola metida a besta.

É. Escola metida a besta.

Rawlins fumava. Bem, disse. Ela é uma garota metida a besta.

Não, não é, não.

Rawlins recostava-se em sua sela, sentado com as pernas cruzadas ao lado da fogueira. A sola da bota direita se soltara e ele a pregara com argolas de focinho de porco cravadas na ponta do calçado. Ele olhou o cigarro.

Bem, ele disse, mas não acho que vá dar mais ouvidos agora do que deu antes.

É, eu sei.

Imagino que goste de dormir chorando de noite.

John Grady não respondeu.

Essa daí na certa sai com caras que têm seus próprios aviões, pra não falar de carros.

Você deve estar certo.

É bom ouvir você dizer isso.

Mas não adianta nada, adianta?

Rawlins tragou o cigarro. Ficaram calados por um longo tempo. Finalmente ele jogou o toco do cigarro na fogueira. Vou dormir, disse.

É, disse John Grady. Acho uma boa ideia.

Estenderam as mantas e ele tirou as botas e as colocou de pé a seu lado e deitou-se entre as mantas. A fogueira reduzira-se a brasas e ele ficou olhando as estrelas lá em cima e o quente cinturão de matéria que tocava o acorde da negra abóbada e espalmou as mãos no chão de cada lado e apertou-as contra a terra e naquele dossel de negrume a arder friamente foi-se tornando aos poucos o centro do mundo, todo o mundo tenso e trêmulo e movendo-se enorme e vivo sob suas mãos.

Como é o nome dela?, perguntou Rawlins, na escuridão.

Alejandra. O nome dela é Alejandra.

Domingo à tarde foram até a aldeia de La Vega montando cavalos da nova manada nos quais vinham trabalhando. Um *esquilador* da fazenda cortara-lhes o cabelo com tesouras de tosquiar e eles tinham a nuca acima das golas brancas cobertas de cicatrizes e usavam os chapéus caídos para a frente e olhavam de um lado para outro enquanto seguiam como para desafiar o campo ou qualquer coisa que pudesse conter. Tinham posto os cavalos para correr na estrada, numa aposta de cinquenta centavos, e John Grady ganhara, e depois trocaram os cavalos e ele ganhara no de Rawlins. Cavalgaram a galope e depois em trote e os cavalos estavam quentes e espumavam e agachavam-se e pateavam na estrada e os *campesinos* a pé com cestas de hortaliças ou baldes cobertos de gaze grosseira afastavam-se para a beira da estrada ou subiam no meio do mato e dos cactos para olhar espantados os jovens cavaleiros passando e os cavalos espumando pela boca e mastigando e os cavaleiros gritando um para o outro em sua língua estranha e passando numa surda fúria que dificilmente parecia conter-se no espaço que lhes cabia e no entanto deixando tudo intacto onde tinham estado: poeira, raios de sol, um passarinho cantando.

Na *tienda* as camisas dobradas nas prateleiras quando sacudidas retinham um quadrado de cor mais clara onde a poeira assentara no pano ou o sol desbotara ou as duas coisas. Eles escolheram nas pilhas para encontrar uma de mangas suficientemente compridas para Rawlins, a mulher estendendo a manga junto ao braço esticado dele, os alfinetes presos na boca como uma costureira para redobrar e alfinetar a camisa, balançando a cabeça em dúvida. Levaram novas calças de lona para o fundo da loja e experimentaram-nas num quarto de dormir que tinha três camas e um piso de cimento frio outrora pintado de verde. Sentaram-se numa das camas e contaram o dinheiro.

Quanto custam essas calças, quinze pesos?

É só lembrar que dois pesos são duas moedas de três pêni.

Lembre você. Quanto custam?

Um dólar e oitenta e sete centavos.

Diabos, disse Rawlins. Estamos em boa forma. Vamos receber em cinco dias.

Compraram meias e roupa de baixo e as empilharam no balcão enquanto a mulher somava tudo. Depois ela embrulhou as roupas novas em dois pacotes separados e amarrou-os com um barbante.

Quanto você ainda tem?, perguntou John Grady.

Quatro dólares e alguma coisa.

Compre um par de botas.

Vai faltar muito.

Eu completo a diferença.

Tem certeza?

Tenho.

A gente precisa de algum capital de giro pra esta noite.

Ainda temos uns dois dólares. Vá.

E se você quiser comprar um refrigerante pra aquela belezinha?

Vai me custar uns quatro centavos. Vá.

Rawlins manuseou as botas em dúvida. Pôs uma contra a sola de sua bota erguida.

Essas coisas são pequenas pra burro.

Experimente estas.

Pretas?

Claro. Por que não?

Rawlins calçou as botas novas e andou de um lado para o outro. A mulher balançou a cabeça, aprovando.

Que acha?, perguntou John Grady.

Estão bem. Esses tacões baixos levam algum tempo pra gente se acostumar.

Vamos ver você dançar.

O quê?

Dançar.

Rawlins olhou para a mulher e depois para John Grady. Merda, disse. Está olhando prum idiota dançante.

Dê alguns passos aí.

Rawlins executou um hábil pateado de *ninestep* nas tábuas do assoalho, sorrindo da poeira que levantava.

Qué guapo, disse a mulher.

John Grady sorriu e meteu a mão no bolso para pegar o dinheiro.

Esquecemos de comprar as luvas, disse Rawlins.

Luvas?

Luvas. Depois de se divertir a gente vai ter de voltar pro batente.

Tem razão.

Aquelas cordas velhas já quase me roeram as mãos.

John Grady olhou para as próprias mãos. Ele perguntou à mulher onde estavam as luvas e compraram dois pares.

Ficaram no balcão enquanto ela as embrulhava. Rawlins olhava para as botas nos pés.

O velho tem umas cordas *manilla* de seda no estábulo, disse John Grady. Eu pego uma pra você assim que tiver uma chance.

Botas pretas, disse Rawlins. Não é uma merda? Eu sempre quis ser bandido.

Embora a noite estivesse fria as portas duplas da granja permaneciam abertas e o homem que vendia os ingressos sentava-se numa cadeira sobre um estrado de madeira elevado logo na entrada de modo que tinha de inclinar-se para cada um num gesto semelhante a uma benevolência e receber as moedas e entregar os ingressos ou olhar os canhotos dos que apenas tinham saído um pouco. O velho salão de adobe era escorado do lado de fora com pilares dos quais nem todos tinham feito parte do projeto e não havia janelas e as paredes eram bambas e rachadas. Uma fila de lâmpadas elétricas corria por toda a extensão de cada lado do salão coberta com sacos de papel pintado cujas pinceladas apareciam na luz e os vermelhos e verdes e azuis amortecidos e quase iguais. O piso fora varrido mas havia caroços no chão e pedaços de palha e na outra ponta do salão uma pequena orquestra mourejava num palco de sacos de grão sob uma concha armada com papel laminado. Ao pé do palco havia luzes dentro de latas de frutas envoltas em papel crepom colorido que fumegavam a noite toda. As bocas das latas eram cobertas de celofane de várias cores e lançavam no papel laminado uma fantasmagoria de luz e fumaça de demônios enlouquecidos e dois falcões voavam em arco guinchando na semiescuridão acima.

John Grady e Rawlins e um rapaz da fazenda chamado Roberto parados um pouco além da luz da porta entre os carros e carroças passavam entre si um quartilho de mescal. Roberto ergueu a garrafa contra a luz.

A las chicas, disse.

Bebeu e passou a garrafa. Eles beberam. Despejaram no pulso sal de um papel e lamberam-no e Roberto enfiou a rolha de sabugo de milho na garrafa e escondeu-a atrás do pneu de um caminhão parado e passaram em volta um pacotinho de chiclete.

Listos?, perguntou.

Listos.

Ela dançava com um rapaz alto da Fazenda San Pablo e usava um vestido azul e tinha a boca vermelha. Ele e Rawlins e Roberto postaram-se com outros jovens junto à parede e olharam os dançarinos e além deles as moças no outro lado do salão. Ele passou pelos grupos. A atmosfera cheirava a palha e a suor e a um forte odor de colônias. Sob a concha da orquestra o acordeonista lutava com seu instrumento e batia a bota nas tábuas em contratempo e recuou e o trompetista se adiantou. Os olhos dela por cima do ombro do parceiro bateram nele. O cabelo negro dela penteado com uma fita azul e a nuca branca como porcelana. Quando se virou de novo sorriu.

Ele jamais a tocara e a mão dela era pequena e a cintura muito fina e ela o olhou muito diretamente e sorriu e encostou o rosto no ombro dele. Reduziram-se as luzes. Uma longa nota de trompete guiava os dançarinos em seus percursos separados e coletivos. Mariposas circulavam em torno das lâmpadas de papel e os falcões desciam pelos fios e faziam uma curva para cima e voltavam à escuridão.

Ela falava um inglês aprendido em grande parte nos livros da escola e ele testava cada frase dela em busca dos sentidos que queria ouvir repetindo-as em silêncio para si mesmo e depois questionando--as de novo. Ela disse que estava contente por ele ter vindo.

Eu lhe disse que vinha.

Sim.

Eles deram a volta, o trompete latejava.

Achou que eu não vinha?

Ela jogou a cabeça para trás e olhou-o, sorrindo, os olhos brilhando. *Al contrario*, disse. Eu sabia que você ia vir.

No intervalo da orquestra foram à barraca de bebidas e ele comprou dois refrescos e saíram para passear no fresco da noite. Andaram pela estrada onde havia outros casais e eles passavam e diziam boa noite. O ar frio cheirava a terra e perfume e cavalos. Ela tomou o braço dele e riu e chamou-o de *mojado-reverso*, uma criatura muito rara e que devia ser ciosamente guardada. Ele falou-lhe de sua vida. Que seu avô morrera e a fazenda fora vendida. Sentaram-se num pequeno tanque de concreto e com os sapatos no colo e os pés descalços cruzados na poeira ela traçava desenhos na água escura com o dedo. Estivera fora na escola durante três anos. A mãe morava na Cidade do México e ela ia para casa aos domingos jantar e às vezes as duas jantavam juntas na cidade e iam ao teatro ou ao balé. A mãe achava solitária a vida na *hacienda* mas vivendo na cidade parecia ter poucos amigos.

Ela fica brava comigo porque eu sempre quero voltar pra cá. Diz que eu prefiro meu pai a ela.

E prefere?

Ela balançou a cabeça. Sim. Mas não é por isso que eu venho. De qualquer modo, ela diz que eu vou mudar de ideia.

Sobre vir pra cá?

Sobre tudo.

Ela olhou para ele e sorriu. Vamos entrar?

Ele olhou em direção às luzes. A música começara.

Ela se levantou e curvou-se com uma mão no ombro dele e calçou os sapatos.

Vou lhe apresentar a minhas amigas. Vou lhe apresentar a Lucía. Ela é muito bonita. Você vai ver.

Aposto que não é tão bonita quanto você.

Oh, nossa. Devia ter cuidado com o que diz. Além disso, não é verdade. Ela é mais bonita.

Ele cavalgou para casa sozinho com o perfume dela na camisa. Os cavalos continuavam amarrados e parados junto ao estábulo mas ele não conseguiu encontrar Rawlins nem Roberto. Quando desamarrou o seu os outros dois agitaram a cabeça e relincharam baixinho para ir junto. Ligavam-se carros no terreiro e grupos de pessoas passavam pela estrada e ele puxou o cavalo recém-domado das luzes para a estrada antes de montar. A um quilômetro e meio da cidade passou um carro cheio de rapazes a toda e ele levou o cavalo para o lado da estrada e o cavalo agitou-se e dançou na luz dos faróis e quando os rapazes passaram gritaram alguma coisa para ele e alguém jogou uma lata de cerveja vazia. O cavalo recuou e empinou e escoiceou e ele o conteve e falou-lhe como se nada tivesse acontecido e depois de um tempo tornaram a prosseguir. A nuvem de poeira que o carro deixara pairava à frente na estreita reta até onde ele podia ver rolando devagar sob a luz das estrelas como uma coisa enorme brotando da terra. Ele achou que o cavalo tinha se comportado bem e enquanto cavalgava dizia-lhe isso.

O *hacendado* havia comprado o cavalo no escuro por intermédio de um agente nas vendas de primavera em Lexington e enviara Antonio irmão de Armando para pegar o animal e trazê-lo. Antonio deixou a fazenda num caminhão International 1941 de carroceria aberta puxando um reboque feito ali mesmo com folhas de metal e ficou fora dois meses. Levou consigo cartas em inglês e espanhol assinadas por don Héctor declarando o seu assunto e um envelope pardo de banco amarrado com um barbante e contendo muito dinheiro em dólares e em pesos além de ordens de pagamento para bancos em Houston e Memphis. Ele não falava inglês e não sabia ler nem escrever. Quando voltou o envelope com a carta em espanhol desaparecera mas trazia a carta em inglês separada em três partes nas linhas das dobras e com as pontas viradas e manchas de café e outras, algumas das quais podiam ser de sangue. Estivera na cadeia uma vez no Kentucky, outra no Tennessee e três no Texas. Quando parou no terreiro saltou e saiu caminhando duro até a casa e bateu na porta da cozinha. María o deixou entrar e ele ficou parado com o chapéu na mão enquanto ela ia chamar o *hacendado*. Quando o *hacendado* entrou na cozinha eles apertaram-se a mão gravemente e o *hacendado* perguntou pela saúde dele e ele respondeu que estava excelente e entregou-lhe os pedaços da carta com um maço de contas e recibos de cafés e postos de gasolina e lojas de comidas e cadeias e o dinheiro que restava incluindo os trocados nos bolsos e a fatura da aduana mexicana em Piedras Negras juntamente com um longo envelope manilha amarrado com uma fita azul que continha os documentos do cavalo e o recibo de venda.

Don Héctor empilhou o dinheiro e os recibos e os documentos no aparador e pôs as chaves no bolso. Perguntou se o caminhão fora satisfatório.

Sí, respondeu Antonio. *Es una troca muy fuerte.*

Bueno, disse o *hacendado*. *Y el caballo?*

Está un poco cansado de su viaje, pero es muy bonito.

E era. De uma cor castanho-escura tinha dezesseis palmos de altura e pesava cerca de setecentos quilos e tinha bons músculos e ossos fortes para sua raça. Quando o trouxeram do Distrito Federal no mesmo reboque na terceira semana de maio e John Grady e o senhor Rocha foram vê-lo no estábulo John Grady simplesmente empurrou a porta da baia e entrou e aproximou-se do cavalo e encostou-se nele e pôs-se a esfregá-lo e a falar-lhe baixinho em espanhol. O *hacendado* não deu absolutamente nenhum conselho sobre o cavalo. John Grady rodeou-o falando com ele. Ergueu uma pata dianteira e examinou-a.

O senhor o montou?

Mas por certo.

Eu gostaria de montar. *Con su permiso.*

O *hacendado* balançou a cabeça. Sim, disse. Claro.

Ele saiu da baia e fechou a porta e ficaram olhando o garanhão.

Le gusta?, perguntou o *hacendado.*

John Grady balançou a cabeça. É um cavalo dos diabos, disse.

Nos dias seguintes o *hacendado* vinha ao curral onde haviam formado a manada e andava com John Grady entre as éguas e John Grady discutia as opiniões dos dois e o *hacendado* meditava e afastava-se até uma certa distância e ficava parado olhando para trás e balançava a cabeça e pensava de novo e afastava-se de olhos no chão até outro ponto de observação e erguia a cabeça para olhar de novo a égua desejando ver uma nova égua se alguma houvesse. Quando não conseguia encontrar nenhum dote de postura ou conformação para embasar a confiança de seu jovem criador era mais provável John Grady aceitar a opinião dele. Contudo todas as éguas podiam ser defendidas com base no que passaram a chamar de *la única cosa* e essa coisa única — que podia absolvê-las de qualquer defeito a não ser dos mais graves — era o interesse pelo gado. Pois ele domara as éguas mais interessantes para montaria e levava-as para o campo através do pasto de *ciénaga* onde estavam as vacas e os bezerros no meio do capim luxuriante à beira dos pântanos e mostrava-lhes as vacas e deixava-as andar entre elas. E na manada havia éguas que muito se interessavam pelo que viam e algumas voltavam-se para trás para ver as vacas quando as traziam do pasto. Ele dizia que se podia incutir nelas o sentido das vacas. O *hacendado* não tinha tanta certeza. Mas em duas coisas concordavam inteiramente e jamais falavam e era que Deus tinha posto cavalos na terra para trabalhar com o gado e que fora o gado não havia riqueza digna de um homem.

Puseram o garanhão afastado das éguas num galpão perto da casa do *gerente* e quando elas chegavam na época ele e Antonio faziam-nos cruzar. Fizeram isso quase diariamente por três semanas e Antonio encarava o garanhão com grande respeito e amor e chamava-o de *caballo padre* e do mesmo modo que John Grady falava com ele e fazia-lhe promessas e jamais lhe mentia. O cavalo ouvia-o chegar e passava a andar em volta sobre a palha nas patas traseiras e ele lhe falava e descrevia as éguas em voz baixa. Jamais cruzava o cavalo à mesma hora dois dias seguidos e conspirou com John Grady para dizer ao *hacendado* que o cavalo precisava ser montado para mantê-lo tratável. Porque John Grady adorava montar o cavalo. Na verdade adorava ser visto montando-o. Na verdade adorava que ela o visse montando-o.

Ele ia à cozinha ainda no escuro pegar seu café e selava o cavalo ao amanhecer com apenas as pombas-do-deserto acordando no pomar e o ar ainda fresco e frio e os dois saíam de lado do estábulo com o garanhão saltando e pateando no chão e arqueando o pescoço. Cavalgavam pela estrada da *ciénaga* e na beira dos pântanos com o sol nascendo e espantando revoadas de patos que se levantavam das baixadas ou gansos ou mergansos que fugiam a bater as asas sobre as águas desfazendo a neblina e que ao subir viravam pássaros de ouro num sol ainda não visível do chão do *bolsón*.

Cavalgava às vezes até o extremo norte da laguna antes mesmo que o cavalo parasse de tremer e falava-lhe constantemente em espanhol com frases quase bíblicas repetindo sempre as proibições de uma lei ainda não estabelecida. *Soy comandante de las yeguas*, dizia, *yo y yo solo. Sin la caridad de estas manos no tengas nada. Ni comida ni agua ni hijos. Soy yo que traigo las yeguas de las montañas, las yeguas jóvenes, las yeguas salvajes y ardientes.* Dentro do arco das costelas entre suas pernas o negro coração pulsava segundo a vontade de quem e o sangue latejava e as entranhas se mexiam em suas maciças circunvoluções azuis segundo a vontade de quem e os fortes ossos das coxas e joelhos e canelas e os tendões parecendo amarras de linho que puxavam e dobravam e puxavam e dobravam suas articulações segundo a vontade de quem envolta e abafada na carne e nos cascos que abriam rombos na neblina rasteira da manhã e na cabeça virando de um lado para outro e no grande teclado escravizante dos dentes e nos globos quentes dos olhos onde o mundo ardia.

Havia vezes naquelas manhãs cedo na cozinha quando ele voltava à casa para o café da manhã com María andando em volta e abastecendo de lenha o grande fogão niquelado ou abrindo massa no tampo de mármore do balcão em que ele a ouvia cantando em alguma parte da casa ou sentia o cheiro do mais leve sopro de jacinto como se ela houvesse passado na sala ao lado. Nas manhãs em que Carlos cortava carne ele subia o corredor em meio a uma grande assembleia de gatos todos sentados em torno nos ladrilhos sob a *ramada* cada um em seu lugar e pegava um e alisava-o ali parado no portão do pomar pelo qual um dia a virar colhendo limas e ficava por algum tempo segurando o gato e depois o deixava escorregar para os ladrilhos de novo e o gato logo voltava para o lugar de onde fora apanhado e ele entrava na cozinha e tirava o chapéu. E às vezes ela cavalgava também pelas manhãs e ele sabia que ela estava na sala de jantar depois do salão sozinha e Carlos levava-lhe a bandeja do desjejum com café e frutas e uma vez cavalgando nas baixas colinas ao norte ele a vira cavalgando no parque acima dos pântanos e uma vez dera com ela puxando o cavalo pelos baixios da margem do lago entre os bunhos com a saia levantada acima dos joelhos e pássaros pretos de asas vermelhas circulavam e gritavam e ela parava e curvava-se e colhia lírios brancos com o cavalo negro esperando no lago atrás paciente como um cachorro.

Não falara com ela desde a noite do baile em La Vega. Ela fora com o pai para a Cidade do México e ele voltara só. Não tinha a quem perguntar por ela. Agora passara a montar no garanhão em pelo tirando as botas e montando enquanto Antonio segurava a trêmula égua pelo cabresto, a égua em pé com as pernas abertas e a cabeça baixa e a respiração entrando e saindo. Saindo do galpão com os calcanhares descalços sob a barriga do cavalo e o cavalo coberto de espuma e pingando e meio enlouquecido e batendo a estrada da *ciénaga* e ele cavalgando apenas com o cabresto de corda e o suor do cavalo e o cheiro da égua nele e as veias pulsando sob o couro molhado e ele se curvando junto ao pescoço do cavalo e dizendo-lhe obscenidades em voz baixa. Foi nesse estado que de repente um dia ele a encontrou voltando no árabe negro pela estrada da *ciénaga.*

Ele freou o cavalo que parou e ficou parado tremendo e pateando na estrada lançando a cabeça numa espuma de um lado para o outro. Ela estava sentada no cavalo. Ele tirou o chapéu e passou a manga da camisa pela testa e acenou para que ela passasse e repôs o chapéu e tirou o cavalo da estrada para dentro do mato e voltou-se para vê-la passar. Ela adiantou o cavalo e aproximou-se e quando o alcançou ele tocou a aba do chapéu com o indicador e cumprimentou com a cabeça e pensou que ela ia passar por ele mas ela não passou. Ela parou e voltou o rosto largo para ele. Tramas de luz refletida na água brincavam sobre o pelo negro do cavalo. Ele ficou parado no garanhão negro como um salteador de estrada sob o olhar dela. Ela esperava que ele falasse e depois ele tentaria lembrar o que fora que dissera. Só sabia que a fizera sorrir e não fora essa a sua intenção. Ela virou-se e olhou para o lago onde o sol brilhava e ela olhou de volta para ele e para o cavalo.

Quero montar nele, ela disse.

Como?

Quero montar nele.

Olhava-o direto por baixo da aba negra do chapéu.

Ele olhou do outro lado os juncos curvando-se ao vento que vinha do lago como se pudesse obter alguma ajuda daquele lado. Olhou para ela.

Quando?, perguntou.

Quando?

Quando queria montar nele?

Agora. Quero montar nele agora.

Ele baixou o olhar para o cavalo, como espantado de vê-lo ali.

Não está selado.

É, ela disse. Eu sei.

Ele apertou os calcanhares no cavalo e ao mesmo tempo puxou as cordas do cabresto para fazê-lo parecer inseguro e difícil mas o cavalo permaneceu parado.

Eu não sei se o *patrón* quer que você monte nele. Seu pai.

Ela lhe deu um sorriso de piedade e não havia piedade no sorriso. Ela saltou para o chão e passou as rédeas por cima da cabeça do cavalo negro e ficou parada olhando-o com as rédeas às costas.

Desça, disse.

Tem certeza?

Tenho. Depressa.

Ele escorregou para o chão. Tinha as partes de dentro das pernas das calças quentes e molhadas.

Que pretende fazer com seu cavalo?

Quero que você leve ele pro estábulo.

Alguém da casa vai me ver.

Leve pra casa de Armando.

Você está me metendo numa encrenca.

Você está numa encrenca.

Ela se virou e enrolou as rédeas no arção da sela e adiantou--se e tomou as cordas do cabresto dele e ergueu-as e pôs uma mão no ombro dele. Ele sentia o coração latejando. Curvou-se e fez um estribo com os dedos trançados e ela pôs a bota nas mãos dele e ele a ergueu e ela passou a perna pelas costas do garanhão e olhou-o de cima e incitou o cavalo com as botas e saiu galopando pela estrada e sumiu de vista.

Ele voltou devagar no árabe. O sol demorou muito para se pôr. Ele achava que ela podia alcançá-lo para destrocarem os cavalos mas ela não o fez e no rubro crepúsculo ele passou pela casa de Armando a pé puxando o cavalo negro e levou-o para o estábulo atrás da casa e retirou a brida e afrouxou a cilha e deixou-o em pé na baia selado e amarrado com um cabresto de corda no corrimão. Não havia luz na casa e ele achou que talvez não houvesse ninguém mas quando descia a estradinha que passava defronte a luz se acendeu na cozinha. Ele apressou o passo. Ouviu a porta abrir-se lá atrás mas não se virou para ver quem era e quem quer que fosse não falou nem gritou para ele.

A última vez que ele a viu antes de ela voltar para a Cidade do México ela vinha descendo das montanhas montada com muita pompa e ereta a fugir de um pé-d'água que se armava para o norte e das nuvens negras pairando acima. Cavalgava com o chapéu puxado para a frente e amarrado debaixo do queixo com um laço e enquanto cavalgava o cabelo negro retorcia-se e açoitava-lhe os ombros e o raio rasgou silencioso as nuvens negras às suas costas e ela desceu cruzando com aparente indiferença as baixas colinas com os primeiros pingos de chuva passando no vento e entrando nas terras de pastagem e ela contornando os lagos pálidos e cobertos de juncos ereta e solene até que a chuva a alcançou e engoliu sua silhueta naquela selvagem paisagem de verão: cavalo de verdade, amazona de verdade, terra e céu de verdade e ainda assim um sonho no todo.

Dueña Alfonsa era ao mesmo tempo tia-avó e avó da moça e sua vida na *hacienda* estava envolta em laços com o Velho Mundo e antiguidade e tradição. A não ser pelos velhos volumes encadernados em couro os livros na biblioteca eram seus livros e o piano seu piano. O antigo estereótipo no salão e o par casado de pistolas Greener no guarda-roupa do quarto de don Héctor tinham pertencido a seu irmão e era com seu irmão que ela aparecia nas fotos tiradas diante de catedrais nas capitais da Europa, ela e a cunhada em brancos trajes de verão, o irmão de terno com colete e gravata e chapéu panamá. Os bigodes negros. Os negros olhos espanhóis. A postura de grandeza. Os mais antigos dos vários retratos a óleo no salão cobertos de bárbara pátina negra como uma velha vitrificação de porcelana eram do bisavô dela e datavam de Toledo em mil setecentos e noventa e sete. O mais recente era dela mesma de corpo inteiro em trajes formais por ocasião de sua *quinceañera* em Rosário em mil oitocentos e noventa e dois.

John Grady nunca a vira. Talvez uma silhueta entrevista de passagem no corredor. Só soube que ela sabia de sua existência quando uma semana depois que a moça voltou à Cidade do México foi convidado a ir à casa à noite jogar xadrez. Quando se apresentou na cozinha vestindo as novas camisa e calça de tela María ainda lavava os pratos do jantar. Ela se voltou e o examinou ali parado com o chapéu na mão. *Bueno*, disse. *Te espera.*

Ele agradeceu e cruzou a cozinha e subiu o corredor e ficou em pé na sala de jantar. Ela se levantou da mesa junto à qual se sentava.

Curvou a cabeça muito de leve. Boa noite, disse. Por favor, entre. Eu sou a *señorita* Alfonsa.

Vestia uma saia cinza-escura e uma blusa branca de pregas e tinha o cabelo grisalho puxado para cima e parecia a professora primária que na verdade fora. Falava com sotaque inglês. Estendeu a mão e ele quase se adiantou para apertá-la antes de perceber que ela indicava a cadeira à sua direita.

'Noite, senhora, ele disse. Eu me chamo John Grady Cole.

Por favor, ela disse. Sente-se. Estou contente que tenha vindo.

Obrigado, senhora.

Ele puxou a cadeira e sentou-se e pôs o chapéu na cadeira ao lado e olhou o tabuleiro. Ela apoiou os polegares na borda e empurrou-o ligeiramente para ele. O tabuleiro era montado de blocos de nogueira circassiana e com uma borda de incrustação de madrepérola e as peças de marfim e chifre negro esculpidos.

Meu sobrinho não quer jogar, ela disse. Eu o massacro. É massacrar que se diz?

É, senhora. Acho que sim.

Como ele ela era canhota ou jogava xadrez com a mão esquerda. Faltavam-lhe os dois últimos dedos mas ele só notou isso quando o jogo já ia bem avançado. Finalmente quando ele lhe tomou a rainha ela admitiu a derrota e cumprimentou-o sorrindo e indicou o tabuleiro com certa impaciência. Já estavam bem avançados no segundo jogo e ele tomara os dois cavalos e um bispo quando ela fez duas jogadas sucessivas que o obrigaram a parar. Estudou o tabuleiro. Ocorreu-lhe que talvez ela estivesse curiosa para saber se ele ia desistir e percebeu que na verdade já pensara nisso e sabia que ela pensara antes dele. Recostou-se e olhou o tabuleiro. Ela o observava. Ele se adiantou e mexeu o bispo e deu-lhe xeque em quatro jogadas.

Foi bobagem minha, ela disse. O cavalo da rainha. Foi um erro. O senhor joga muito bem.

Sim, senhora. A senhora também.

Ela suspendeu a manga da blusa e olhou um pequeno relógio de pulso. John Grady continuou parado. Passavam duas horas da sua hora de dormir.

Mais uma?, ela perguntou.

Sim, senhora.

Ela usou uma abertura que ele nunca tinha visto antes. No fim ele perdeu a rainha e admitiu a derrota. Ela sorriu e ergueu o olhar para ele. Carlos havia entrado com a bandeja do chá e a pôs na mesa e ela afastou o tabuleiro para o lado e puxou a bandeja e arrumou as xícaras e os pires. Havia fatias de bolo num prato e um prato de biscoitos e vários tipos de queijo e uma pequena tigela de molho marrom com uma colher de prata.

Aceita creme?, ela perguntou.

Não, senhora.

Ela balançou a cabeça. Serviu o chá.

Eu não poderia usar essa abertura de novo com tanto efeito, disse.

Eu nunca tinha visto antes.

É. Foi inventada pelo campeão irlandês Pollock. Ele chamou de Abertura do Rei. Eu temia que o senhor a conhecesse.

Eu gostaria de tornar a vê-la outra hora.

Sim. Por certo.

Ela empurrou a bandeja para a frente entre os dois. Por favor, disse. Sirva-se.

É melhor não. Vou ter sonhos ruins comendo tão tarde.

Ela sorriu. Desdobrou um pequeno guardanapo de linho da bandeja.

Eu sempre tive sonhos estranhos. Mas receio que sejam inteiramente independentes de meus hábitos.

Sim, senhora.

Os sonhos têm vida longa. Eu tenho sonhos hoje que tinha quando menina. Eles têm uma estranha durabilidade, para alguma coisa não muito real.

Acha que têm algum sentido?

Ela pareceu surpresa. Ah, sim, disse. Você não?

Bem. Eu não sei. Estão na cabeça da gente.

Ela tornou a sorrir. Acho que não considero isso a condenação para você. Onde aprendeu a jogar xadrez?

Meu pai me ensinou.

Deve ter sido um bom jogador.

Mais ou menos o melhor que já vi.

Você não podia vencê-lo?

Às vezes. Ele esteve na guerra e depois que voltou eu cheguei a um ponto em que conseguia vencer mas acho que ele não se empenhava. Hoje não joga mais.

É uma pena.

Sim, senhora. É.

Ela tornou a servir as xícaras.

Perdi os dedos num acidente de tiro, ela disse. Atirando em pombos vivos. O cano da direita explodiu. Eu tinha dezessete anos. A idade de Alejandra. Não causa embaraço. As pessoas ficam curiosas. É muito natural. Imagino que a cicatriz em seu rosto foi feita por um cavalo.

Sim, senhora. Foi minha culpa.

Ela o olhou, não sem bondade. Sorriu. As cicatrizes têm o estranho poder de nos lembrar de que nosso passado é real. Os acontecimentos que as causam jamais podem ser esquecidos, podem?

Não, senhora.

Alejandra vai ficar na Cidade do México com a mãe duas semanas. Depois virá passar o verão.

Ele engoliu em seco.

O que quer que eu possa parecer, não sou uma mulher particularmente conservadora. Aqui nós vivemos num mundo pequeno. Um mundo fechado. Alejandra e eu discordamos muito. Muito mesmo. Ela se parece muito comigo naquela idade e às vezes me parece que estou lutando com meu próprio eu passado. Fui infeliz quando criança por motivos que já não têm mais importância. Mas naquilo em que estamos unidas, minha sobrinha e eu...

Interrompeu-se. Afastou a xícara e o pires para um lado. A madeira envernizada da mesa reteve uma forma redonda de vapor onde eles tinham estado que foi diminuindo a partir das bordas e desapareceu. Ela ergueu o olhar.

Eu não tinha quem me aconselhasse, sabe. Talvez não tivesse dado ouvidos mesmo. Fui criada num mundo de homens. Achei que isso talvez tivesse me preparado para viver num mundo de homens, mas não. Eu também fui rebelde e portanto reconheço isso nos outros. Mas acho que não queria quebrar nada. Ou talvez apenas as coisas que queriam me quebrar. Os nomes das entidades que nos reprimem mudam com o tempo. Convenção e autoridade são substituídas pela doença. Mas minha atitude para com elas não mudou. Não mudou.

O senhor sabe que não posso deixar de simpatizar com Alejandra. Mesmo no que ela tem de pior. Mas não vou deixar que seja infeliz. Não vou deixar que falem mal dela. Ou fuxiquem. Sei o que é isso. Ela pensa que pode erguer a cabeça e sair impune de tudo. Num mundo ideal o fuxico dos ociosos não teria importância. Mas eu vi as consequências no mundo real e elas podem ser muito sérias. Podem ser consequências de uma gravidade que não exclui o derramamento de sangue. Não exclui a morte. Vi isso em minha própria família. O que Alejandra descarta como questão de simples aparência ou costume ultrapassado…

Fez um gesto de quem afasta com a mão mutilada que era ao mesmo tempo um descarte e uma soma. Recompôs as mãos e olhou-o.

Mesmo você sendo mais jovem que ela não é direito serem vistos cavalgando juntos no campo sem ninguém para tomar conta. Desde que isso foi trazido ao meu conhecimento eu pensei se devia falar a Alejandra a respeito e decidi que não.

Recostou-se. Ele ouvia o relógio tiquetaqueando no corredor. Da cozinha não vinha som nenhum. Ela permanecia olhando-o.

Que deseja que eu faça?, ele perguntou.

Quero que tenha consideração com a reputação de uma mocinha.

Eu nunca pensei em deixar de ter.

Ela sorriu. Acredito no senhor, disse. Mas o senhor deve entender. Isto aqui é outro país. Aqui a reputação de uma mulher é tudo o que ela tem.

Sim, senhora.

Não há perdão, sabe.

Senhora?

Não há perdão. Para as mulheres. O homem pode perder a honra e reconquistá-la. Mas a mulher não. Não pode.

Ficaram calados. Ela o observava. Ele tamborilou na coroa do chapéu na cadeira com as pontas dos quatro dedos e ergueu o olhar.

Acho que tenho de dizer que isso não me parece direito.

Direito?, ela disse. Ah. Sim. Bem.

Ela virou a mão no ar como se lembrasse alguma coisa que houvesse posto fora do lugar. Não, disse. Não se trata de direito. O senhor deve entender. Trata-se de quem deve dizer. Neste assunto sou eu que tenho de dizer. Sou eu quem tem de dizer.

O relógio batia no corredor. Ela se calou observando-o. Ele pegou seu chapéu.

Bem. Acho que tenho de dizer que a senhora não precisava me convidar aqui só pra me dizer isso.

Tem toda a razão, ela disse. Foi por isso que eu quase não o convidei.

Na meseta eles observavam a tempestade que se formara ao norte. No crepúsculo, uma luz nervosa. As escuras formas cor de jade das *lagunillas* abaixo estendiam-se no chão da savana do deserto como buracos para outro céu. As faixas laminares de cor a oeste sangrando sob as nuvens marteladas. A terra subitamente encapuzada de roxo.

Eles se sentavam no chão que estremecia sob o trovão e alimentavam a fogueira com as ruínas de uma velha cerca. Pássaros baixavam da meia escuridão do norte e passavam raspando pela borda da meseta e ao norte os raios saltavam nas beiradas da terra como mandrágora ardente.

Que mais ela disse?, perguntou Rawlins.

Foi só isso.

Acha que ela falava em nome de Rocha?

Acho que ela não fala por ninguém a não ser ela mesma.

Ela acha que você está de olho na filha.

Eu estou de olho na filha.

Está de olho no fuxico?

John Grady examinou a fogueira. Não sei, disse. Não pensei nisso.

Claro que não está, disse Rawlins.

Ele olhou para Rawlins e de novo para o fogo.

Quando é que ela volta?

Mais ou menos em uma semana.

Acho que não vejo que prova você tem de que ela está tão interessada em você.

John Grady balançou a cabeça. Eu tenho. Posso falar com ela.

As primeiras gotas de chuva chiaram no fogo. Ele olhou para Rawlins.

Não está arrependido de ter vindo pra cá, está?

Ainda não.

Ele balançou a cabeça. Rawlins se levantou.

Quer o peixe ou vai só ficar aí sentado na chuva?

Eu pego.

Já peguei.

Ficaram sentados, encapuzados nos impermeáveis. Falavam de dentro dos capuzes como se se dirigissem à noite.

Eu sei que o velho gosta de você, disse Rawlins. Mas isso não quer dizer que fique quieto enquanto você dá em cima da filha.

É, eu sei.

Não vejo nenhum ás na sua mão.

É.

O que vejo é você dando um jeito pra que despeçam a gente e expulsem a gente daqui.

Ficaram olhando a fogueira. O arame que o fogo arrancara dos mourões espalhava-se em formas retorcidas pelo chão e pedaços dele continuavam no fogo e outros latejavam rubros entre as brasas. Os cavalos tinham-se aproximado fugindo da escuridão e estavam parados à beira da luz da fogueira na chuva escuros e lisos com os olhos vermelhos fulgindo na noite.

Você ainda não me disse o que respondeu a ela, disse Rawlins.

Disse que faria o que ela pedisse.

E o que foi que ela pediu?

Não tenho certeza.

Ficaram calados olhando a fogueira.

Você deu sua palavra?, perguntou Rawlins.

Não sei. Não sei se dei ou não.

Bem, ou deu ou não deu.
É o que eu pensaria. Mas não sei.

Cinco noites depois dormindo em seu catre no galpão ele ouviu uma batida na porta. Sentou-se. Alguém estava parado do outro lado da porta. Ele via a luz através das junturas.

Momento, disse.

Ergueu-se e vestiu a calça no escuro e abriu a porta. Ela estava parada no corredor do estábulo segurando uma lanterna numa mão com a luz apontada para o chão.

Que foi?, ele sussurrou.

Sou eu.

Ergueu a luz como para confirmar essa verdade. Ele não atinava com o que dizer.

Que horas são?

Não sei. Onze mais ou menos.

Ele olhou a porta do cavalariço do outro lado do corredor.

Vamos acordar Estéban, ele disse.

Então me convide a entrar.

Ele recuou e ela passou por ele com um frufru de roupas e o generoso séquito de seu cabelo e perfume. Ele puxou a porta e correu a tranca de madeira com a parte de trás da palma da mão e voltou-se e olhou para ela.

É melhor eu não acender a luz, disse.

Tudo bem. O gerador está desligado mesmo. Que foi que ela disse a você?

Ela deve ter-lhe dito o que disse.

Claro que me disse. Que foi que ela disse?

Quer sentar?

Ela se voltou e sentou-se de lado na cama sobre um dos pés. Largou a lanterna acesa na cama e depois a enfiou sob o cobertor, de onde ela impregnou o quarto com um suave fulgor.

Não queria me ver com você. Lá no campo.

Armando disse a ela que você montou em meu cavalo.

Eu sei.

Não vou permitir que me tratem desse jeito, ela disse.

Àquela luz parecia estranha e teatral. Passou a mão sobre o cobertor como para espanar alguma coisa. Ergueu o olhar para ele e tinha o rosto pálido e austero na luz que lhe vinha de baixo e os olhos perdidos nas órbitas mergulhadas nas sombras a não ser pelo brilho neles e ele viu o pescoço dela mover-se na luz e viu em seu rosto e figura uma coisa que não tinha visto antes e o nome dessa coisa era mágoa.

Eu pensava que você era meu amigo, ela disse.

Me diga o que fazer, ele disse. Faço qualquer coisa que você mandar.

A umidade da noite fazia assentar a poeira na estrada da *ciénaga* e eles cavalgavam lado a lado, a passo, montados nos animais em pelo e com cabrestos. Puxavam os cavalos pelo portão até a estrada e montavam e cavalgavam lado a lado pela estrada da *ciénaga* acima com a lua no oeste e alguns cachorros latindo para os lados dos galpões de tosquia e os galgos respondendo de seus cercados e ele fechava o portão e voltava-se e oferecia as mãos em concha para ela pisar e erguia-a para cima das costas nuas do cavalo negro e depois desamarrava o garanhão da porteira e subia na tábua da porteira e montava tudo num só movimento e voltava o cavalo e depois cavalgavam lado a lado pela estrada da *ciénaga* acima com a lua no oeste parecendo uma lua de linho branco pendurada de arames e alguns cachorros latindo.

Saíam às vezes até o nascer do dia e ele guardava o garanhão e ia à casa tomar o café da manhã e uma hora depois se encontrava com Antonio no estábulo e passando pela casa do *gerente* ia até o cercado onde as éguas esperavam.

Cavalgavam à noite pela meseta ocidental a duas horas da fazenda e às vezes ele fazia uma fogueira e viam as luzes de gás nas porteiras da *hacienda* lá embaixo flutuando numa poça de escuridão e às vezes as luzes pareciam mover-se como se o mundo lá embaixo girasse em torno de outro centro e viam as estrelas caírem na terra às centenas e ela lhe contava histórias da família do pai e do México. Na volta puxavam os cavalos pelas rédeas para dentro do lago e os cavalos ficavam parados bebendo com a água pelo peito e as estrelas no lago ondulavam e retorciam-se onde eles bebiam e se chovia nas montanhas o ar fechava-se e a noite ficava mais quente e uma noite ele a deixou e cavalgou ao longo da beira do lago através dos juncos e tiriricas e escorregou das costas do cavalo e tirou as botas e as roupas e entrou no lago onde a lua deslizava à sua frente e os patos tagarelavam na escuridão. A água era negra e quente e muito escura e sedosa e ele olhou para o lugar onde ela estava na margem com o cavalo do outro lado da ainda negra superfície e viu-a adiantar-se do monte de roupas muito branca muito branca como uma crisálida emergindo e entrar na água.

Ela parou a meio caminho e olhou para trás. De pé ali tremendo na água e não de frio pois não fazia nenhum. Não fale com ela. Não chame. Quando ela o alcançou ele estendeu a mão e ela a tomou. Estava tão branca no lago que parecia arder. Como um fogo-fátuo numa floresta escura. Ardia frio. Como a lua que ardia frio. O cabelo negro flutuando na água em volta, caindo e flutuando na água. Ela passou o outro braço pelo ombro dele e olhou a lua no oeste não fale com ela não chame e então ela virou o rosto para ele. Mais gostoso pelo furto de tempo e carne, mais gostoso pela traição. Garças equilibradas numa perna só no meio dos juncos na margem sul tiravam os finos bicos de baixo das asas para ver. *Me quieres?*, ela perguntou. Sim, ele disse. Disse o nome dela. Deus, sim, disse.

Ele saiu do estábulo lavado e penteado e com uma camisa limpa e com Rawlins sentou-se nos caixotes sob a *ramada* do barracão e ficaram fumando à espera do jantar. Ouviam-se risos e conversas no barracão e depois parou tudo. Dois dos *vaqueros* chegaram à porta e ficaram parados. Rawlins voltou-se e olhou estrada acima. Cinco guardas rurais mexicanos desciam a estrada em fila única. Vestiam uniformes cáqui e montavam bons cavalos e usavam revólveres nos coldres e traziam carabinas nas bainhas da sela. Rawlins levantou-se. Quando os cavaleiros passaram na estrada o chefe deles olhou para o barracão, para os homens sob a *ramada*, para os homens em pé à porta. E seguiram em frente e desapareceram atrás da casa do *gerente*, cinco cavaleiros cavalgando em fila única por uma estrada que vinha do norte varando o crepúsculo em direção à casa de fazenda com cobertura de telhas lá embaixo.

Quando ele voltou na escuridão para o estábulo os cinco cavalos estavam parados sob um pé de peca defronte da casa. Não lhes haviam tirado as selas e de manhã tinham desaparecido. Na noite seguinte ela veio para a sua cama e veio todas as noites durante nove noites seguidas, fechando a porta e passando a tranca e ligando a luz velada e deslizando fria e nua para junto dele no estreito catre toda maciez e perfume e a luxúria do cabelo negro caindo sobre ele e sem o mínimo cuidado. Dizendo não me importa não me importa. Tirando sangue com os dentes quando ele punha a mão em sua boca para ela não gritar. Dormindo encostada no peito dele quando ele não podia dormir de modo algum e levantava-se quando o leste já se acinzentava com o amanhecer e ia à cozinha tomar o desjejum como se apenas tivesse se levantado cedo.

Depois ela voltou para a cidade. Na noite seguinte quando ele entrou passou por Estéban no corredor do estábulo e falou com o velho e o velho respondeu mas não olhou para ele. Ele se lavou e foi até a casa e jantou na cozinha e depois de comer ele e o *hacendado* sentaram-se à mesa da sala de jantar e atualizaram o livro dos cavalos e o *hacendado* fez-lhe perguntas e tomou notas sobre as éguas e depois recostou-se e ficou fumando seu charuto e batendo o lápis na borda da mesa. Ergueu o olhar.

Bom, disse. Como vai indo com o Guzmán?

Bem, não estou pronto para o volume dois.

O *hacendado* sorriu. Guzmán é excelente. Você não lê francês?

Não, senhor.

O maldito francês é excelente sobre cavalos. Joga bilhar?

Senhor?

Você joga bilhar?

Sim, senhor. Um pouco. Sinuca, pelo menos.

Sinuca. Sim. Gostaria de jogar?

Sim, senhor.

Bom.

O *hacendado* fechou os livros e empurrou a cadeira para trás e levantou-se e ele o seguiu para fora pelo corredor e através do salão e da biblioteca até a porta dupla almofadada no outro extremo da sala. O *hacendado* abriu essas portas e eles entraram numa sala escura que cheirava a mofo e madeira velha.

Puxou uma corrente de borlas e acendeu um elaborado candelabro de metal suspenso do teto. Abaixo via-se uma mesa antiga de madeira escura com leões esculpidos nas pernas. A mesa era coberta com um encerado amarelo e o candelabro fora baixado do teto de seis metros por um pedaço de corrente. No outro lado da sala havia um altar esculpido e pintado muito velho de onde pendia um Cristo de madeira pintada em tamanho natural. O *hacendado* voltou-se.

Eu raramente jogo, disse. Espero que você não seja um bamba.

Não, senhor.

Perguntei a Carlos se ele podia deixar a mesa mais plana. Da última vez que jogamos estava empenada. Vamos ver o que fizeram. Pegue aquele canto ali. Eu lhe mostro.

Os dois postaram-se um de cada lado da mesa e dobraram o encerado em direção ao meio e tornaram a dobrá-lo e depois o ergueram e retiraram pela ponta da mesa e aproximaram-se e o *hacendado* pegou o encerado e levou-o e colocou-o sobre algumas cadeiras.

Como vê, isto era uma capela. Não é supersticioso?

Não, senhor. Acho que não.

Devia ser desconsagrada. Vem o padre e diz algumas palavras. Alfonsa é quem sabe dessas coisas. Mas evidentemente a mesa já está aqui há anos e a capela ainda tem de ser seja lá como se diz. Mandar vir o padre para fazer com que não seja mais uma capela. Pessoalmente eu duvido que se possa fazer isso. O que é sagrado é sagrado. Claro que não se diz missa aqui há muitos anos.

Quantos anos?

O *hacendado* escolhia os tacos numa prateleira de mogno no canto. Voltou-se.

Eu fiz minha primeira comunhão nesta capela. Suponho que deve ter sido a última missa dita aqui. Eu diria mil novecentos e onze.

Voltou aos tacos. Eu não deixaria o padre vir fazer uma coisa dessas, disse. Dissolver a santidade da capela. Por que iria eu fazer isso? É como se sentisse que Deus está aqui. Em minha casa.

Arrumou as bolas e entregou o taco a John Grady. Era de marfim amarelado com o tempo e viam-se os veios do marfim. Ele espalhou as bolas e jogaram sinuca e o *hacendado* venceu-o sem esforço, andando em torno da mesa e passando giz no taco com um hábil movimento de rotação e anunciando as tacadas em espanhol. Jogava lentamente e estudava as jogadas e a disposição da mesa e enquanto estudava e jogava falava da revolução e da história do México e de *dueña* Alfonsa e de Francisco Madero.

Ele nascera em Parras. Naquele estado. Nossas famílias foram em certa época muito unidas. Alfonsita talvez tenha ficado noiva do irmão de Francisco. Não estou certo. De qualquer modo, meu avô jamais teria permitido o casamento. As opiniões políticas da família eram muito radicais. Alfonsita não era criança. Deviam ter deixado que ela fizesse sua própria escolha e não deixaram e quaisquer que tenham sido as circunstâncias ela parece não ter perdoado o pai e isso foi uma grande mágoa para ele e uma mágoa com a qual ele foi enterrado.

O *hacendado* curvou-se e fez pontaria e encaçapou a bola quatro no outro extremo da mesa e endireitou-se e passou giz no taco.

No fim, nada teve importância, é claro. A família se arruinou. Os dois irmãos foram assassinados.

Ele estudava a mesa.

Como Madero ela foi educada na Europa. Como ele também ela pegou essas ideias, essas...

Fez um gesto com a mão de um modo que o rapaz tinha visto a tia fazer também.

Ela sempre teve essas ideias. *Catorce.*

Curvou-se e jogou e endireitou-se e passou giz no taco. Balançou a cabeça. Um país não é igual a outro. O México não é a Europa. Mas é uma coisa complicada. O avô de Madero era meu *padrino.* Meu padrinho. Don Evaristo. Por esse e outros motivos meu pai permaneceu leal a ele. O que não era tão difícil. Ele era um homem maravilhoso. Muito bondoso. Leal ao regime de Díaz. Esse mesmo. Quando Francisco publicou seu livro, don Evaristo se recusou a acreditar que ele o tinha escrito. E no entanto o livro não continha nada de tão terrível. Talvez fosse só o fato de um jovem *hacendado* tê-1o escrito. *Siete.*

Curvou-se e jogou a bola sete na caçapa lateral. Contornou a mesa.

Eles foram se educar na França. Ele e Gustavo. E outros. Todos aqueles jovens. Voltaram todos cheios de ideias. Cheios de ideias mas parecendo não concordar entre si. Como se explica isso? Os pais os mandaram pra aprender essas ideias, não? E eles foram lá e as pegaram. Mas quando voltaram e abriram a bagagem, por assim dizer, não havia duas que contivessem a mesma coisa.

Balançou a cabeça gravemente. Como se a disposição da mesa fosse um problema para ele.

Eles concordavam em questões de fato. Nos nomes das pessoas. Ou dos prédios. Nas datas de certos acontecimentos. Mas nas ideias… As pessoas de minha geração são mais cautelosas. Acho que não acreditamos que as pessoas possam melhorar de caráter pela razão. Isso parece uma ideia muito francesa.

Passou o giz, moveu-se. Curvou-se e jogou e depois se endireitou estudando a nova disposição da mesa.

Cuidado, jovem cavaleiro. Não há monstro maior que a razão.

Olhou para John Grady e sorriu e olhou a mesa.

Essa evidentemente é a ideia espanhola. Veja. A ideia do Quixote. Mas nem Cervantes podia prever um país como o México. Alfonsita me disse que estou sendo simplesmente egoísta por não querer mandar Alejandra embora. Talvez tenha razão. Talvez tenha razão. *Diez.*

Mandar pra onde?

O *hacendado* tinha se curvado para jogar. Tornou a erguer-se e olhou o seu convidado. Para a França. Mandá-la para a França.

Tornou a passar giz no taco. Estudou a mesa.

Por que me preocupar? Hem? Ela irá. Quem sou eu? Um pai. Um pai não é nada.

Curvou-se para jogar e errou a jogada e recuou da mesa.

Aí, disse. Está vendo? Está vendo como é ruim pra sinuca da gente? Esse negócio de pensar? Os franceses entraram em minha casa pra estragar meu jogo de sinuca. Não há mal de que não sejam capazes.

Ele se sentou no catre no escuro abraçado ao travesseiro e encostou o rosto nele e aspirou o cheiro dela e tentou refazer na mente a personalidade e a voz dela. Murmurava à meia-voz as palavras que ela dissera. Me diga o que fazer. Faço qualquer coisa que você mande. As mesmíssimas palavras que ele dissera a ela. Corava encostada em seu peito nu e ele a abraçava mas nada havia a dizer e nada a fazer e pela manhã ela se fora.

No domingo seguinte Antonio convidou-o à casa de seu irmão para jantar e depois se sentaram à sombra da *ramada* na frente da cozinha e enrolaram um cigarro e fumaram e falaram dos cavalos. Depois falaram de outras coisas. John Grady falou-lhe do jogo de sinuca com o *hacendado* e Antonio — sentado numa velha cadeira menonita cujas barras haviam sido substituídas por lona, o chapéu num joelho e as mãos juntas — recebeu essa notícia com a gravidade merecida, baixando o olhar para o cigarro aceso e balançando a cabeça. John Grady desviou o olhar para a casa atrás das árvores, as paredes brancas e o telhado vermelho de barro vermelho.

Dígame, disse. *Cuál es lo peor: que soy pobre o que soy americano?*

O *vaquero* balançou a cabeça. *Una llave de oro abre cualquier puerta*, disse.

Olhou para o rapaz. Bateu a cinza da ponta do cigarro e disse que o rapaz queria saber a sua opinião. Talvez quisesse seu conselho. Mas ninguém podia aconselhá-lo.

Tienes razón, disse John Grady. Olhou para o *vaquero*. Disse que quando ela voltasse ele pretendia falar com ela com a maior seriedade. Disse que desejava saber o que ela pensava.

O *vaquero* olhou-o. Olhou a casa. Pareceu intrigado e disse que ela estava lá: Estava lá naquele momento.

Cómo?

Sí. Ella está aquí. Desde ayer.

Ele ficou deitado acordado a noite toda até o amanhecer. Escutando o silêncio do corredor. Os movimentos dos cavalos. O respirar deles. De manhã foi até o barracão tomar o desjejum. Rawlins estava na porta da cozinha e o examinou.

Você está parecendo que foi muito cavalgado e recolhido molhado, disse.

Sentaram-se à mesa e comeram. Rawlins recostou-se e pegou o fumo no bolso da camisa.

Estou esperando que descarregue sua carroça, ele disse. Preciso trabalhar dentro de poucos minutos.

Só passei pra ver você.

Por quê?

Não precisa ser por alguma coisa, precisa?

Não. Não precisa. Ele riscou um fósforo embaixo do tampo da mesa e acendeu seu cigarro e apagou o fósforo com uma sacudida e o pôs em seu prato.

Espero que saiba o que está fazendo, disse.

John Grady bebeu o que restava de seu café e pôs a caneca no prato com os talheres. Pegou o chapéu no banco ao lado e o pôs na cabeça e levantou-se para levar os pratos para a pia.

Você disse que não ficava chateado se eu fosse pra lá.

Eu não fiquei chateado porque você foi pra lá.

John Grady balançou a cabeça. Tudo bem, disse.

Rawlins viu-o dirigir-se à pia e sair pela porta. Achou que talvez se virasse e dissesse mais alguma coisa, mas ele não disse.

Ele trabalhou com as éguas o dia todo e à noitinha ouviu o avião sendo ligado. Saiu do estábulo e ficou olhando. O avião surgiu do meio das árvores e subiu e inclinou-se e virou e partiu rumo ao sudoeste. Ele não podia ver quem estava no avião mas mesmo assim ficou observando-o até sumir.

Dois dias depois ele e Rawlins estavam de novo nas montanhas. Cavalgaram muito tangendo as manadas selvagens para fora dos altos vales e acamparam no velho local na encosta sul dos Anteojos onde tinham acampado com Luis e comeram feijão e churrasquearam carne de cabra embrulhada em *tortillas* e beberam café amargo.

Não vamos fazer mais muitas viagens aqui, vamos?, perguntou Rawlins.

John Grady balançou a cabeça. Não, disse. Na certa, não.

Rawlins tomou o seu café e ficou olhando a fogueira. De repente três galgos entraram na luz um atrás do outro e circularam o fogo, formas brancas e esqueléticas com o couro esticado sobre as costelas e os olhos rubros à luz do fogo. Rawlins ergueu-se um pouco derramando seu café.

Que diabos, disse.

John Grady levantou-se e olhou para dentro da escuridão. Os cachorros desapareceram tão rápido quanto haviam chegado.

Ficaram esperando. Não apareceu ninguém.

Que diabos, disse Rawlins.

Afastou-se um pouco da fogueira e pôs-se à escuta. Olhou de lá para John Grady.

Quer gritar?

Não.

Aqueles cachorros não estão aqui em cima sozinhos, ele disse.

Eu sei.

Acha que ele está atrás da gente?

Se ele procura a gente, pode encontrar.

Rawlins retornou para junto da fogueira. Serviu mais café e ficou escutando.

Na certa está aqui em cima com um bando de capangas.

John Grady não respondeu.

Não acha?, perguntou Rawlins.

Cavalgaram até o cercado pela manhã esperando topar com o *hacendado* e seus amigos mas não toparam. Nos dias seguintes não viram sinal dele. Três dias depois desceram da montanha tangendo na frente onze éguas jovens e chegaram à *hacienda* ao escurecer e prenderam as éguas e foram ao barracão e comeram. Alguns dos *vaqueros* ainda estavam à mesa tomando café e fumando cigarros mas foram saindo um a um.

Na manhã seguinte ao amanhecer dois homens entraram no cubículo dele com revólveres nas mãos e acenderam uma lanterna em seus olhos e ordenaram-lhe que se levantasse.

Ele se sentou. Passou as pernas sobre as bordas do catre. O homem que segurava a luz era apenas um vulto por trás dela mas ele podia ver o revólver em sua mão. Era um Colt automático de uso da polícia. Ele cobriu os olhos. Homens armados de fuzis esperavam no corredor.

Quién es?, ele perguntou.

O homem baixou a luz para seus pés e ordenou-lhe que pegasse as botas e roupas. Ele se levantou e pegou a calça e a vestiu e sentou-se e calçou as botas e pegou a camisa.

Vámonos, disse o homem.

Ele se levantou e abotoou a camisa.

Dónde están sus armas?, perguntou o homem.

No tengo armas.

O homem falou a um outro atrás e dois deles adiantaram-se e começaram a revistar suas coisas. Jogaram o conteúdo da caixa de café de madeira no chão e espalharam as roupas com os pés e os apetrechos de barbear e reviraram o colchão no chão. Vestiam uniformes cáqui sujos e empretecidos e cheiravam a suor e a fumaça de lenha.

Dónde está su caballo?

En el segundo puesto.

Vámonos, vámonos.

Levaram-no pelo corredor até a sala dos arreios e ele pegou sua sela e suas mantas e a essa altura Redbo já estava parado na entrada do estábulo pateando nervoso. Voltaram passando pelo quarto de Estéban mas não houve nenhum sinal de que o velho estivesse sequer acordado. Seguraram a luz enquanto ele selava seu cavalo e depois saíram andando para a madrugada onde os outros cavalos aguardavam. Um dos guardas levava o rifle de Rawlins e Rawlins sentava-se desmoronado na sela de seu cavalo com as mãos algemadas à frente e as rédeas no chão.

Cutucaram-no para a frente com um fuzil.

Que é isso, parceiro?, ele perguntou.

Rawlins não respondeu. Curvou-se e cuspiu e desviou o olhar.

No hable, disse o chefe. *Vámonos.*

Ele montou e algemaram-lhe os pulsos e entregaram-lhe as rédeas e todos montaram e viraram os cavalos e saíram dois a dois pela porteira. Quando passavam pelo barracão as luzes estavam acesas e os *vaqueros* parados na porta ou agachados ao longo da *ramada*. Eles viram os cavaleiros passarem, os americanos atrás do chefe e do subchefe, os outros seis cavalgando em pares atrás de quepes e uniformes com as carabinas atravessadas no arção da sela, todos cavalgando pela estrada da *ciénaga* acima rumo ao norte.

III

Cavalgaram o dia todo subindo pelas baixas colinas até as montanhas e seguindo a meseta ao norte muito além da serra dos cavalos e entrando na região que haviam atravessado pela primeira vez uns quatro meses antes. Pararam ao meio-dia numa nascente e agacharam-se em torno dos gravetos frios e empretecidos de uma antiga fogueira e comeram feijão frio e *tortillas* que traziam embrulhados num jornal. Ele pensou que as *tortillas* talvez viessem da cozinha da *hacienda.* O jornal era de Monclova. Comeu devagar com as mãos algemadas e bebeu água com uma caneca de lata que só podia ser enchida em parte porque a água escorria pelo cravo que segurava a alça. Nas algemas o metal aparecia por baixo do niquelado nos pontos onde se gastara na parte de dentro e seus pulsos já haviam ficado pálidos e de um verde venenoso. Ele comia e observava Rawlins que se agachava a pouca distância mas Rawlins não olhava para ele. Dormiram um pouco no chão embaixo dos choupos e depois se levantaram e beberam mais água e encheram os cantis e as garrafas e seguiram em frente.

A região que atravessavam já ia adiantada na estação e as acácias floresciam e chovera nas montanhas e o capim à beira dos leitos secos era verde e desgrenhado no longo crepúsculo em que cavalgavam. A não ser por observações sobre o campo os guardas pouco falavam entre si e aos americanos não diziam nada. Atravessaram cavalgando o longo crepúsculo rubro e a escuridão. Os guardas havia muito tinham embainhado os fuzis e cavalgavam descontraídos, meio desabados na sela. Mais ou menos às dez horas pararam e acamparam e fizeram uma fogueira. Os prisioneiros sentaram-se na areia entre velhas latas enferrujadas e pedaços de carvão com as mãos ainda algemadas à frente e os guardas arrumaram um velho bule de café de louça esmaltada e uma panela do mesmo material e tomaram café e comeram um prato contendo uma espécie de tubérculo branco e fibroso, um pouco de carne, um pouco de ave. Tudo duro, tudo rançoso.

Passaram a noite com as mãos acorrentadas aos estribos das selas tentando manter-se aquecidos sob as mantas individuais. Estavam de novo na trilha uma hora antes de o sol erguer-se e satisfeitos por isso.

Assim foi a vida deles durante três dias. Na tarde do terceiro dia entraram na cidadezinha de Encantada de recente memória.

Ficaram sentados lado a lado num banco de barras de ferro na pequena *alameda.* Dois dos guardas postaram-se um pouco afastados com seus fuzis e uma dúzia de crianças de diferentes idades os olhava na poeira da rua. Duas das crianças eram meninas de uns doze anos e quando os prisioneiros as olhavam elas se voltavam timidamente e torciam as saias. John Grady chamou-as e perguntou-lhes se podiam arranjar cigarros para eles.

Os guardas fuzilaram-no com o olhar. Ele fez gestos de quem fuma para as meninas e elas se viraram e desceram a rua correndo. As outras crianças continuaram como antes.

Conquistador, disse Rawlins.

Não quer um cigarro?

Rawlins cuspiu devagar entre as botas e tornou a erguer o olhar. Elas não vão lhe trazer porra de cigarro nenhum.

Faço uma aposta.

Com que diabos vai apostar?

Aposto um cigarro.

Como vai fazer isso?

Aposto um cigarro que ela vai trazer. Se trouxer eu fico com o seu.

E que vai fazer se ela não trouxer?

Se ela não trouxer você fica com o meu.

Rawlins olhou o outro lado da *alameda.*

Eu posso lhe dar uma surra, você sabe.

Não acha que se a gente quer se livrar desta enrascada é melhor começar a pensar em como sair dela juntos?

Quer dizer do mesmo jeito que entramos?

Você não pode voltar no tempo e escolher um momento em que a encrenca começou e depois jogar tudo em cima de seu amigo.

Rawlins não respondeu.

Não fique emburrado comigo. Vamos conversar.

Tudo bem. Quando eles o prenderam, que foi que você disse?

Eu não disse nada. De que ia adiantar?

Certo. De que ia adiantar.

Que quer dizer?

Quer dizer que você não pediu a eles que fossem acordar o *patrón*, pediu?

Não.

Eu pedi.

Que foi que eles disseram?

Rawlins curvou-se e cuspiu e limpou a boca.

Disseram que ele estava acordado. Disseram que ele estava acordado havia muito tempo. Depois riram.

Você acha que ele denunciou a gente?

Você não?

Não sei. Se denunciou foi por causa de alguma mentira.

Ou alguma verdade.

John Grady olhou as mãos.

Você ficaria satisfeito, disse, se eu admitisse que sou um consumado filho da puta?

Eu não disse isso.

Ficaram calados. Após algum tempo John Grady ergueu o olhar.

Eu não posso voltar atrás e começar de novo. Mas não vejo o sentido de ficar lamentando isso. E não vejo em que me faria me sentir melhor poder apontar o dedo pra outro.

Não me faz me sentir melhor. Tentei argumentar com você, só isso. Tentei um sem-número de vezes.

Eu sei que tentou. Mas tem coisas que não são racionais. Seja como for eu sou o mesmo homem com quem você cruzou aquele rio. Como eu era é como eu sou e tudo o que sei é ficar firme. Eu nunca sequer prometi a você que você não ia morrer aqui. Também nunca pedi sua palavra sobre isso. Não acho que só se deva ficar enquanto é conveniente. Ou a gente fica firme ou desiste e eu não ia deixar você, fizesse você o que fizesse. E é só isso o que tenho a dizer.

Eu nunca vou deixar você, disse Rawlins.

Tudo bem.

Após algum tempo as meninas voltaram. A maior estendeu a mão com dois cigarros.

John Grady olhou para os guardas. Eles fizeram um gesto para que as garotas se aproximassem e olharam os cigarros e balançaram a cabeça e as garotas vieram até o banco e entregaram os cigarros aos prisioneiros com vários palitos de fósforo.

Muy amable, disse John Grady. *Muchas gracias.*

Acenderam os cigarros com um palito e John Grady guardou os outros fósforos no bolso e olhou as meninas. Elas sorriam acanhadas.

Son americanos ustedes?, perguntaram.

Sí.

Son ladrones?

Sí. Ladrones muy famosos. Bandoleros.

Elas inspiraram fundo. *Qué precioso*, disseram. Mas os guardas chamaram-nas e mandaram-nas embora.

Eles ficaram sentados curvados para a frente apoiados nos cotovelos fumando os cigarros. John Grady olhou as botas de Rawlins.

Onde estavam as botas novas?

Lá no barracão.

Ele balançou a cabeça. Continuaram fumando. Após algum tempo os outros voltaram e chamaram os guardas. Os guardas fizeram gestos aos prisioneiros e eles se levantaram e balançaram a cabeça para as crianças e saíram andando pela rua.

Cavalgaram pelo extremo norte da cidadezinha e pararam diante de uma casa de adobe com telhado de zinco e um velho campanário vazio em cima. Cascas de velho reboco pintado ainda pendiam das paredes de tijolo de lama. Desmontaram e entraram numa grande sala que podia ter sido outrora uma sala de aula. Havia um corrimão ao longo da parede da frente e uma estrutura que podia ter antes segurado um quadro-negro. O piso era de tábuas de pinho estreitas e riscadas por anos de areia pisada e nas janelas ao longo das paredes faltavam vidros, substituídos por quadrados de lata cortados do mesmo painel e formando um mosaico quebrado entre as paredes. A uma mesa de metal cinza num canto sentava-se um homem robusto igualmente de uniforme cáqui usando no pescoço um lenço de seda amarela. Ele olhou os prisioneiros sem expressão. Indicou com um leve gesto de cabeça os fundos da casa e um dos guardas tirou um molho de chaves da parede e os prisioneiros foram conduzidos através de um empoeirado quintal coberto de mato para uma casinha de pedra com uma pesada porta de madeira guarnecida de ferro.

Na porta havia uma portinhola quadrada à altura dos olhos e soldada na estrutura de ferro via-se uma grade de barras finas. Um dos guardas abriu o velho cadeado de metal e a porta. Tirou uma chave separada do cinto.

Las esposas, disse.

Rawlins estendeu as algemas. O guarda abriu-as e ele entrou seguido de John Grady. A porta gemeu e estalou e fechou-se com um baque às suas costas.

Não havia luz no quarto a não ser a que entrava pela grade da porta e eles ficaram parados segurando as mantas à espera de que os olhos se acostumassem à escuridão. O chão da cela era de concreto e o ar cheirava a excremento. Após algum tempo alguém no fundo do quarto falou.

Cuidado con el bote.

Não tropece no balde, disse John Grady.

Onde está?

Não sei. Só não tropece nele.

Eu não estou vendo porra nenhuma.

Outra voz falou de dentro da escuridão. Disse: São vocês?

John Grady podia ver parte do rosto de Rawlins dividida em quadrados à luz da grade. Voltando-se devagar. O sofrimento nos olhos. Ah, Deus, ele disse.

Blevins?, disse John Grady.

É. Sou eu.

Ele se dirigiu cautelosamente para o fundo. Uma perna estendida encolheu-se no chão como uma serpente rearmando o bote. Ele se agachou e olhou para Blevins. O garoto se mexeu e ele pôde ver seus dentes à pouca luz. Como se sorrisse.

Que é que a gente não vê quando não tem uma arma, disse Blevins.

Há quanto tempo você está aqui?

Não sei. Muito tempo.

Rawlins dirigiu-se para a parede dos fundos e ficou olhando-o de cima. Você mandou eles atrás da gente, não foi?, perguntou.

Eu nunca fiz uma coisa dessa, disse Blevins.

John Grady ergueu o olhar para Rawlins.

Eles sabiam que nós éramos três, disse.

É, disse Blevins.

Bobagem, disse Rawlins. Não iam atrás da gente depois de recuperar o cavalo. Ele fez alguma coisa.

A porra do cavalo era meu, disse Blevins.

Podiam vê-lo agora. Magrelo e maltrapilho e imundo.

Era meu cavalo e minha sela e minha arma.

Eles se agacharam. Ninguém falou.

Que foi que você fez?, perguntou John Grady.

Não fiz nada que qualquer outro não fizesse.

Que foi que você fez?

Você sabe o que ele fez, disse Rawlins.

Você voltou aqui?

É claro que voltei, porra.

Seu puto burro. Que foi que você fez? Me conte o resto.

Não tem nada pra contar.

Ah, não, disse Rawlins. Não tem porra nenhuma pra contar.

John Grady voltou-se. Olhou atrás de Rawlins. Um velho estava sentado contra a parede e os observava em silêncio.

De qué crimen queda acusado el joven?, ele perguntou.

O homem piscou os olhos. *Asesinato*, disse.

El ha matado un hombre?

O homem tornou a piscar. Ergueu três dedos.

Que foi que ele disse?, perguntou Rawlins.

John Grady não respondeu.

Que foi que ele disse? Eu sei o que o filho da puta disse.

Disse que ele matou três homens.

Isso é uma porra de uma mentira, disse Blevins.

Rawlins sentou-se lentamente no concreto.

Estamos mortos, disse. Somos homens mortos. Eu sabia que ia dar nisso. Desde a primeira vez que vi ele.

Isso não vai ajudar a gente, disse John Grady.

Só morreu um, disse Blevins.

Rawlins ergueu a cabeça e olhou-o. Depois se levantou e foi até o outro lado do quarto e tornou a sentar-se.

Cuidado con el bote, disse o velho.

John Grady voltou-se para Blevins.

Eu não fiz nada com ele, disse Blevins.

Me conte o que aconteceu, disse John Grady.

Ele tinha trabalhado para uma família alemã na aldeia de Palau cento e vinte quilômetros a leste e ao fim de dois meses pegara o dinheiro que ganhara e atravessara de volta o mesmo deserto e amarrara o cavalo na mesma fonte e vestira as roupas comuns da região e entrara na cidade e sentara-se diante da *tienda* durante dois dias até que o mesmo homem passara com o mesmo cabo de guta-percha de Bisley aparecendo no cinto.

Que foi que você fez?

Não tem um cigarro aí?

Não. Que foi que você fez?

Não achava que tivesse.

Que foi que você fez?

Nossa, o que eu não daria por um naco de fumo.

Que foi que você fez?

Fui por detrás dele e tirei o revólver do cinto. Taí o que eu fiz.

E atirou nele.

Ele veio pra cima de mim.

Veio pra cima de você.

É.

E aí você atirou nele.

Que escolha eu tinha?

Que escolha, disse John Grady.

Eu não queria atirar naquele filho da puta burro. Isso nunca fez parte dos meus planos.

Que fez depois?

Quando cheguei na fonte onde estava meu cavalo me pegaram. O rapaz que eu derrubei do cavalo com um tiro estava me apontando uma espingarda.

E o que aconteceu?

Fiquei sem bala. Disparei todas. Culpa minha, porra. Só tinha as que estavam no revólver.

Você atirou num dos *rurales?*

É.

Matou?

É.

Ficaram calados no escuro.

Eu podia ter comprado balas em Muñoz, disse Blevins. Antes de vir pra cá. Tinha o dinheiro.

John Grady olhou-o. Você faz alguma ideia do tipo de confusão em que se meteu?

Blevins não respondeu.

Que foi que disseram que vão fazer com você?

Acho que me mandar pra penitenciária.

Não vão mandar você pra penitenciária.

Por que não?

Não vai ter essa sorte, disse Rawlins.

Eu não tenho idade pra ser enforcado.

Não tem pena de morte neste país, disse John Grady. Não dê ouvidos a ele.

Você sabia que eles estavam atrás da gente, não sabia?, perguntou Rawlins.

É, eu sabia. Que queria que eu fizesse, passasse um telegrama pra vocês?

John Grady esperou que Rawlins respondesse mas ele não respondeu. A sombra da grade de ferro na portinhola batia retorcida na parede defronte como um jogo riscado a giz à espera, o que o espaço no cubículo escuro e fedorento de algum modo tornava verdade. Ele dobrou sua manta e sentou-se nela e encostou-se na parede.

Deixam a gente sair alguma hora? Pra passear?

Não sei.

Que quer dizer com esse negócio de não sei?

Eu não posso andar.

Não pode andar?

Foi o que eu disse.

Por que não pode andar?, perguntou Rawlins.

Porque eles mandaram meus pés pro inferno, é por isso.

Ficaram calados. Ninguém disse nada. Logo escureceu. O velho no outro lado do quarto começara a roncar. Eles ouviam sons da cidade distante. Cães. Uma mãe chamando. Música de *ranchero* com seus gritos em falsete quase como uma agonia tocando num rádio barato em alguma parte na noite anônima.

Nessa noite ele sonhou com cavalos num campo num planalto onde as chuvas da primavera faziam brotar do chão o capim e as flores silvestres e as flores se estendiam azuis e amarelas até onde a vista alcançava e no sonho ele se via entre os cavalos correndo e ele próprio podia correr com os cavalos e eles perseguiam as éguas e potrancas novas no planalto onde as exuberantes cores baia e castanha delas reluziam ao sol e os potros jovens corriam com as mães e pisavam as flores numa nuvem de pólen que pairava ao sol como ouro em pó e eles corriam ele e os cavalos pelas longas mesetas onde o solo ressoava sob seus cascos rápidos e ondulavam e mudavam e corriam e suas crinas e caudas subiam deles como espuma e não havia mais nada naquele mundo lá em cima e se moviam todos numa ressonância que era como música entre eles e nenhum era medroso nem potro nem égua e corriam naquela ressonância que é o próprio mundo que não pode ser descrito mas apenas louvado.

De manhã apareceram dois guardas e abriram a porta e algemaram Rawlins e o levaram. John Grady levantou-se e perguntou aonde o levavam mas eles não responderam. Rawlins nem sequer olhou para trás.

O capitão sentava-se à sua mesa tomando café e lendo um jornal de três dias atrás de Monterrey. Ergueu o olhar. Passaporte, disse.

Não tenho passaporte, disse Rawlins.

O capitão olhou-o. Ergueu a sobrancelha em fingida surpresa. Não tem passaporte, disse. Tem identificação?

Rawlins procurou o bolso esquerdo traseiro com as mãos algemadas. Alcançava o bolso mas não conseguia enfiar a mão. O capitão fez um gesto com a cabeça e um dos guardas adiantou-se e tirou a carteira e entregou-a a ele. O capitão recostou-se na cadeira. *Quita las esposas*, disse.

O guarda pegou as chaves e agarrou os pulsos de Rawlins e abriu as algemas e recuou e as colocou no cinto. Rawlins ficou esfregando os pulsos. O capitão virou o couro enegrecido na mão. Olhou os dois lados e depois para Rawlins. Depois abriu a carteira e retirou os cartões e a fotografia de Betty Ward e o dinheiro americano e depois as notas de pesos mexicanos que eram as únicas não mutiladas. Espalhou essas coisas em cima da mesa e recostou-se na cadeira e juntou as mãos e bateu no queixo com os indicadores e tornou a olhar para Rawlins. Rawlins ouviu uma cabra lá fora. Crianças. O capitão fez um pequeno gesto rotatório com um dedo. Vira, disse.

Ele se virou.

Baixe a calça.

Fazer o quê?

Baixe a calça.

Pra que diabos?

O capitão deve ter feito outro gesto porque o guarda adiantou-se e tirou um pequeno cassetete de couro do bolso traseiro e bateu na nuca de Rawlins com ele. A sala em que Rawlins se achava iluminou--se numa brancura total e seus joelhos cederam e ele bateu os braços no ar.

Estava caído de cara no áspero chão de madeira. Não se lembrava de ter caído. O piso cheirava a poeira e grãos. Ele se levantou. Os outros esperaram. Pareciam não ter mais nada a fazer.

Ele se levantou e ficou de frente para o capitão. Sentia uma náusea no estômago.

Você tem de *coo-po-rar*, disse o capitão. Aí não vai ter problemas. Vira. Baixe a calça.

Ele se virou e desafivelou o cinto e baixou a calça até os joelhos e depois a cueca barata de algodão que comprara na intendência em La Vega.

Suspenda a camisa, disse o capitão.

Ele suspendeu a camisa.

Vire, disse o capitão.

Ele se virou.

Vista-se.

Ele deixou cair a camisa e pegou a calça e suspendeu-a e abotoou-a e tornou a afivelar o cinto.

O capitão segurava a sua carteira de motorista.

Em que data você nasceu?, perguntou.

Vinte e seis de setembro de mil novecentos e trinta e dois.

Qual é seu endereço?

Estrada Quatro, Knickerbocker, Texas. Estados Unidos da América.

Qual é sua altura?

Um metro e oitenta.

Quanto pesa?

Oitenta quilos.

O capitão bateu com a carteira de motorista na mesa. Olhava para Rawlins.

Você tem boa memória. Onde anda esse homem?

Que homem?

Ele ergueu a carteira de motorista. Este homem. Rawlins.

Rawlins engoliu em seco. Olhou para o guarda e depois novamente para o capitão. Rawlins sou eu, disse.

O capitão deu um sorriso de tristeza. Balançou a cabeça.

Rawlins ficou parado com as mãos caídas.

Por que não sou?, perguntou.

Por que veio pra cá?, perguntou o capitão.

Veio pra onde?

Pra cá. Pra este país.

A gente veio pra cá trabalhar. *Somos vaqueros.*

Fale inglês, por favor. Veio comprar gado?

Não, senhor.

Não. Não tem autorização, certo?

A gente veio só pra trabalhar.

Em La Purísima.

Em qualquer lugar. Foi lá que a gente encontrou trabalho.

Quanto pagam a vocês?

A gente ganhava duzentos pesos por mês.

No Texas quanto pagam por esse trabalho?

Não sei. Cem por mês.

Cem dólares.

Sim, senhor. Eu acho.

O capitão tornou a sorrir.

Por que teve de deixar o Texas?

A gente só saiu de lá. Não tinha necessidade.

Qual é seu verdadeiro nome?

Lacey Rawlins.

Ele levou o antebraço da manga da camisa à testa e logo desejou não tê-lo feito.

Blevins é seu irmão.

Não. A gente não tem nada a ver com ele.

Quantos cavalos vocês roubaram?

A gente nunca roubou cavalo nenhum.

Esses cavalos não têm *marca.*

Eles vêm dos Estados Unidos.

Vocês têm uma *factura* desses cavalos?

Não. A gente veio a cavalo de San Angelo, Texas. Não temos documentos deles. São só nossos cavalos.

Onde cruzaram a fronteira?

Perto de Langtry, Texas.

Quantos homens vocês mataram?

Eu nunca matei ninguém. Nunca roubei nada em minha vida. Esta é a verdade.

Pra que têm armas?

Pra matar caça.

Jaça?

Caça. Caçar. *Cazador*.

Agora são caçadores. Onde está Rawlins?

Rawlins estava à beira das lágrimas. O senhor está olhando pra ele, porra.

Qual é o verdadeiro nome do assassino Blevins?

Não sei.

Há quanto tempo conhece ele?

Não conheço ele. Não sei nada sobre ele.

O capitão empurrou a cadeira para trás e levantou-se. Puxou a aba da túnica para corrigir as rugas e olhou para Rawlins. Você é muito tolo, disse. Por que quer ter esses problemas?

Deixaram Rawlins logo após o umbral da porta e ele resvalou para o chão e ficou sentado por um momento e depois se curvou lentamente para a frente e para um lado e ficou equilibrando-se. O guarda apontou o dedo para John Grady que se sentava observando-os de olhos entrecerrados na luz súbita. Ele se levantou. Olhou para Rawlins.

Seus filhos da puta, disse.

Diga a eles o que eles querem ouvir, parceiro, sussurrou Rawlins. Eu não dou a mínima.

Vámonos, disse o guarda.

Que foi que você disse a eles?

Disse que a gente era ladrões de cavalos e assassinos. Você também vai dizer.

Mas o guarda já se adiantara e o pegara pelo braço e o empurrava porta afora e o outro guarda fechou a porta e o cadeado.

Quando entraram no gabinete o capitão sentava-se como antes. O cabelo recém-penteado. John Grady ficou de pé diante dele. Na sala além da mesa e da cadeira onde o capitão se sentava havia três cadeiras metálicas dobradas contra a parede defronte e uma incômoda aparência de vazio. Como se as pessoas houvessem se levantado e saído. Como se esperassem não voltar. Um velho e gasto calendário de Monterrey estava pregado na parede e no canto uma gaiola de arame vazia pendia de um suporte como uma lâmpada barroca.

Sobre a mesa do capitão via-se um candeeiro de vidro a querosene com a manga enegrecida. Um cinzeiro. Um lápis apontado com faca. *Las esposas*, ele disse.

O guarda adiantou-se e abriu as algemas. O capitão olhava pela janela. Pegara o lápis na mesa e batia nos dentes de baixo com ele. Virou-se e bateu duas vezes na mesa com o lápis e largou-o. Como alguém que chama a atenção de uma assembleia.

Seu amigo nos contou tudo, disse.

Ergueu o olhar.

Você vai achar melhor nos contar tudo logo. Assim não vai ter problemas.

O senhor não precisava bater no rapaz, disse John Grady. Nós não sabemos nada sobre Blevins. Ele pediu para vir com a gente, só isso. Não sabemos nada sobre o cavalo. O cavalo fugiu dele num temporal e apareceu aqui e foi aí que começou a encrenca. Nós não tivemos nada a ver com isso. Estamos trabalhando há três meses para o *señor* Rocha em La Purísima. O senhor foi lá e contou um monte de mentiras a ele. Lacey Rawlins é um rapaz tão bom quanto qualquer um de nós.

Ele é o criminoso Smith.

O nome dele não é Smith, é Rawlins. E não é criminoso. Eu conheço ele a minha vida toda. A gente se criou juntos. Fomos à mesma escola.

O capitão recostou-se. Desabotoou o bolso da camisa e empurrou por baixo os cigarros do maço e pegou um sem tirar o maço e tornou a abotoar a camisa. A camisa fora feita à moda militar e era justa e os cigarros ficavam apertados no bolso. Ele se curvou na cadeira e pegou um isqueiro na túnica e acendeu o cigarro e pôs o isqueiro na mesa ao lado do lápis e puxou o cinzeiro para si com um dedo e recostou-se de novo na cadeira e ficou sentado com o braço erguido e o cigarro a alguns centímetros da orelha numa posição que lhe parecia estranha. Como se talvez a tivesse admirado em outros.

Quantos anos você tem?, perguntou.

Dezesseis. Faço dezessete daqui a um mês e meio.

Quantos anos tem o assassino Blevins?

Não sei. Não sei nada sobre ele. Ele diz que tem dezesseis. Eu diria que está mais pra catorze. Até treze.

Ele não tem paus.

Ele o quê?

Ele não tem paus.

Não sei dizer. Não me interessa.

O rosto do capitão ensombreceu-se. Ele tragou o cigarro. Depois pousou a mão na mesa com a palma virada para cima e estalou os dedos.

Deme su billetera.

John Grady tirou a carteira do bolso de trás e adiantou-se e colocou-a na mesa e recuou. O capitão olhou-o. Curvou-se para a frente e pegou a carteira e recostou-se e abriu-a e começou a tirar o dinheiro, os cartões. As fotografias. Espalhou tudo e olhou.

Onde está sua licença?

Não tenho.

Você destrói ela.

Eu não tenho. Nunca tive.

O assassino Blevins não tem documentos.

Provavelmente não.

Por que ele não tem documentos?

Perdeu as roupas.

Perdeu as roupas?

É.

Por que ele vem aqui roubar cavalos?

O cavalo era dele.

O capitão recostou-se, fumando.

O cavalo não é o cavalo dele.

Bem, faça como quiser na sua ignorância.

Cómo?

Até onde eu sei o cavalo é dele. Estava com ele no Texas e eu sei que trouxe ele pro México porque vi ele atravessar o rio montado nele.

O capitão tamborilou os dedos no braço da cadeira. Não acredito em você, disse.

John Grady não respondeu.

Não são esses os fatos.

Ele deu meia-volta na cadeira para olhar pela janela.

Não são os fatos, disse. Voltou-se e olhou o prisioneiro por cima do ombro.

Você tem a oportunidade de falar a verdade aqui. Aqui. Dentro de três dias vão pra Saltillo e aí não vão ter essa oportunidade. Passou. Aí a verdade vai estar em outras mãos. Você entende. A gente pode fazer a verdade aqui. Ou perder ela. Mas quando você sair daqui vai ser tarde demais. Tarde demais pra verdade. Aí vão estar nas mãos de outros. Quem sabe qual será a verdade então? Nessa hora? Aí você vai se culpar a si mesmo.

A verdade é uma só, disse John Grady. A verdade é o que aconteceu. Não é o que sai da boca de alguém.

Você gosta desta aldeia?, perguntou o capitão.

É simpática.

É muito tranquilo aqui.

É.

As pessoas nesta cidade são pessoas tranquilas. Todo mundo aqui é sempre tranquilo.

Curvou-se para a frente e esmagou o cigarro no cinzeiro.

Aí chega o assassino Blevins pra roubar cavalos e mata todo mundo. Por que isso? Ele era um rapaz tranquilo e nunca fez mal a ninguém e aí vem pra cá e faz essas coisas, alguma coisa assim?

Recostou-se e balançou a cabeça da mesma maneira triste.

Não, disse. Balançou um dedo. Não.

Observava John Grady.

A verdade é a seguinte: ele não era um rapaz tranquilo. Era esse tipo de rapaz o tempo todo. O tempo todo.

Quando os guardas trouxeram John Grady de volta levaram Blevins com eles. Ele podia andar mas não bem. Quando o cadeado deu o estalido ao fechar-se e chacoalhou e ficou balançando até parar John Grady agachou-se diante de Rawlins.

Como está?, perguntou.

Estou bem. E você?

Estou bem.

Que aconteceu?

Nada.

Que disse a ele?

Disse que você era um saco de merda.

Não chegou a ir pro chuveiro?

Não.

Você ficou lá muito tempo.

É.

Ele tem um jaleco branco lá atrás num gancho. Pega e veste e amarra na cintura com um cordão.

John Grady assentiu com a cabeça. Olhou para o velho. O velho observava-os mesmo não falando inglês.

Blevins está doente.

É, eu sei. Acho que a gente vai pra Saltillo.

Que é que tem em Saltillo?

Não sei.

Rawlins ajeitou-se contra a parede. Fechou os olhos.

Você está bem?, perguntou John Grady.

É. Estou bem.

Acho que ele quer fazer algum tipo de acordo com a gente.

O capitão?

Capitão. Seja lá o que ele for.

Que tipo de acordo?

Ficar calado. Essa coisa.

Como se a gente tivesse alguma escolha. Ficar calado sobre o quê?

Sobre Blevins.

Ficar calado sobre o que sobre Blevins?

John Grady olhou para o quadrado de luz na porta e o seu torto reflexo na parede acima da cabeça do velho sentado. Olhou para Rawlins.

Acho que querem matar ele. Acho que querem matar Blevins.

Rawlins ficou calado por um longo tempo. Sentava-se com a cabeça virada contra a parede. Quando olhou para John Grady de novo tinha os olhos molhados.

Talvez não matem, disse.

Acho que vão.

Ah, porra, disse Rawlins. Que essa porra toda vá pro inferno.

Quando trouxeram Blevins de volta ele se sentou no canto e ficou calado. John Grady conversou com o velho. Chamava-se Orlando. Não sabia de que crime era acusado. Tinham-lhe dito que podia ir embora depois de assinar uns papéis mas ele não sabia ler e ninguém queria ler para ele. Não sabia há quanto tempo estava ali. Desde o inverno. Enquanto conversavam os guardas voltaram e o velho calou a boca.

Abriram a porta e entraram e puseram dois baldes no chão com uma pilha de pratos esmaltados. Um deles olhou para dentro do balde de água e o outro pegou o balde de despejos no canto e tornaram a sair. Tinham um ar perfunctório, como homens acostumados a cuidar de gado. Quando se foram os prisioneiros agacharam-se em volta dos baldes e John Grady distribuiu os pratos. Que eram cinco. Como se se esperasse um outro desconhecido. Não havia talheres e eles usaram as *tortillas* para tirar o feijão do balde.

Blevins, disse John Grady. Vai comer?

Não estou com fome.

É melhor pegar um pouco disto.

Comam vocês.

John Grady pôs feijão num dos pratos e uma *tortilla* dobrada na borda e levantou-se e levou o prato para Blevins e voltou. Blevins ficou sentado com o prato no colo.

Após algum tempo disse: Que foi que vocês disseram de mim? Rawlins parou de mastigar e olhou para John Grady. John Grady olhou para Blevins.

A verdade.

É, disse Blevins.

Você acha que ia fazer alguma diferença o que a gente contou a eles?

Podiam ter tentado me ajudar.

Rawlins olhou para John Grady.

Podiam ter dito alguma coisa boa sobre mim, disse Blevins.

Coisa boa, disse Rawlins.

Não custava nada a vocês.

Cala essa boca, disse Rawlins. Cala a boca e pronto. Se disser mais alguma coisa eu vou aí e arrebento esse seu rabo magro. Está me ouvindo? Se disser mais uma porra duma palavra.

Deixa ele em paz, disse John Grady.

Filho da putinha burro. Você acha que aquele sujeito lá não sabe quem é você? Ele sabia o que você era antes de botar os olhos em cima de você. Antes de você nascer. À porra você. À porra.

Estava quase chorando. John Grady pôs a mão em seu ombro. Deixa pra lá, Lacey, disse. Deixa pra lá.

À tarde os guardas vieram e deixaram o balde de despejos e levaram os pratos e os outros baldes.

Como acha que estão os cavalos?, perguntou Rawlins.

John Grady balançou a cabeça.
Cavalos, disse o velho. *Caballos.*
Sí. Caballos.
Ficaram sentados no quente silêncio ouvindo os sons da aldeia. A passagem de cavalos pela estrada. John Grady perguntou ao velho se o tinham maltratado mas ele acenou com a mão descartando a pergunta. Disse que não o tinham incomodado muito. Não iam ganhar nada com isso. Os gemidos de um velho. Disse que a dor não era surpresa para um velho.
Três dias depois foram levados da cela piscando os olhos para a primeira luz do dia e atravessaram o quintal e a escola e saíram para a rua. Estacionado ali estava um caminhão Ford de uma tonelada e meia com a carroceria aberta. Eles ficaram parados na rua sujos e barbudos segurando as mantas nos braços. Após algum tempo um dos guardas fez sinal para que subissem no caminhão. Outro guarda saiu do prédio e eles foram algemados com as mesmas algemas gastas e depois acorrentados uns aos outros com uma corrente de reboque que estava enrolada no pneu sobressalente na frente da carroceria do caminhão. O capitão apareceu e ficou parado ao sol balançando-se sobre os calcanhares e tomando uma xícara de café. Usava um cinturão e coldre de couro branqueado com argila plástica, a 45 automática pendurada com o cabo para a frente do lado esquerdo. Ele falou com os guardas e eles agitaram os braços e um homem em pé sobre o para-choque dianteiro do caminhão ergueu-se do compartimento do motor e gesticulou e falou e tornou a curvar-se sob o capô.
Que foi que ele disse?, perguntou Blevins.
Ninguém respondeu. Trouxas e caixas empilhavam-se na frente da carroceria com alguns galões de gasolina do Exército. As pessoas da cidade não paravam de chegar com embrulhos e entregar tiras de papel ao motorista que as enfiava no bolso da camisa sem comentários.
Lá estão suas meninas, disse Rawlins.
Estou vendo, disse John Grady.
Elas estavam paradas juntas, uma pegando o braço da outra, as duas chorando.
Que diabos de sentido faz isso?, perguntou Rawlins.
John Grady balançou a cabeça.

As meninas ficaram em pé olhando enquanto o caminhão era carregado e os guardas se sentavam fumando com os fuzis encostados no ombro e ainda estavam lá de pé uma hora depois quando o caminhão finalmente pegou e o capô caiu e o veículo com os prisioneiros acorrentados sacudindo-se em cima afastou-se pela estreita estrada de terra e sumiu de vista numa esteira ondulante de poeira e fumaça de motor.

Na carroceria com os prisioneiros iam três guardas, jovens do campo em uniformes mal cortados e amassados. Deviam ter recebido ordens para não falar com os prisioneiros porque tinham o cuidado de evitar os olhos deles. Balançavam a cabeça ou erguiam a mão gravemente para pessoas que conheciam paradas nas portas quando iam pela poeirenta rua abaixo. O capitão ia na boleia com o motorista. Alguns cachorros saíram perseguindo o caminhão e o chofer dava fortes guinadas no volante para tentar atropelá-los e os guardas na carroceria estendiam as mãos loucamente para se agarrar em alguma coisa e o motorista os olhava pela janela de trás da boleia rindo e todos riam e esmurravam uns aos outros de brincadeira e depois continuavam sentados muito graves com seus fuzis.

Tomaram uma rua estreita e pararam diante de uma casa pintada de azul-vivo. O capitão curvou-se na boleia e apertou a buzina. Após algum tempo a porta abriu-se e apareceu um homem. Vestia-se de maneira um tanto elegante como um *charro* e rodeou o caminhão e o capitão saltou e o homem entrou na boleia e o capitão subiu atrás e fechou a porta e partiram.

Desceram a rua até a última casa e os últimos currais e cercados de barro e atravessaram um riacho raso onde a água lenta brilhava como óleo em suas cores e tornou a fechar-se atrás deles antes de ao menos parar de escorrer a dos pneus do caminhão. O caminhão subiu forcejando do riacho para a rocha esburacada do leito da estrada e depois se equilibrou e partiu para a travessia do deserto sob a chapada luz matinal.

Os prisioneiros viam a poeira fervilhar debaixo dos pneus e pairar sobre a estrada e desfazer-se lentamente no deserto. Saltavam de um lado para outro nas ásperas tábuas de carvalho da carroceria e tentavam segurar as mantas dobradas em que se sentavam. No entroncamento tomaram a estrada que os levaria para Cuatro Ciénagas e Saltillo quatrocentos quilômetros ao sul.

Blevins desdobrara sua manta e deitara-se sobre ela apoiando a cabeça nos braços. Deitado fitava o puro azul do céu do deserto onde não havia nuvens nem pássaros. Quando falou a voz tremia com as marteladas da carroceria nas suas costas.

Turma, disse, isto vai ser uma viagenzinha longa.

Eles o olharam, olharam-se uns aos outros. Não disseram se achavam que ia ser ou não.

O velho disse que ia levar o dia todo pra chegar lá, disse Blevins. Eu perguntei a ele. Ele disse o dia todo.

Antes do meio-dia chegaram à estrada principal que descia de Boquillas na fronteira e tomaram o rumo sul. Passando pelos *pueblos* de San Guillermo, San Miguel, Tanque al Revés. Os poucos veículos que encontraram naquela estrada quente e esburacada passaram numa tempestade de poeira e pedras para todos os lados e os viajantes na carroceria viravam-se protegendo o rosto com os cotovelos. Pararam em Ocampo e descarregaram algumas caixas de produtos agrícolas e correspondência e seguiram para El Oso. No início da tarde pararam num pequeno café e os guardas saltaram e entraram com seus fuzis. Os prisioneiros continuaram acorrentados na carroceria. No terreiro de barro algumas crianças que brincavam pararam para olhá-los e um minúsculo cachorrinho branco que parecia esperar exatamente aquela chegada apareceu e urinou por um longo tempo no pneu traseiro do caminhão e voltou.

Quando os guardas saíram vinham rindo e enrolando cigarros. Um deles trouxe três garrafas de refrigerante de laranja e passou-as para os prisioneiros e ficou esperando por elas enquanto eles bebiam. Quando o capitão apareceu na porta eles subiram na carroceria. O guarda que levara as garrafas de volta apareceu e depois o homem em trajes de *charro* e depois o motorista. Quando estavam todos em seus lugares o capitão saiu da sombra da porta e atravessou o avental de cascalho e subiu na boleia e partiram.

Em Cuatro Ciénagas pegaram a estrada asfaltada e viraram para o sul rumo a Torreón. Um dos guardas levantou-se e apoiando-se no ombro do companheiro olhou a sinalização da estrada lá atrás.

Tornou a sentar-se e olharam para os prisioneiros e depois ficaram sentados olhando a região enquanto o caminhão ganhava velocidade. Uma hora depois deixaram completamente a estrada, o caminhão forcejando por campos ondulantes, um grande *baldío* em repouso como era comum naquela região onde o gado selvagem cor de cera de vela saía dos *arroyos* para se alimentar à noite como potentados estrangeiros. Nuvens de tempestade de verão formavam-se ao norte e Blevins examinava o horizonte e olhava os finos fios de raios e a poeira para ver para onde soprava o vento. Atravessaram um largo leito seco de cascalho branco ao sol e subiram para um prado em que o capim chegava à altura dos pneus e passava debaixo do caminhão com um som fervilhante e entraram num bosque de ébanos e espantaram do ninho um casal de gaviões e pararam no terreiro de uma *estancia* abandonada, um quadrângulo de casas de barro e os restos de alguns apriscos.

Ninguém na carroceria se mexeu. O capitão abriu a porta e saltou. *Vámonos*, disse.

Eles saltaram com seus fuzis. Blevins olhou as casas arruinadas em volta.

Que lugar é este?, perguntou.

Um dos guardas encostou o fuzil no caminhão e escolheu uma chave num molho e abriu a corrente e jogou as pontas soltas na carroceria e tornou a pegar o fuzil e fez sinal aos prisioneiros para que descessem. O capitão mandara um dos guardas inspecionar os arredores e ficaram parados esperando que ele voltasse. O *charro* encostou-se no para-lama dianteiro do caminhão com um polegar enfiado no cinturão de couro lavrado fumando um cigarro.

Que é que a gente faz aqui?, perguntou Blevins.

Não sei, disse John Grady.

O motorista não saltara do caminhão. Arriara no banco com o chapéu sobre os olhos e parecia dormir.

Preciso dar uma mijada, disse Rawlins.

Foram para o meio do mato, Blevins capengando atrás. Ninguém olhou para eles. O guarda voltou e fez seu relatório ao capitão e o capitão pegou o fuzil do guarda e entregou-o ao *charro* e o *charro* sopesou-o nas mãos como se fosse uma arma de caça. Os prisioneiros voltaram para o caminhão. Blevins sentou-se um pouco distante e o *charro* olhou para ele e tirou o cigarro da boca e jogou-o no mato e pisoteou-o. Blevins levantou-se e foi para a traseira do caminhão onde John Grady e Rawlins estavam parados.

Que é que eles vão fazer?, perguntou.

O guarda sem fuzil veio até a traseira do caminhão.

Vámonos, disse.

Rawlins desencostou-se da carroceria.

Sólo el chico, disse o guarda. *Vámonos.*

Rawlins olhou para John Grady.

Que é que eles vão fazer?, perguntou Blevins.

Não vão fazer nada, disse Rawlins.

Olhou para John Grady. John Grady não disse nada. O guarda pegou Blevins pelo braço. *Vámonos*, disse.

Espere um minuto, disse Blevins.

Están esperando, disse o guarda.

Blevins livrou-se dele e sentou-se no chão. O rosto do guarda ensombreceu-se. Olhou para a frente do caminhão onde estava o capitão. Blevins tirara uma bota e enfiava a mão dentro dela. Puxou a palmilha negra e suada e jogou-a fora e tornou a enfiar a mão. O guarda curvou-se e agarrou seu braço fino. Levantou Blevins. Blevins bracejava tentando entregar alguma coisa a John Grady.

Tome, sibilou.

John Grady olhou-o. Pra que eu quero isso?, perguntou.

Pegue, disse Blevins.

Meteu em sua mão um maço de notas de pesos sujas e amassadas e o guarda puxou-o pelo braço e empurrou-o para a frente. A bota caíra no chão.

Espere, disse Blevins. Preciso pegar minha bota.

Mas o guarda empurrou-o pelo lado do caminhão e ele saiu capengando, olhando uma vez para trás mudo e aterrorizado e depois atravessou a clareira com o capitão e o *charro* em direção às árvores. O capitão passou um braço em torno do garoto ou pôs a mão na parte de trás de seu pescoço. Como um bondoso conselheiro. O outro homem andava atrás levando o fuzil e Blevins desapareceu entre os ébanos capengando com apenas uma bota como eles o tinham visto naquela manhã subindo o *arroyo* após a chuva naquela região estranha há muito tempo.

Rawlins olhou para John Grady. Tinha a boca franzida. John Grady viu a pequena figura esfarrapada desaparecer entre as árvores com seus guardiães. Parecia ter pouca substância para ser objeto da ira dos homens. Parecia não ter nada em si para alimentar qualquer ação.

Não diga nada, disse Rawlins.

Tudo bem.

Não diga uma porra duma palavra.

John Grady voltou-se e olhou-o. Olhou os guardas e depois o lugar onde estavam, a terra estranha, o estranho céu.

Tudo bem, disse. Não vou dizer.

A certa altura o motorista saltou e foi a alguma parte examinar as casas. Os outros permaneceram parados, os dois prisioneiros, os três guardas de uniformes amassados. O guarda sem fuzil agachado junto ao pneu. Esperaram um longo tempo. Rawlins curvou-se e pôs os punhos na carroceria e apoiou a testa e fechou os olhos com força. Após algum tempo tornou a erguer-se. Olhou para John Grady.

Não podem simplesmente levar ele pra lá e dar um tiro nele, ele disse. Diabos. É só tirar ele de lá e dar um tiro.

John Grady olhou-o. Ao fazê-lo ouviu-se um tiro de revólver vindo dos ébanos. Não alto. Só uma espécie de estalido seco. Depois outro.

Quando saíram do meio das árvores o capitão trazia as algemas. *Vámonos*, gritou.

Os guardas mexeram-se. Um deles ficou atrás da caixa do eixo na traseira e estendeu as mãos sobre as tábuas da carroceria para pegar a corrente. O motorista retornou das ruínas da *quinta.*

Estamos bem, sussurrou Rawlins. Estamos bem.

John Grady não respondeu. Quase ergueu a mão para puxar a aba do chapéu mas depois se lembrou de que não tinham mais chapéus e voltou-se e subiu para a carroceria e ficou sentado esperando que o acorrentassem. A bota de Blevins continuava caída na grama. Um dos guardas abaixou-se e pegou-a e jogou-a no mato.

Quando saíram da vereda já anoitecia e o sol estendia-se sobre o mato e as campinas pantanosas onde a terra mergulhava em bolsões de escuridão. Passarinhos que tinham vindo comer na frieza da noite no campo aberto espantavam-se e voavam por cima do mato e os gaviões silhuetados contra o pôr do sol aguardavam nos galhos mais altos de uma árvore morta que eles passassem.

Entraram em Saltillo às dez horas da noite, a populaça nas ruas para seus *paseos*, os cafés cheios. Pararam na praça diante da catedral e o capitão saltou e atravessou a rua. Velhos sentavam-se nos bancos sob a luz amarela do poste enquanto lhes engraxavam os sapatos e cartazes advertiam as pessoas a não pisar nos bem cuidados jardins. Ambulantes vendiam *paletas* de suco de frutas congelado e moças de rostos empoados passavam aos pares de mãos dadas e olhavam por cima dos ombros com incertos olhos negros. John Grady e Rawlins sentavam-se envoltos nas mantas. Ninguém lhes dava a mínima atenção. Após algum tempo o capitão voltou e subiu no caminhão e tornaram a partir.

Atravessaram as ruas e fizeram paradas em portinhas pouco iluminadas e casinhas e *tiendas* até quase todos os pacotes terem sido distribuídos e uns poucos novos recebidos. Quando pararam diante das pesadas portas da velha prisão em Castelar já passava de meia-noite.

Foram levados para um quarto com piso de pedra cheirando a desinfetante. O guarda tirou as algemas deles e deixou-os e eles se agacharam e encostaram na parede envoltos nas mantas como mendigos. Ficaram ali agachados por um longo tempo. Quando a porta tornou a se abrir o capitão entrou e ficou olhando para eles na luz chapada da única lâmpada no teto acima. Não trazia seu revólver. Fez um sinal com o queixo e o guarda que abrira a porta se retirou e fechou a porta atrás de si.

O capitão ficou olhando-os de braços cruzados e o polegar embaixo do queixo. Os prisioneiros ergueram o rosto para ele, olharam os seus pés, depois desviaram o olhar. Ele ficou olhando-os por um longo tempo. Todos pareciam estar à espera de alguma coisa. Como passageiros num trem parado. Mas o capitão habitava outro espaço e era um espaço de sua própria escolha e fora do mundo comum dos homens. Um espaço privilegiado para homens daquele ato irreversível que embora contendo em si todos os mundos menores não tinha nenhum acesso a eles. Pois os termos de escolha faziam parte de seu ofício e uma vez feita a escolha não se podia deixar aquele mundo.

Ele andou de um lado para o outro. Parou. Disse que o homem que eles chamavam de *charro* tinha tido um colapso nervoso lá entre os ébanos atrás das ruínas da *estancia* e era o homem cujo irmão fora morto nas mãos do assassino Blevins e pagara para que se fizessem certos acertos que o próprio capitão tivera algumas dificuldades para fazer.

Esse homem me procurou. Eu não procurei ele. Ele me procurou. Falando de justiça. Falando da honra da família. Vocês acham que os homens querem mesmo essas coisas? Não acho que muitos homens queiram essas coisas.

Mesmo assim foi uma surpresa. Eu fiquei surpreso. Aqui não temos pena de morte para os criminosos. Pode-se fazer outros acertos. Digo isso a vocês porque vocês mesmos vão fazer seus acertos.

John Grady ergueu o olhar.

Vocês não são os primeiros americanos a estar aqui, disse o capitão. Neste lugar. Eu tenho amigos neste lugar e vocês vão fazer esses acertos com essas pessoas. Não quero que cometam erros.

A gente não tem nenhum dinheiro, disse John Grady. Não estamos pensando em fazer nenhum acerto.

Me desculpem mas vocês vão fazer alguns acertos. Vocês não sabem de nada.

Que foi que o senhor fez com os cavalos?

Não estamos falando de cavalos agora. Esses cavalos podem esperar. É preciso encontrar os verdadeiros donos dos cavalos.

Rawlins lançou um olhar sombrio a John Grady. Cala a boca, diabos, disse.

Ele pode falar, disse o capitão. É melhor quando todo mundo se entende. Vocês não podem ficar aqui. Neste lugar. Ficam aqui, morrem. Depois surgem outros problemas. Os documentos se perdem. Pessoas não podem ser encontradas. Algumas pessoas aqui procuram um certo homem aqui mas ele não está aqui. Ninguém encontra os tais documentos. Alguma coisa assim. Vocês entendem. Ninguém quer esses problemas. Quem pode dizer que alguém esteve aqui? Não temos o corpo. Algum maluco pode dizer que Deus está aqui. Mas todo mundo sabe que Deus não está aqui.

O capitão estendeu a mão e deu umas pancadinhas com os nós dos dedos na porta.

Não precisavam matar ele, disse John Grady.

Cómo?

Podiam simplesmente ter trazido ele de volta. Podiam simplesmente ter trazido ele de volta pro caminhão. Não precisavam matar ele.

Um molho de chaves chacoalhou do lado de fora. A porta abriu-se. O capitão estendeu uma mão para uma figura invisível na meia escuridão do corredor.

Momento, disse.

Voltou-se e ficou olhando-os.

Vou contar uma história a vocês, disse. Porque gosto de vocês. Já fui jovem como vocês. Vocês entendem. E naquela época eu digo a vocês que andava sempre com o pessoal mais velho porque queria aprender tudo. Assim uma noite na *fiesta* de San Pedro na cidade de Linares em Nuevo León eu estava com os tais rapazes e eles tinham um pouco de mescal e tudo — você sabe o que é mescal? — e tinha uma mulher e a turma toda ia atrás da mulher pra possuir a tal mulher. E eu era o último. E eu fui à casa onde a mulher estava e ela me recusou porque disse que eu era jovem demais ou alguma coisa assim. Que é que faz um homem? Vocês entendem. Eu não podia voltar porque todos iam ver que eu não tinha ficado com a mulher. Porque a verdade é sempre clara. Vocês entendem. Um homem não pode sair pra fazer uma coisa e depois voltar. Por que voltar? Porque muda de ideia? Um homem não muda de ideia.

O capitão fechou o punho e o ergueu.

Talvez tivessem mandado ela me recusar. Pra poderem rir. Deram a ela algum dinheiro ou alguma coisa assim. Mas eu não permito que prostitutas criem problemas pra mim. Quando voltei não teve risada nenhuma. Ninguém estava sorrindo. Vocês entendem. Sempre fui assim neste mundo. Eu sou daqueles que quando vão a um lugar ninguém ri. Quando eu chego param de rir.

Eles foram conduzidos por quatro lances de escada de pedra e por uma porta de aço para um passadiço de ferro. O guarda sorriu-

-lhes à luz da lâmpada acima da porta. Além estendia-se o céu das montanhas do deserto. Abaixo o pátio da prisão.

Se llama la periquera, ele disse.

Seguiram-no pelo passadiço. A sensação de uma forma de vida pensativa e maligna dormindo nas jaulas escuras pelas quais passavam. Aqui e ali ao longo dos andares de passadiços no outro lado do quadrângulo uma luz mortiça dava forma ao gradeado das celas onde velas votivas ardiam a noite toda diante de algum *santo*. O sino na torre da catedral a três quarteirões deu uma badalada com uma solenidade profunda, oriental.

Trancaram-nos numa cela no canto mais alto da prisão. A porta com barras de ferro fechou-se com um clangor e o ferrolho correu e eles ouviram o guarda voltando pelo passadiço e a porta de ferro fechando-se e depois apenas silêncio.

Dormiram em catres de ferro acorrentados às paredes sobre finos *trocheros* ou colchões sebosos, vis, infestados. Pela manhã desceram os quatro lances de escada de ferro até o pátio e ficaram de pé entre os prisioneiros para a *lista* matinal. A *lista* era chamada por andares mas mesmo assim demorou uma hora e não chamaram os nomes deles.

Acho que a gente não está aqui, disse Rawlins.

O desjejum foi um ralo *pozole* e mais nada e depois simplesmente os largaram no pátio para que se virassem como pudessem. Passaram todo o primeiro dia brigando e quando por fim os trancaram em sua cela à noite estavam ensanguentados e exaustos e Rawlins tinha o nariz quebrado e muito inchado. A prisão não era mais que uma pequena aldeia murada e dentro dela ocorria um constante fervilhar de trocas e barganhas em tudo desde rádios e cobertores até fósforos e botões e cravos de sapatos e nesse intercâmbio dava-se uma luta constante por status e posição. Sustentando tudo isso como o padrão fiscal das sociedades comerciais havia um viveiro de depravação e violência onde num absoluto igualitário todos eram julgados por um padrão único que era sua disposição de matar.

Dormiram e pela manhã recomeçou tudo. Lutaram um de costas para o outro e ergueram um ao outro para tornar a lutar. Ao meio-dia Rawlins não conseguia mastigar. Vão matar a gente, disse.

John Grady amassou o feijão numa lata com água até fazer uma papa e passou-a a Rawlins.

Escute o que eu digo, disse. Não deixe eles pensarem que não vão ter de ir até o fim. Está me ouvindo? Quero fazer com que me matem. Não aceito nada menos. Ou matam a gente ou deixam a gente em paz. Não tem meio-termo.

Não tem uma parte do meu corpo que não doa.

Eu sei. Eu sei e não me importa.

Rawlins sugava a papa. Olhou para John Grady por sobre a borda da lata. Você parece uma porra dum guaxinim, disse.

John Grady deu um sorriso torto. Que diabos você acha que está parecendo?

À merda se eu sei.

Você ia se dar por feliz se parecesse com um guaxinim.

Não posso rir. Acho que estou com o queixo quebrado.

Não tem nada errado com você.

Merda, disse Rawlins.

John Grady sorriu. Está vendo aquele rapagão parado ali olhando pra gente?

Estou vendo o filho da puta.

Está vendo ele olhando pra cá?

Estou vendo ele.

Que acha que estou pensando fazer?

Não faço a menor ideia deste mundo.

Vou me levantar daqui e ir até lá e rebentar a boca dele.

Vai o diabo.

Veja só.

Pra quê?

Só pra poupar a viagem a ele.

No fim do terceiro dia tudo parecia já ter acabado. Os dois estavam meio nus e John Grady tinha ficado caolho com uma meia cheia de cascalho que lhe quebrara dois dentes do maxilar inferior e lhe fechara completamente o olho esquerdo. O quarto dia era domingo e eles compraram roupas com o dinheiro de Blevins e uma barra de sabão e tomaram duchas e compraram uma lata de sopa de tomate e esquentaram-na na lata sobre um toco de vela e pegaram-na com a manga da velha camisa de Rawlins e passaram-na entre si com o sol se pondo por cima do muro oeste da prisão.

Sabe, talvez a gente consiga, disse Rawlins.

Não comece a ficar otimista. Vamos apenas viver um dia de cada vez.

Quanto você acha que custaria pra tirar a gente daqui?

Não sei. Acho que um monte de grana.

Eu também.

A gente não tem notícia dos capangas do capitão aqui. Acho que estão esperando pra ver se vai sobrar alguma coisa pra tirar sob fiança.

Passou a lata para Rawlins.

Tome o resto, disse Rawlins.

Pegue. Só tem um resto.

Ele pegou a lata e esvaziou-a e jogou um pouco de água dentro e mexeu e bebeu e ficou sentado olhando para dentro da lata vazia.

Se eles acham que a gente é rico, por que não cuidaram melhor da gente?

Não sei. Sei que eles não mandam neste lugar. Só mandam no que entra e no que sai.

Se mandam, disse Rawlins.

Acenderam-se os holofotes no alto dos muros. Figuras que andavam no pátio imobilizaram-se e depois tornaram a mexer-se.

A corneta vai tocar.

Ainda temos alguns minutos.

Eu nunca soube que existia um lugar como este.

Acho que existe tudo que é lugar que a gente possa imaginar.

Rawlins assentiu com a cabeça. Eu nunca ia imaginar este, disse.

Chovia em alguma parte do deserto. Eles sentiam o cheiro do creosoto úmido no vento. As luzes acenderam-se numa improvisada casa de material pré-moldado construída num canto do muro da prisão onde vivia um prisioneiro de posses como um sátrapa exilado tendo até cozinheiro e guarda-costas. Havia uma porta de tela na casa e uma figura passava de um lado para o outro por trás dela. No telhado, um varal onde as roupas do prisioneiro drapejavam suavemente ao vento da noite como bandeiras nacionais. Rawlins indicou as luzes com a cabeça.

Já viu ele alguma vez?

Já. Uma vez. Estava parado na porta uma noite tascando um charuto.

Você pegou um pouco da gíria daqui?

Um pouco.

Que é *pucha?*

Uma guimba de cigarro.

Então que é *tecolata?*

A mesma coisa.

Quantas porras de nomes eles têm pra uma guimba de cigarro?

Não sei. Sabe o que é um *papazote?*

Não, que é?

Um figurão.

É como eles chamam o almofadinha que vive ali.

É.

E nós somos dois *gabachos.*

Bolillos.

Pendejos.

Qualquer um pode ser um *pendejo*, disse John Grady. Quer dizer apenas um otário.

É? Bem, nós somos os maiores aqui.

Isso eu não discuto.

Calaram-se.

Em que está pensando?, perguntou Rawlins.

Estou pensando no quanto vai doer me levantar daqui.

Rawlins balançou a cabeça. Viram os *prisioneros* andando sob o clarão das luzes.

Tudo por causa da porra dum cavalo, disse Rawlins.

John Grady curvou-se e cuspiu entre as botas e tornou a recostar-se. O cavalo não teve nada a ver com isso, disse.

Nessa noite ficaram deitados na cela nos catres de ferro como acólitos ouvindo o silêncio e um ronco matraqueado em alguma parte do bloco e um cachorro latindo fraco ao longe e o silêncio e a respiração um do outro no silêncio, os dois ainda acordados.

A gente se acha uma dupla de vaqueiros muito durões, disse Rawlins.

É. Talvez.

Eles podem matar a gente a qualquer hora.

É. Eu sei.

Dois dias depois o *papazote* mandou chamá-los. Um homem alto e magro cruzou à noite o quadrângulo até onde eles se sentavam e curvou-se e pediu-lhes que o acompanhassem e ergueu-se e afastou-se em passos largos. Nem sequer olhou para ver se eles haviam se levantado e o seguido.

Que pensa fazer?, perguntou Rawlins.

John Grady levantou-se todo duro e espanou o fundilho das calças com uma mão.

Mexa esse rabo daí, disse.

O homem chamava-se Pérez. Sua casa era um único aposento no centro do qual havia uma mesa dobrável e quatro cadeiras metálicas. Encostada numa parede via-se uma pequena cama de ferro e num canto um armário e uma prateleira com alguns pratos e um fogão a gás com três queimadores. Pérez em pé olhava o pátio por sua pequena janela. Quando se voltou fez um leve gesto com dois dedos e o homem que fora chamá-los recuou e saiu pela porta.

Eu me chamo Emílio Pérez, disse. Por favor, sentem.

Eles puxaram cadeiras da mesa e sentaram-se. O piso do aposento era de tábuas mas não pregadas em coisa nenhuma. Os blocos das paredes não tinham argamassa e os caibros não descascados tinham sido postos de qualquer jeito no alto e as folhas de flandres acima eram presas por blocos empilhados nas bordas. Alguns homens podiam desmontar e empilhar a estrutura em meia hora. Mas havia uma lâmpada elétrica e um aquecedor a gás. Um tapete. Fotos de folhinha pregadas nas paredes.

Vocês, rapazes, ele disse. Gostam muito de brigar, não?

Rawlins ia falar mas John Grady o cortou. É, disse. A gente adora.

Pérez sorriu. Era um homem de uns quarenta anos e cabelo e bigode grisalhos, esbelto e elegante. Puxou a terceira cadeira e passou a perna pelo encosto com estudada casualidade e sentou-se e curvou-se para a frente com os cotovelos na mesa. A mesa fora pintada de verde com pincel e via-se parte da marca de uma cervejaria por baixo da pintura. Ele juntou as mãos.

Todas essas brigas, disse. Há quanto tempo estão aqui?

Uma semana, mais ou menos.

Quanto tempo pensam ficar?

Pra começar, a gente nunca pensou em vir pra cá, disse Rawlins. Não acho que nossos planos tenham muito a ver com isso.

Pérez sorriu. Os americanos não ficam muito tempo conosco, disse. Às vezes vêm aqui por alguns meses. Dois ou três. Depois vão embora. A vida aqui não é muito boa para os americanos. Eles não gostam tanto assim.

O senhor pode tirar a gente daqui?

Pérez abriu as mãos e fez um gesto de dar de ombros. Sim, disse. Posso fazer isso, claro.

Por que não sai também?, perguntou Rawlins.

Ele se recostou. Tornou a sorrir. O gesto que tinha feito de separar as mãos de repente como pássaros libertados discordava curiosamente de sua aparência geral de satisfação. Como se achasse que aquilo fosse talvez um gesto americano que eles entenderiam.

Eu tenho inimigos políticos. Que mais? Me deixem ser claro com vocês. Eu não vivo tão bem aqui. Preciso de dinheiro pra fazer meus arranjos e isso é uma coisa muito cara. Uma coisa muito cara.

Está cavando um buraco seco, disse John Grady. A gente não tem dinheiro.

Pérez olhou-os com ar grave.

Se não têm dinheiro, como querem ser soltos da prisão?

Diga o senhor.

Mas não há nada a dizer. Sem dinheiro não se pode fazer nada.

Então acho que não estamos indo a parte alguma.

Pérez os estudou. Curvou-se para a frente e tornou a juntar as mãos. Parecia pensar em como dizer o que tinha a dizer.

Isto é coisa séria, disse. Vocês não entendem a vida aqui. Pensam que essa luta é por essas coisas. Alguns cadarços de sapatos e alguns cigarros ou alguma coisa assim. A *lucha*. É uma visão ingênua. Sabem o que é ingênuo? Uma visão ingênua. Os verdadeiros fatos são sempre outros. Não podem ficar neste lugar e ser independentes. Não sabem qual é a situação aqui. Não falam a língua.

Ele fala, disse Rawlins.

Pérez balançou a cabeça. Não, disse. Não falam. Talvez com um ano aqui possam entender. Mas não têm ano nenhum. Não têm tempo nenhum. Se não tiverem fé em mim eu não posso ajudar vocês. Estão me entendendo? Não posso oferecer minha ajuda a vocês.

John Grady olhou para Rawlins. Pronto, companheiro?

É. Pronto.

Eles empurraram as cadeiras para trás e se levantaram.

Pérez ergueu o olhar para eles. Sentem-se, por favor.

Não há nada pra sentar.

Ele tamborilou os dedos na mesa. Vocês são muito tolos, disse. Muito tolos.

John Grady estava de pé com a mão na porta. Voltou-se e olhou para Pérez. O rosto deformado e o queixo torto e o olho ainda inchado e fechado e roxo como uma ameixa.

Por que não diz pra gente o que acontece lá fora? Fala em mostrar fé. Se a gente não sabe, por que o senhor não diz pra gente?

Pérez não se levantara da mesa. Recostou-se e olhou para eles.

Não posso dizer a vocês, disse. Esta é a verdade. Posso dizer algumas coisas sobre aqueles que estão sob minha proteção. Mas os outros?

Fez um leve gesto de descarte com as costas da mão.

Os outros simplesmente estão de fora. Vivem num mundo de possibilidade que não acaba mais. Talvez Deus possa dizer o que vai ser deles. Mas eu não posso.

Na manhã seguinte ao cruzar o pátio Rawlins foi atacado por um homem com uma faca. O homem ele nunca tinha visto antes e a faca não era nenhuma *trucha* improvisada com o cabo de uma colher mas um canivete automático italiano com cabo de chifre preto e suportes niquelados e ele a segurava à altura da cintura e passou-a três vezes pela camisa de Rawlins que saltou três vezes para trás com os ombros curvados e os braços abertos como um homem julgando seu próprio sangramento. Na terceira passada ele deu as costas e correu. Correu com a mão na barriga e a camisa molhada e pegajosa.

Quando John Grady se aproximou ele se sentava encostado na parede com os braços cruzados contra a barriga e balançando-se para a frente e para trás como se sentisse frio. John Grady ajoelhou-se e tentou afastar os braços dele.

Me deixa ver, porra.

Aquele filho da puta. Aquele filho da puta.

Me deixa ver.

Rawlins recostou-se. Ah, merda, disse.

John Grady levantou a camisa encharcada de sangue.

Não é tão sério assim, disse. Não é tão sério assim.

Correu a mão em concha pela barriga de Rawlins para limpar o sangue. O corte mais baixo era o mais fundo e cortara a face externa mas não perfurara a parede do estômago. Rawlins baixou o olho para os talhos. Não está bom, disse. Filho da puta.

Pode andar?

É, eu posso andar.

Vamos.

Ah, merda, disse Rawlins. Filho da puta.

Vamos lá, parceiro. Não pode ficar sentado aí.

Ajudou-o a levantar-se.

Vamos, disse. Eu seguro você.

Atravessaram o pátio em direção à guarita do portão. O guarda olhou pela portinhola menor no portão grande. Olhou para John Grady e para Rawlins. Depois abriu o portão e John Grady passou Rawlins para as mãos de seus captores.

Sentaram-no numa cadeira e mandaram chamar o *alcaide.* O sangue pingava lentamente no piso de pedra. Ele se sentava segurando a barriga com as mãos. Após algum tempo alguém lhe entregou uma toalha.

Nos dias seguintes John Grady andava o mínimo possível pela prisão. Olhava em toda parte à procura do *cuchillero* que surgiria do meio dos olhos anônimos a observá-lo. Nada aconteceu. Ele tinha uns poucos amigos entre os presos. Um homem mais velho do estado de Yucatán que não fazia parte das facções mas era tratado com respeito. Um índio escuro de Sierra León. Dois irmãos chamados Bautista que tinham matado um policial em Monterrey e tocado fogo no corpo e quando presos o irmão mais velho usava os sapatos do policial. Todos concordavam que Pérez era um homem cujo poder só se podia imaginar. Alguns diziam que ele não estava confinado na prisão de modo algum mas saía à noite. Que tinha esposa e família na cidade. Uma amante.

Ele tentou obter alguma informação dos guardas sobre Rawlins mas eles diziam não saber nada. Na manhã do terceiro dia após o esfaqueamento ele atravessou o pátio e bateu na porta de Pérez. O zunzum do barulho no pátio quase cessou por completo. Ele sentia os olhos em cima dele e quando o alto camareiro de Pérez abriu a porta apenas o olhou e depois olhou às suas costas e vasculhou a prisão com os olhos.

Quisiera hablar con el señor Pérez, disse John Grady.

Con respecto de qué?

Con respecto de mi cuate.

Ele fechou a porta. John Grady ficou esperando. Após algum tempo a porta tornou a abrir-se. *Pásale*, disse o camareiro.

John Grady entrou no aposento. O homem de Pérez fechou a porta e postou-se contra ela. Pérez estava sentado à mesa.

Como vai o seu amigo?, perguntou.

É o que eu vim perguntar ao senhor.

Pérez sorriu.

Sente-se. Por favor.

Ele está vivo?

Sente-se. Eu insisto.

Ele se aproximou da mesa e puxou uma cadeira e sentou-se.

Talvez queira um cafezinho.

Não, obrigado.

Pérez recostou-se.

Diga-me o que posso fazer por você, disse.

Pode me dizer como está meu amigo.

Mas se eu responder a essa pergunta você vai embora.

Pra que o senhor quer que eu fique?

Pérez sorriu. Deus do céu, disse. Para me contar histórias de sua vida de crime. Claro.

John Grady o estudava.

Como todo homem de posses, disse Pérez, meu único desejo é que me divirtam.

Me toma el pelo.

Sim. Em inglês vocês dizem pegar no pé, eu acho.

É. O senhor é um homem de posses?

Não. É uma piada. Eu gosto de praticar meu inglês. Passa o tempo. Onde você aprendeu castelhano?

Em casa.

No Texas.

É.

Aprendeu com os empregados.

A gente não tinha empregados. Tinha pessoas que trabalhavam na casa.

Já esteve na prisão antes?

Não.

Você é a *oveja negra*, não? A ovelha negra?

O senhor não sabe nada de mim.

Talvez não. Me diga, por que acha que pode ser solto da prisão de algum modo anormal?

Eu disse que o senhor está cavando um buraco seco. Não sabe o que eu acho.

Eu conheço os Estados Unidos. Estive lá muitas vezes. Vocês são como os judeus. Sempre têm um parente rico. Em que prisão esteve?

O senhor sabe que eu não estive em prisão nenhuma. Onde está Rawlins?

Você acha que eu sou responsável pelo incidente com seu amigo. Mas não é esse o caso.

O senhor acha que eu vim aqui negociar. Eu só quero saber o que aconteceu com ele.

Pérez balançou a cabeça pensativo. Mesmo num lugar como este em que nos preocupamos com coisas fundamentais, a mente do anglo se fecha dessa maneira estranha. Houve tempo em que eu achava que era apenas a vida de privilégio. Mas não é isso. É a cabeça dele.

Ele se sentou com facilidade. Bateu o dedo nas têmporas. Não é que ele seja burro. É que ele vê o mundo de um jeito incompleto. De um jeito diferente e particular. Ele só olha pra onde deseja ver. Está me entendendo?

Eu entendo o senhor.

Bom, disse Pérez. Geralmente eu posso avaliar a inteligência de um homem pelo quanto ele me acha estúpido.

Eu não acho o senhor estúpido. Só não gosto do senhor.

Ah, disse Pérez. Muito bom. Muito bom.

John Grady olhou para o homem de Pérez parado junto à porta. Ele tinha os olhos enjaulados, não olhando para nada.

Ele não entende o que você diz, disse Pérez. Fique à vontade para expressar seus sentimentos.

Já acabei de expressar.

Sim.

Preciso ir.

Acha que pode ir se eu não quiser?

Acho.

Pérez sorriu. Você é um *cuchillero?*

John Grady recostou-se.

Uma prisão é como um... como é que vocês dizem? *Un salón de belleza.*

Um salão de beleza.

Um salão de beleza. É um lugar ótimo pra fofocas. Todo mundo sabe da vida de todo mundo. Porque o crime é muito interessante. Todo mundo sabe disso.

A gente nunca cometeu crime nenhum.

Talvez ainda não.

Que quer dizer com isso?

Pérez deu de ombros. Eles ainda estão examinando. Seu caso não foi decidido. Achou que seu caso estava decidido?

Não vão achar nada.

Deus do céu, disse Pérez. Deus do céu. Acha que não existem crimes sem autores? Não se trata de descobrir. É só escolher. Como escolher o terno certo numa loja.

Eles não parecem estar com pressa.

Mesmo no México não se pode prender a gente indefinidamente. É por isso que a gente tem de agir. Assim que for acusado será tarde demais. Eles emitirão o que se chama de *previas.* Depois há muitas dificuldades.

Tirou os cigarros do bolso da camisa e ofereceu-os por cima da mesa. John Grady não se mexeu.

Por favor, disse Pérez. Está tudo bem. Não é a mesma coisa que repartir o pão. Não cria obrigações pra ninguém.

Ele se curvou para a frente e pegou um cigarro e o colocou na boca. Pérez tirou um isqueiro do bolso e abriu-o e acendeu-o e estendeu-o por cima da mesa.

Onde aprendeu a brigar?, perguntou.

John Grady tirou uma profunda baforada do cigarro e recostou-se.

Que deseja saber?, perguntou.

Só o que o mundo deseja saber.

O que o mundo deseja saber.

O mundo quer saber se você tem *cojones.* Se é corajoso.

Ele acendeu seu cigarro e pôs o isqueiro em cima do maço de cigarros sobre a mesa e soprou um fino fio de fumaça.

Depois o mundo pode decidir seu preço, disse.

Algumas pessoas não têm preço.

Isso é verdade.

E essas pessoas?

Essas pessoas morrem.

Eu não tenho medo de morrer.

Isso é bom. Ajudará você a morrer. Não o ajudará a viver.

Rawlins está morto?

Não. Não está morto.

John Grady empurrou a cadeira para trás.

Pérez sorriu descontraído. Está vendo?, disse. Você faz exatamente o que eu disse.

Eu não acho.

Precisa se decidir. Não tem tanto tempo assim. Nunca temos tanto tempo quanto pensamos.

Tempo é a única coisa que tenho tido bastante desde que vim pra cá.

Espero que pense um pouco em sua situação. Os americanos às vezes têm umas ideias não muito práticas. Acham que existem coisas boas e coisas más. São muito supersticiosos, você sabe.

O senhor não acha que existem coisas boas e más?

Coisas não. Acho isso uma superstição. É a superstição de um povo sem Deus.

O senhor acha que os americanos não têm Deus?

Ah, sim. Você não?

Não.

Eu os vejo atacar sua própria propriedade. Uma vez vi um homem destruir o seu carro. Com um grande *martillo*. Como é que vocês chamam?

Martelo.

Porque o carro não queria pegar. Um mexicano faria isso?

Não sei.

Um mexicano não faria uma coisa dessa. O mexicano não acha que um carro pode ser bom ou mau. Se houver alguma coisa errada no carro ele sabe que destruir o carro não vai adiantar nada. Porque sabe onde moram o bem e o mal. O anglo acha à sua maneira esquisita que o mexicano é supersticioso. Mas quem é mesmo? Nós sabemos que há qualidades numa coisa. Um carro é verde. Ou tem um certo motor lá dentro. Mas não pode ser maculado, você sabe. Ou um homem. Mesmo um homem. Pode haver algum mal num homem. Mas nós não achamos que seja o mal dele mesmo. Onde o pegou? Como veio a tê-lo? Não. O mal é uma coisa verdadeira no México. Anda com suas próprias pernas. Talvez um dia visite você. Talvez já tenha visitado.

Talvez.

Pérez sorriu. Pode sair se quiser. Vejo que não acredita no que eu lhe digo. É o mesmo com o dinheiro. Acho que os americanos sempre têm esse problema. Falam em dinheiro sujo. Mas o dinheiro não tem essa qualidade especial. E o mexicano jamais pensaria em transformar as coisas em especiais ou colocá-las num lugar especial onde o dinheiro não tem utilidade. Por que fazer isso? Se o dinheiro é bom é bom. Ele não tem dinheiro ruim. Não tem esse problema. Essa ideia anormal.

John Grady curvou-se e esmagou o cigarro no cinzeiro sobre a mesa. Os cigarros naquele mundo eram eles próprios dinheiro e o que ele deixara partido e fumaçando na frente de seu anfitrião mal fora fumado. Vou lhe dizer uma coisa, ele disse.

Diga.

Vejo o senhor por aí.

Levantou-se e olhou o homem de Pérez parado contra a porta. O homem de Pérez olhou para Pérez.

Não queria saber o que ia acontecer lá fora?, disse Pérez.

John Grady voltou-se. Isso ia fazer diferença?

Pérez sorriu. Você me dá muito crédito. Há trezentos homens nesta instituição. Ninguém pode saber o que é possível.

Alguém dirige o espetáculo.

Pérez deu de ombros. Talvez, disse. Mas esse tipo de mundo, você sabe, esse confinamento. Dá uma falsa impressão. Como se tudo estivesse sob controle. Se esses homens pudessem ser controlados não estariam aqui. Você percebe o problema.

É.

Pode ir. Vou ficar interessado em ver o que será de você.

Fez um pequeno gesto com a mão. Seu homem afastou-se da frente da porta e abriu-a.

Joven, disse Pérez.

John Grady voltou-se. Sim, disse.

Cuidado com quem reparte o pão.

Tudo bem. Vou ter.

Ainda lhe restavam quarenta e cinco pesos do dinheiro que Blevins lhe dera e tentou comprar uma faca mas ninguém quis lhe vender uma. Não ficou sabendo se não havia nenhuma à venda ou se apenas nenhuma à venda para ele. Cruzou o pátio num passo estudado. Encontrou os Bautista à sombra do muro sul e parou até que eles ergueram o olhar e fizeram um gesto mandando-o aproximar-se.

Agachou-se na frente deles.

Quiero comprar una trucha, disse.

Eles assentiram com a cabeça. O que se chamava Faustino falou.

Cuánto dinero tienes?

Cuarenta y cinco pesos.

Ficaram calados por um longo tempo. O escuro rosto índio ruminando. Pensativo. Como se as complexidades daquele negócio arrastassem consigo todo tipo de consequências. Faustino abriu a boca. *Bueno*, disse. *Dámelo.*

John Grady olhou-os. As luzes nos olhos negros. Se havia trapaça neles não era do tipo que ele pudesse adivinhar e sentou-se no chão e tirou a bota esquerda e enfiou a mão dentro e pegou o pequeno maço úmido de notas. Eles o observavam. Ele tornou a calçar a bota e ficou sentado por um momento com o dinheiro entre os dedos indicador e médio e depois com um hábil movimento de quem vira uma carta de baralho jogou as notas dobradas no joelho de Faustino. Faustino não se mexeu.

Bueno, ele disse. *La tendré esta tarde.*

Ele assentiu com a cabeça e cruzou o pátio de volta.

O cheiro de fumaça de óleo diesel pairava na prisão e ele podia ouvir os ônibus na rua defronte ao portão e compreendeu que era domingo. Ficou sentado sozinho encostado na parede. Ouviu uma criança chorando. Viu o índio de Sierra León atravessando o pátio e o chamou.

O índio se aproximou.

Siéntate, disse.

O índio sentou-se. Tirou de dentro da camisa um saquinho úmido de suor e passou-o para ele. Dentro havia um punhado de *punche* e um maço de mortalhas de palha de milho.

Gracias, ele disse.

Pegou uma mortalha e dobrou-a e espalhou o áspero tabaco duro e enrolou-o e lambeu-o. Devolveu o tabaco ao índio e o índio enrolou um cigarro e tornou a guardar o saquinho dentro da camisa e tirou um *esclarajo* feito de uma junta de cano de água de meia polegada e acendeu-o e protegeu-o com as mãos em concha e soprou o fogo e estendeu-o para John Grady e depois acendeu seu próprio cigarro.

John Grady agradeceu-lhe. *No tienes visitantes?*, perguntou.

O índio balançou a cabeça. Não perguntou a John Grady se ele tinha visitantes. John Grady achou que ele talvez tivesse alguma coisa para lhe dizer. Alguma notícia que circulara pela prisão mas o deixara de fora em seu exílio. Mas o índio parecia não ter notícia alguma e ficaram sentados encostados na parede fumando até que os cigarros se reduziram a nada e o índio deixou as cinzas caírem entre seus pés e depois se levantou e atravessou o pátio.

Ele não foi comer ao meio-dia. Ficou sentado vigiando o pátio e tentando ler a atmosfera. Achava que os homens andando de um lado para outro o olhavam. Depois achou que se esforçavam para não fazê-lo. Disse em voz meio alta para si mesmo que pensar tanto podia fazer um homem acabar morto. Depois disse que conversar consigo mesmo também podia matar a gente. Pouco depois estremeceu e ergueu uma mão. Estava horrorizado por ter caído no sono ali.

Olhou a largura da sombra do muro à sua frente. Quando o pátio estivesse metade na sombra seriam quatro horas. Depois de algum tempo levantou-se e foi para onde os Bautista se sentavam.

Faustino ergueu o olhar para ele. Chamou-o com um gesto. Mandou-o afastar-se um pouco para a esquerda. Depois disse que estava em cima dela.

Ele quase olhou para baixo mas não o fez. Faustino balançou a cabeça. *Siéntate*, disse.

Ele sentou-se.

Hay un cordón. Ele baixou o olhar. Um pequeno pedaço de barbante saía de debaixo de sua bota. Quando ele o puxou protegendo-o com a mão uma faca surgiu de dentro do cascalho e ele a palmeou e enfiou no cós da calça. Depois se levantou e afastou-se.

Era melhor do que esperara. Uma faca automática sem cabo, feita no México, o metal aparecendo por baixo do niquelado das guarnições. Ele desamarrou o pedaço de barbante em torno dela e limpou-a na camisa e soprou o sulco da lâmina e bateu-a no salto da bota e tornou a soprar. Pressionou o botão e ela se abriu com um estalido. Ele molhou um trecho de pelos nas costas do pulso e experimentou o fio. Estava parado num pé só com a perna cruzada sobre o joelho afiando a lâmina na sola da bota quando ouviu alguém se aproximando e dobrou a faca e enfiou-a no bolso e voltou-se e afastou-se, passando por dois homens que deram risinhos para ele a caminho da imunda latrina.

Meia hora depois soou a corneta no pátio para a refeição noturna. Ele esperou até que o último homem entrasse no salão e entrou e pegou sua bandeja e foi para o fim da fila. Como era domingo e muitos prisioneiros tinham comido coisas trazidas pelas esposas ou famílias o salão achava-se meio vazio e ele se voltou e ficou parado com a bandeja, o feijão e *tortillas* e o ensopado anônimo, e escolheu uma mesa no canto onde um rapaz não muito mais velho que ele se sentava sozinho fumando e bebendo água de uma caneca.

Ele parou na ponta da mesa e depositou a bandeja. *Con permiso*, disse.

O rapaz olhou-o e soprou dois finos fios de fumaça pelo nariz e balançou a cabeça e pegou sua caneca. Na parte de dentro de seu antebraço direito via-se um jaguar azul lutando nas roscas de uma anaconda. Na junta do polegar esquerdo a cruz do *pachuco* e as cinco marcas. Nada fora do comum. Mas ao sentar-se ele soube de repente por que aquele homem comia sozinho. Era tarde demais para tornar a levantar-se. Pegou a colher com a mão esquerda e pôs-se a comer. Ouviu o ferrolho fechar-se na porta do outro lado do salão mesmo acima do abafado arrastar e tilintar de colheres nas bandejas de metal. Olhou para a frente do salão. Não havia ninguém na fila da comida. Os dois guardas tinham desaparecido. Continuou a comer. O coração martelava e a boca estava seca e a comida não passava de cinza. Ele tirou a faca do bolso e a pôs no cós da calça.

O rapaz esmagou o cigarro e pôs a caneca na bandeja. Lá fora em algum ponto além dos muros da prisão um cachorro latiu. Uma *tamalera* apregoava seus produtos. John Grady percebeu que não podia ter ouvido essas coisas se todos os ruídos no salão não houvessem cessado. Ele abriu lentamente a faca contra a perna e enfiou-a aberta sob a fivela do cinto. O rapaz levantou-se e passou a perna por cima do banco e pegou sua bandeja e voltou-se e começou a andar junto à outra ponta da mesa. John Grady segurava a colher na mão esquerda e agarrou a bandeja. O rapaz chegou à frente dele. Passou. John Grady observava-o com os olhos baixos. Quando o rapaz chegou à ponta da mesa se virou de repente e lançou a bandeja de quina contra a sua cabeça. John Grady viu tudo desenrolar-se lentamente. A bandeja vindo de quina em direção a seus olhos. A caneca de metal ligeiramente inclinada com a colher dentro ligeiramente virada quase imóveis no ar e o gorduroso cabelo negro do rapaz jogado sobre o rosto em forma de cunha. Ele levantou sua bandeja e a quina da bandeja do rapaz deixou uma marca profunda no fundo dela. Rolou de costas para trás no banco e levantou-se. Achou que a bandeja ia cair na mesa mas o rapaz não a largara e tornou a atacá-lo com ela, vindo pela ponta do banco. Ele se jogou para trás desviando-o e as bandejas chocaram-se e ele viu a faca passar pela primeira vez sob as bandejas como um frio tritão de aço em busca do calor dentro dele. Saltou para longe escorregando na comida esparramada no chão de concreto. Puxou a faca do cinto e jogou a bandeja com as costas da mão e atingiu o *cuchillero* na testa. O *cuchillero* pareceu surpreso. Tentava bloquear a visão de John Grady com a bandeja. John Grady recuou. Estava contra a parede. Moveu-se para o lado e agarrou a bandeja e golpeou a bandeja do *cuchillero* tentando atingir seus dedos. O *cuchillero* pôs-se entre ele e a mesa. Chutou o banco para trás às suas costas. As bandejas matraquearam e tiniram no silêncio do salão e a testa do *cuchillero* começara a sangrar e o sangue escorria junto a seu olho esquerdo. Ele tornou a fintar com a bandeja. John Grady sentia o cheiro dele. Ele fintou e a faca passou pela frente da camisa de John Grady. John Grady baixou a bandeja para a barriga e deslocou-se junto à parede olhando dentro daqueles olhos negros. O *cuchillero* não dizia palavra. Seus movimentos eram precisos e sem rancor. John Grady sabia que ele era contratado. Lançou a bandeja contra a cabeça dele e o *cuchillero* abaixou-se e fintou e avançou. John Grady agarrou a bandeja e deslocou-se junto à parede. Correu a língua pelo canto da boca e sentiu gosto de sangue. Sabia que fora ferido no rosto mas não sabia com que gravidade. Sabia que o *cuchillero* fora contratado porque era um homem de reputação e ocorreu-lhe que ia morrer naquele lugar. Olhou fundo dentro daqueles olhos negros e havia profundezas neles para se olhar. Toda uma história maligna ardendo fria e remota e negra. Deslizou pela parede atacando o *cuchillero* com a bandeja de quina. Recebeu outro corte na parte externa do braço. Outro abaixo do peito. Voltou-se e atacou duas vezes o *cuchillero* com sua faca. O homem encolheu-se para longe da lâmina com a graça invertebrada de um dervixe. Os homens sentados à mesa da qual se aproximavam começavam a levantar-se um a um em silêncio dos bancos como pássaros deixando um fio. John Grady voltou-se de novo e atacou o *cuchillero* com a bandeja e o *cuchillero* agachou-se e ele o viu ali fino e cambaio sob seu braço estendido por um imóvel momento como um negro e esganiçado homúnculo decidido a encarnar-se nele. A faca passou pelo seu peito e voltou e a figura movia-se com uma velocidade incrível e de novo estava diante dele agachada silenciosa a oscilar de leve olhando seus olhos. Olhava para ver se a morte já vinha. Olhos que a tinham visto antes e conheciam as cores sob as quais ela viajava e que aparência tinha quando chegava.

A bandeja caiu com estrondo nos ladrilhos. Ele percebeu que a deixara cair. Levou a mão à sua camisa. Ela veio pegajosa de sangue e ele a limpou no lado da calça. O *cuchillero* segurava a bandeja diante de seus olhos para cegá-lo para seus movimentos. Parecia estar mandando-o ler alguma coisa escrita ali mas nada havia para ver além das mossas e arranhões deixados por dez mil refeições comidas nela. John Grady recuou. Sentou-se devagar no chão. As pernas dobravam-se tortas sob ele e ele desabou contra a parede com os braços dos lados. O *cuchillero* baixou a bandeja. Colocou-a silenciosamente na mesa. Curvou-se e agarrou John Grady pelos cabelos e forçou a cabeça para trás para cortar-lhe a garganta. Quando fez isso John Grady levantou a faca do chão e enterrou-a no coração do *cuchillero.* Enterrou-a no coração e torceu o cabo para o lado e quebrou a lâmina dentro.

A faca do *cuchillero* caiu com estardalhaço no chão. Da *boutonnière* que desabrochava no bolso esquerdo da camisa azul de operário brotou um fino leque de vivo sangue arterial. Ele caiu de joelhos e tombou morto para a frente nos braços do inimigo. Alguns dos homens no salão já se haviam levantado para sair. Como frequentadores de teatro querendo evitar o aperto da saída. John Grady soltou o cabo da faca e empurrou a cabeça gordurosa caída bamba contra seu peito. Rolou para um lado e tateou em volta até achar a faca do *cuchillero.* Empurrou o morto e segurou-se na mesa e levantou-se com esforço. Saiu recuando entre as mesas e virou-se e cambaleou até a porta e abriu o ferrolho e saiu tropeçando para o profundo crepúsculo azul.

A luz que saía do salão caía num pálido corredor no pátio. Nos pontos onde os homens vinham à porta para vê-lo a luz mudava e escurecia no lusco-fusco. Ninguém o seguiu. Ele andava com muito cuidado, a mão no abdômen. As luzes das paredes se acenderiam a qualquer momento. Ele caminhou com cuidado. Espirrava sangue a cada passo. Olhou a faca em sua mão e jogou-a fora. A primeira corneta ia soar e as luzes se acenderiam ao longo dos muros. Ele se sentia tonto e curiosamente sem dor. Tinha as mãos pegajosas de sangue e o sangue escorria pelos seus dedos onde ele se segurava. As luzes iam acender-se e a corneta soar.

Estava a meio caminho da primeira escada de aço quando um homem alto o alcançou e falou-lhe. Ele se virou agachando-se. Na luz agonizante talvez não vissem que não tinha faca. Não vissem como tinha as roupas tão ensanguentadas.

Ven conmigo, disse o homem. *Está bien.*

No me moleste.

Os negros andares dos muros da prisão corriam sem parar contra o profundo céu ciânico. Um cachorro pusera-se a latir.

El padrote quiere ayudarle.

Mande?

O homem erguia-se diante dele. *Ven conmigo*, disse.

Era o homem de Pérez. Estendeu a mão. John Grady recuou. Suas botas deixavam poças de sangue no chão seco do pátio. As luzes iam acender-se. A corneta soar. Ele se virou para afastar-se, os joelhos cedendo. Caiu e tornou a levantar-se. O mordomo baixou-se para ajudá-lo e ele se soltou e tornou a cair. O mundo girava. De joelhos ele forçava as mãos no chão para levantar-se. O sangue pingava entre as mãos espalmadas. O negro banco do muro andava. O profundo céu ciânico. Estava caído de lado. O homem de Pérez curvou-se sobre ele. Abaixou-se e tomou-o entre os braços e ergueu-o e carregou-o para a casa de Pérez do outro lado do pátio e fechou a porta com o pé quando as luzes se acenderam e a corneta soou.

Ele acordou num quarto de pedra em total escuridão e cheirando a desinfetante. Estendeu a mão para ver o que ela tocaria e sentiu a dor em todo o corpo como uma coisa que estivera ali agachada em silêncio à espera de que ele se mexesse. Baixou a mão. Virou a cabeça. Um fino bastão lançava luz na escuridão. Ele escutou mas não havia som nenhum. Cada respiração parecia uma navalha. Após algum tempo estendeu a mão e tocou a fria parede do bloco.

Hola, disse. A voz fraca e fina, o rosto rígido e contorcido. Tentou de novo. Havia gente ali. Ele sentia.

Quién está?, disse, mas ninguém respondeu.

Havia gente ali e ali estava havia já algum tempo. Não havia ninguém ali. Havia gente ali e tinha estado ali e não saíra mas não havia ninguém ali.

Olhou o flutuante bastão de luz. Saía por baixo de uma porta. Escutou. Conteve a respiração e escutou porque o quarto era pequeno e parecia ser pequeno e se o quarto era pequeno ele podia ouvi-los respirando no escuro se estivessem respirando mas não ouvia nada. Meio imaginou se não estava morto e em seu desespero sentiu avolumar-se dentro de si uma onda de pesar como uma criança que começa a chorar mas isso trouxe consigo uma dor tal que ele parou de chofre e começou imediatamente sua nova vida e a vivê-la respirada por respirada.

Sabia que ia se levantar e experimentar a porta e levou um longo tempo preparando-se. Primeiro se virou de bruços. Forçou o corpo todo de uma vez para acabar com aquilo e ficou simplesmente pasmo com a dor. Parou ofegando. Estendeu o braço e pôs a mão no chão. Varreu o espaço vazio. Passou a perna pela borda e forçou para levantar-se e seu pé tocou o chão e ele ficou descansando sobre os cotovelos.

Quando alcançou a porta, estava fechada. Ficou parado, o chão frio debaixo dos pés. Estava envolto em algum tipo de bandagem e recomeçara a sangrar. Podia senti-lo. Ficou descansando com o rosto encostado no frio da porta metálica. Sentiu a bandagem no rosto contra a porta e tocou-a e teve sede sem motivo nenhum e descansou por um longo tempo antes de começar a cruzar o piso de volta.

Quando a porta se abriu foi para uma luz cegante e não estava ali nenhuma enfermeira de branco mas um *demandadero* de uniforme cáqui sujo e amassado segurando uma bandeja metálica com uma porção dupla de *pozole* derramada e um copo de refrigerante de laranja. Não era muito mais velho que John Grady e entrou de costas no quarto com a bandeja e voltou-se, os olhos procurando em toda parte menos na cama. Além do balde de aço no chão nada havia no quarto além da cama nem lugar onde pôr a bandeja.

Ele se aproximou e parou. Parecia ao mesmo tempo pouco constrangido e ameaçador. Gesticulou com a bandeja. John Grady virou-se de lado e levantou-se. O suor brotava de sua testa. Usava uma espécie de camisola de algodão e sangrara nela e o sangue secara.

Dame el refresco, ele disse. *Nada más.*

Nada más?

No.

O *demandadero* entregou-lhe o copo de refrigerante de laranja e ele o pegou e ficou sentado segurando-o. Olhou o quartinho de blocos de pedra. Acima havia uma única lâmpada numa gaiola de arame.

La luz, por favor, ele disse.

O *demandadero* fez que sim com a cabeça e foi até a porta e voltou-se e fechou-a atrás de si. Um estalido do ferrolho na escuridão. Aí a luz acendeu-se.

Ele ouviu os passos no corredor. Depois o silêncio. Ergueu o copo e bebeu devagar o refrigerante. Estava quente, só ligeiramente efervescente, delicioso.

Passou três dias ali deitado. Dormia e acordava e tornava a dormir. Alguém apagou a luz e ele acordou no escuro. Chamou mas ninguém respondeu. Pensou em seu pai em Goshee. Sabia que ele sofrera coisas terríveis lá e sempre acreditara que não queria saber sobre isso mas queria. Ficou deitado no escuro pensando em tudo que não sabia sobre seu pai e compreendeu que o pai que conhecia era o pai que sempre ia conhecer. Não queria pensar em Alejandra porque não sabia o que vinha pela frente ou que seriedade teria isso e achava que ela era uma coisa que era melhor poupar. Por isso pensava em cavalos e pensar neles era sempre a coisa certa. Mais tarde alguém tornou a acender a luz e depois disso ela não se apagou mais. Ele dormiu e quando acordou tinha sonhado com os mortos em pé com seus ossos e as negras órbitas dos olhos na verdade sem especulação lá no fundo do vácuo onde jazia uma terrível informação comum a todos mas da qual ninguém falaria. Quando acordou soube que haviam morrido homens naquele quarto.

Quando a porta se abriu da vez seguinte foi para admitir um homem num terno azul trazendo uma maleta de couro. O homem sorriu e perguntou por sua saúde.

Mejor que nunca, ele disse.

O homem tornou a sorrir. Pôs a maleta na cama e abriu-a e tirou uma tesoura cirúrgica e empurrou a maleta para o pé da cama e puxou o lençol manchado de sangue.

Quién es usted?, perguntou John Grady.

O homem pareceu surpreso. Sou o médico, disse.

As tesouras tinham uma ponta de espátula que era fria em sua pele e o médico enfiou-a sob a faixa de gaze manchada de sangue e começou a cortá-la. Tirou a bandagem e os dois olharam os pontos.

Bien, bien, disse o médico. Forçou a sutura com dois dedos. *Bueno*, disse.

Limpou os ferimentos suturados com um antisséptico e colou pensos de gaze e ajudou-o a sentar-se. Pegou um grande rolo de gaze e passou o braço pela cintura de John Grady e começou a enfaixá-la.

Ponha as mãos em meus ombros, disse.

Como?

Ponha as mãos em meus ombros. Tudo bem.

Ele pôs as mãos nos ombros do médico e o médico amarrou a faixa. *Bueno*, disse. *Bueno.*

Levantou-se e fechou a maleta e ficou olhando o paciente.

Vou lhe mandar sabão e toalhas, disse. Pra você se lavar.

Tudo bem.

Você sara rápido.

Como?

Sara rápido. Balançou a cabeça e sorriu e virou-se e saiu. John Grady não o ouviu aferrolhar a porta mas não tinha mesmo aonde ir.

O próximo visitante foi um homem que ele nunca vira antes. Usava um uniforme que parecia militar. Não se apresentou. O guarda que o trouxe fechou a porta e postou-se do lado de fora. O homem parou junto à cama e tirou o quepe como em deferência a um herói ferido. Depois pegou um pente no bolso da túnica e passou-o uma vez de cada lado do cabelo lustroso e tornou a guardá-lo.

Quando vai poder andar?, perguntou.

Pra onde quer que eu ande?

Pra sua casa.

Posso andar agora mesmo.

O homem franziu os lábios, estudando-o.

Me mostre como anda.

Ele afastou os lençóis e rolou de lado e desceu da cama. Andou de um lado para outro. Seus pés deixavam pegadas frias e úmidas nas pedras enceradas que as sugavam e elas desapareciam como a própria história do mundo. O suor continuava tremulando em sua testa.

Vocês são rapazes de sorte, ele disse.

Eu não me sinto com tanta sorte.

Rapazes de sorte, ele disse de novo, e balançou a cabeça e se foi.

Ele dormiu e acordou. Só sabia se era noite ou dia pelas refeições. Comia pouco. Por fim trouxeram-lhe meia galinha assada e duas metades de uma pera em calda e isso ele comeu devagar, saboreando cada bocado e imaginando e rejeitando vários roteiros do que podia ter ocorrido ou estava ocorrendo no mundo lá fora. Ou ainda ia ocorrer. Ainda achava que podiam levá-lo para o *campo* e fuzilá-lo.

Treinou andar de um lado para outro. Lustrou a parte de baixo da bandeja de comida com a manga da camisola e em pé no centro do quarto debaixo da lâmpada examinou o rosto que o olhava turvamente do aço curvo como um djim mutilado e furioso preso ali. Arrancou a bandagem do rosto e inspecionou os pontos e apalpou-os com os dedos.

Quando acordou da vez seguinte o *demandadero* tinha aberto a porta e estava de pé com uma pilha de roupas e suas botas. Jogou-as no chão. *Sus prendas*, disse, e fechou a porta.

Ele despiu a camisola e lavou-se com sabão e um trapo e enxugou-se com a toalha e vestiu-se e calçou as botas. Alguém lavara o sangue das botas e elas ainda estavam molhadas e ele tentou tirá-las de novo mas não conseguiu e se deitou no catre vestido e calçado à espera de só sabia Deus o quê.

Surgiram dois guardas. Ficaram parados na porta à espera dele. Ele se levantou e saiu.

Desceram um corredor e atravessaram um pequeno pátio e entraram em outra parte do prédio. Desceram outro corredor e os guardas bateram numa porta e depois a abriram e um deles fez-lhe sinal para entrar.

A uma mesa sentava-se o *comandante* que estivera em sua cela para ver se ele podia andar.

Sente-se, disse o *comandante*.

Ele se sentou.

O *comandante* abriu a gaveta da mesa e tirou um envelope e entregou-o por cima da mesa.

Isso é do senhor, disse.

John Grady pegou o envelope.

Onde está Rawlins?

Perdão?

Dónde está mi compadre?

Seu amigo.

É.

Ele espera fora.

Aonde vamos?

Vão embora. Vão embora pra casa.

Quando?

Perdão?

Cuándo?

Vão já. Não quero mais ver vocês.

O *comandante* acenou com a mão. John Grady apoiou a mão no encosto da cadeira e levantou-se e voltou-se e saiu pela porta e desceu com os guardas o corredor e saiu pelo escritório para a portinhola do portão onde Rawlins esperava num traje muito parecido com o seu. Cinco minutos depois estavam parados na rua diante dos altos portões de madeira com cravos de ferro do portal.

Um ônibus esperava na rua e eles subiram com esforço. Mulheres nos bancos com suas cestas e canastras vazias falaram com eles em voz baixa quando eles passaram pelo corredor.

Pensei que você tinha morrido, disse Rawlins.

E eu que você.

Que foi que houve?

Eu vou lhe contar. Vamos sentar aqui. Vamos ficar sentados aqui bem caladinhos.

Você está bem?

Estou. Estou bem.

Rawlins voltou-se e olhou pela janela. Tudo ainda estava cinzento. Umas poucas gotas de chuva começaram a cair na rua. Caíam em cima do ônibus solitárias como um sino. Na rua abaixo ele via os suportes em arco do domo da catedral e o minarete do campanário ao lado.

Durante toda a vida eu senti que a encrenca andava por perto. Não que eu fosse me meter nela. Só que ela estava sempre ali.

Vamos só ficar sentados caladinhos, disse John Grady.

Ficaram calados olhando a chuva na rua. As mulheres sentavam-se caladas. Escurecia lá fora e não havia sol nem qualquer lugar mais claro no céu onde pudesse haver sol. Mais duas mulheres subiram no ônibus e sentaram-se e o motorista virou-se e fechou a porta e olhou para trás no retrovisor e engrenou e partiram. Algumas mulheres esfregaram o vidro com as mãos e olharam a prisão lá atrás erguendo-se sob a chuva cinzenta do México. Muito parecida com um lugar sitiado num tempo antigo, num país antigo, onde os inimigos fossem todos de fora.

Eram apenas algumas quadras até o centro e quando eles saltaram do ônibus as lâmpadas a gás já estavam acesas na *plaza.* Atravessaram lentamente até os *portales* no lado norte da praça e ficaram parados olhando a chuva. Quatro homens de uniformes marrons de banda de música encostavam-se ao muro com seus instrumentos. John Grady olhou para Rawlins. Ele parecia perdido ali sem chapéu e a pé em suas roupas apertadas.

Vamos arranjar alguma coisa pra comer.

Não temos dinheiro.

Eu tenho.

Onde arranjou dinheiro?, perguntou Rawlins.

Tenho um envelope cheio.

Entraram num café e sentaram-se num reservado. Um garçom aproximou-se e pôs os menus na frente deles e afastou-se. Rawlins olhou pela janela.

Peça um bife, disse John Grady.

Tudo bem.

A gente come e arranja um quarto de hotel e se lava e dorme um pouco.

Tudo bem.

Ele pediu bifes com batatas fritas e café para os dois e o garçom balançou a cabeça e pegou os menus. John Grady levantou-se e dirigiu-se lentamente ao balcão e comprou dois maços de cigarro e uma caixa de fósforos para cada um. As pessoas às mesas olharam-no cruzar o salão.

Rawlins acendeu o cigarro e olhou para ele.

Por que não estamos mortos?

Ela pagou pra gente sair.

A *señora*?

A tia. Sim.

Por quê?

Não sei.

Foi aí que você arranjou o dinheiro?

Foi.

Está ligado à moça, não está?

Espero que sim.

Rawlins ficou fumando em silêncio. Olhou pela janela. Lá fora já escurecera. As ruas estavam molhadas de chuva e as luzes do café e dos postes na *plaza* caíam sangrando nas poças de água.

Não tem outra explicação, tem?

Não.

Rawlins balançou a cabeça. Eu podia fugir de onde me botaram. Era só uma enfermaria de hospital.

Por que não fugiu?

Não sei. Você me acha burro por não ter fugido?

Não sei. É. Talvez.

Que teria feito você?

Não ia deixar você.

É. Eu sei que não ia.

Isso não quer dizer que não seja burrice.

Rawlins quase sorriu. Depois desviou o olhar.

O garçom trouxe o café.

Tinha outro cara lá, disse Rawlins. Todo retalhado. Na certa não era um cara mau. Saiu sábado à noite com uns dólares no bolso. Pesos. Patético pra caralho.

Que aconteceu com ele?

Morreu. Quando levaram ele de lá eu pensei como teria parecido estranho a ele se pudesse ver. A mim me pareceu e nem era eu. Morrer não está nos planos das pessoas, está?

Não.

Ele balançou a cabeça. Botaram sangue mexicano em mim, disse.

Ergueu o olhar. John Grady acendia um cigarro. Sacudiu o fósforo e o pôs no cinzeiro e olhou para Rawlins.

E daí?

Daí que quer dizer isso?, perguntou Rawlins.

Dizer o quê?

Bem, quer dizer que eu sou meio mexicano?

John Grady tragou o cigarro e recostou-se e soprou a fumaça no ar. Meio mexicano?, perguntou.

É.

Quanto eles botaram?

Disseram que mais de um litro.

Quanto mais?

Não sei.

Bem, um litro já torna você quase um mestiço.

Rawlins o olhou. Não torna, torna?, perguntou.

Não. Diabos, não quer dizer nada. Sangue é sangue. Não sabe de onde veio.

O garçom trouxe os bifes. Eles comeram. Ele observava Rawlins. Rawlins ergueu o olhar.

Quê?, perguntou.

Nada.

Você devia estar mais feliz por se ver fora daquele lugar.

Eu estava pensando a mesma coisa sobre você.

Rawlins balançou a cabeça. É, disse.

Que quer fazer?

Ir pra casa.

Tudo bem.

Comeram.

Você vai voltar lá, não vai?, perguntou Rawlins.

Vou. Acho que vou.

Por causa da moça?

É.

E os cavalos?

A moça e os cavalos.

Rawlins balançou a cabeça. Você acha que ela está esperando que você volte?

Não sei.

Eu acho que a velha vai ficar surpresa ao ver você.

Não, não vai, não. É uma mulher inteligente.

E Rocha?

Ele vai ter de fazer o que for preciso.

Rawlins cruzou os talheres no prato junto aos ossos e pegou seus cigarros.

Não vá lá, disse.

Eu não me decidi.

Rawlins acendeu o cigarro e sacudiu o fósforo. Ergueu o olhar.

Eu só vejo um tipo de acordo que ela podia ter feito com a velha.

Eu sei. Mas ela mesma vai ter de me dizer.

Se ela disser você volta?

Eu volto.

Tudo bem.

Ainda quero os cavalos.

Rawlins balançou a cabeça e desviou o olhar.

Não estou lhe pedindo que venha comigo, disse John Grady.

Sei que não está.

Vai dar tudo certo pra você.

É. Eu sei.

Bateu a cinza do cigarro e esfregou os olhos com a parte de trás da palma da mão e olhou pela janela. Lá fora voltara a chover. Não havia tráfego na rua.

O moleque lá tentando vender jornais, disse. Não tem uma alma à vista e ele lá em pé com os jornais debaixo da camisa simplesmente berrando.

Esfregou os olhos com a mão do mesmo jeito.

Ah, merda, disse.

Quê?

Nada. Só merda.

Que é?

Fico pensando no velho Blevins.

John Grady não respondeu. Rawlins voltou-se e olhou-o. Ele tinha os olhos molhados e parecia velho e triste.

Não consigo acreditar que simplesmente levaram ele pra lá e acabaram com ele daquele jeito.

É.

Fico pensando no medo que ele sentiu.

Vai se sentir melhor quando chegar em casa.

Rawlins balançou a cabeça e tornou a olhar pela janela. Acho que não, disse.

John Grady fumava. Observava-o. Após algum tempo disse: Eu não sou Blevins.

Sei, disse Rawlins. Sei que não é. Mas me pergunto até onde você é melhor do que ele.

John Grady esmagou seu cigarro. Vamos embora, disse.

Compraram escovas de dente e uma barra de sabão e aparelho de barbear numa farmácia e pegaram um quarto num hotel a duas quadras abaixo na Aldama. A chave era uma chave de porta comum amarrada a uma placa de madeira com o número do quarto marcado a fogo na madeira. Eles atravessaram o pátio de ladrilhos onde a chuva caía leve e encontraram o quarto e abriram a porta e acenderam a luz. Um homem ergueu-se na cama e olhou para eles. Os dois recuaram e apagaram a luz e fecharam a porta e voltaram à recepção onde o homem lhes deu outra chave.

O quarto era verde-vivo e havia um chuveiro num canto com uma cortina de oleado num anel. John Grady abriu o chuveiro e após algum tempo saiu água quente. Ele tornou a fechá-lo.

Vá em frente, disse.

Vá você.

Eu preciso tirar esses esparadrapos.

Sentou-se na cama e arrancou as bandagens enquanto Rawlins tomava banho. Rawlins fechou a água e puxou a cortina e ficou em pé enxugando-se nas toalhas puídas.

Nós somos dois caras bacanas, não?

Somos.

Como vai tirar esses pontos?

Acho que vou ter de procurar um médico.

Dói mais tirar do que botar.

É.

Sabia disso?

É. Eu sabia disso.

Rawlins enrolou-se na toalha e sentou-se na cama defronte. O envelope com o dinheiro estava em cima da mesa.

Quanto tem aí?

John Grady ergueu o olhar. Não sei, disse. Muito menos do que devia ter, eu aposto. Conte.

Ele pegou o envelope e contou as cédulas espalhadas na cama.

Novecentos e setenta pesos, disse.

John Grady balançou a cabeça.

Quanto é isso?

Uns cento e vinte dólares.

Rawlins arrumou o maço de notas batendo-as no tampo de vidro da mesa e tornou a guardá-las no envelope.

Divida em dois maços, disse John Grady.

Não preciso de dinheiro.

Precisa, sim.

Vou pra casa.

Não faz diferença. A metade é sua.

Rawlins levantou-se e pendurou a toalha na armação da cama e puxou o cobertor. Acho que você vai precisar de cada centavo disso aí, disse.

Quando ele saiu do chuveiro, pensou que Rawlins tinha dormido, mas não tinha. Atravessou o quarto e apagou a luz e voltou e deitou-se na cama. Ficou deitado no escuro ouvindo os sons na rua, o pingar da chuva no pátio.

Você reza?, perguntou Rawlins.

Rezo. Às vezes. Acho que perdi o hábito mais ou menos.

Rawlins ficou calado por um longo tempo. Depois disse: Qual foi a pior coisa que você já fez?

Não sei. Acho que se tivesse feito alguma coisa ruim mesmo ia preferir não contar. Por quê?

Não sei. Quando eu estava no hospital todo retalhado comecei a pensar: Eu não estaria aqui se não devesse estar. Você algum dia pensou assim?

É. Às vezes.

Ficaram deitados no escuro escutando. Alguém atravessou o pátio. Uma porta abriu-se e fechou-se.

Você nunca fez nada ruim, disse John Grady.

Eu e Lamont uma vez levamos uma carga de caminhão de gêneros pra Sterling City e vendemos a uns mexicanos e ficamos com o dinheiro.

Isso não é a pior coisa que eu já ouvi.

Fiz outras coisas também.

Se você vai ficar falando eu vou acender um cigarro.

Vou calar a boca.

Ficaram calados no escuro.

Você sabe o que aconteceu, não sabe?, perguntou John Grady.

Está falando do refeitório?

Estou.

Sei.

John Grady pegou seus cigarros na mesa e acendeu um e soprou o fósforo.

Nunca pensei que faria uma coisa daquela.

Não tinha escolha.

Mesmo assim nunca pensei.

Ele ia matar você.

Ele deu uma tragada no cigarro e soprou a fumaça invisível na escuridão. Não precisa dizer que foi certo. Foi o que foi.

Rawlins não respondeu. Após algum tempo, disse: Onde arranjou a faca?

Com os Bautista. Comprei com os últimos quarenta e cinco pesos que a gente tinha.

O dinheiro de Blevins.

É. O dinheiro de Blevins.

Rawlins estava deitado de lado na cama de molas de arame olhando-o no escuro. O cigarro lançava um rubro forte quando John Grady o tragava e seu rosto com as suturas na face emergia da escuridão como uma máscara teatral vermelha mortiça consertada de qualquer jeito e tornava a desaparecer.

Eu sabia quando comprei a faca por que estava comprando.

Não vejo no que estava errado.

O cigarro fulgia, morria. Eu sei, ele disse. Mas não foi você que fez aquilo.

Pela manhã voltara a chover e eles ficaram parados diante do mesmo café palitando os dentes e olhando a chuva na *plaza*. Rawlins examinava o nariz no vidro.

Sabe o que é que eu detesto?

Que é?

Aparecer em casa deste jeito.

John Grady olhou-o e desviou os olhos. Não culpo você.

Você também não está muito em forma.

John Grady deu um sorriso. Vamos embora, disse.

Compraram roupas e chapéus novos num armarinho da rua Victoria e saíram para a rua usando os chapéus e sob a chuva que caía sem pressa andaram até a estação de ônibus e compraram para Rawlins uma passagem até Nuevo Laredo. Sentaram-se num café na estação com as roupas novas duras e os novos chapéus emborcados nas cadeiras de cada lado e tomaram café até anunciarem o ônibus nos alto-falantes.

É o seu, disse John Grady.

Levantaram-se e puseram os chapéus e dirigiram-se aos portões.

Bem, disse Rawlins. Acho que vejo você um dia desses.

Se cuide, disse John Grady.

É. Você também.

Voltou-se e entregou a passagem ao motorista e o motorista perfurou-a e devolveu-a e ele embarcou muito duro. John Grady ficou vendo-o passar pelo corredor. Ele achava que ia pegar uma poltrona na janela mas não pegou. Sentou-se no outro lado do ônibus e John Grady ficou parado algum tempo e depois deu as costas e afastou-se pela estação até a rua e voltou andando devagar para o hotel debaixo de chuva.

Esgotou nos poucos dias seguintes o registro de médicos da pequena metrópole no deserto sem encontrar nenhum que fizesse o que ele pedia. Passou os dias andando de um lado para o outro nas ruas estreitas até ficar conhecendo cada esquina e *callejón*. Ao cabo de uma semana tirara os pontos do rosto sentado numa cadeira comum de metal, o médico cantarolando para si mesmo ao cortar com a tesoura e puxar com a pinça. O médico disse que a cicatriz ia ficar com melhor aparência. Mandou-o não olhá-la porque ia melhorar com o tempo. Depois colocou uma bandagem em cima e cobrou-lhe cinquenta pesos e mandou-o voltar em cinco dias que ele tiraria os pontos da barriga.

Uma semana depois ele deixou Saltillo num caminhão de carroceria aberta em direção ao norte. O dia estava frio e escuro. O caminhão levava um grande motor diesel acorrentado na carroceria. Ele ficou sentado ali a sacolejar pelas ruas tentando se segurar, as mãos apoiadas nas tábuas ásperas. Após algum tempo puxou o chapéu para cima dos olhos e levantou-se e apoiou as mãos em cima da boleia e viajou assim. Como um personagem levando notícias para o campo. Como um ser evangélico recém-descoberto e transportado através da paisagem sombria e plana das montanhas para Monclova no norte.

IV

Num posto de entroncamento em algum ponto do outro lado de Paredón pegaram cinco trabalhadores rurais que subiram para a carroceria do caminhão e o cumprimentaram com a cabeça com grande circunspecção e cortesia. Estava quase escuro e caía uma chuva fina e eles estavam ensopados e os rostos molhados na luz amarela do posto. Amontoaram-se à frente do motor acorrentado e ele ofereceu-lhes seus cigarros e cada um deles agradeceu e pegou um e puseram as mãos em concha em torno da chama para protegê-la da chuva e tornaram a agradecer-lhe.

De dónde viene?, perguntaram.

De Tejas.

Tejas, eles disseram. *Y dónde va?*

Ele tragou o cigarro. Olhou os rostos. Um deles mais velho que o resto indicou com a cabeça suas roupas novas baratas.

Él va a ver su novia, disse.

Olharam-no muito sérios e ele balançou a cabeça e disse que era verdade.

Ah, eles disseram. *Qué bueno.* E depois disso e por muito tempo ele teve motivo para evocar a lembrança daqueles sorrisos e refletir sobre a boa vontade que os causara pois tinha o poder de proteger e conferir honra e fortalecer a vontade e também de curar homens e levá-los à segurança muito depois de exauridos os outros recursos.

Quando o caminhão afinal deu partida e eles o viram ainda em pé ofereceram-lhe suas trouxas para que se sentasse e ele se sentou e cabeceou e cochilou ao som do zumbido dos pneus no asfalto e a chuva parou e a noite clareou e a Lua já no céu corria ao longo dos altos fios ao lado da rodovia como uma música argêntea única ardendo na escuridão constante e pródiga e os campos a passar ressumavam de chuva e do cheiro de terra e grãos e pimentas e ocasionalmente de cavalos. Era meia-noite quando chegaram a Monclova e ele apertou a mão de cada um dos trabalhadores e rodeou o caminhão e agradeceu ao motorista e cumprimentou com a cabeça os outros dois homens na boleia e depois ficou vendo as pequenas lanternas vermelhas traseiras afastarem-se rua abaixo em direção à rodovia deixando-o sozinho na cidade às escuras.

A noite era quente e ele dormiu num banco da *alameda* e acordou com o sol já alto e o comércio do dia começado. Colegiais de uniformes azuis passavam pela calçada. Ele se levantou e atravessou a rua. Mulheres lavavam as calçadas diante das lojas e vendedores arrumavam seus produtos em pequenos estandes ou mesas e inspecionavam o dia.

Ele fez um desjejum de café e *pan dulce* num balcão de café numa rua lateral nos arredores da praça e entrou numa farmácia e comprou uma barra de sabão e a guardou no bolso do paletó com a navalha e a escova de dente e depois partiu pela estrada a oeste.

Pegou uma carona até Frontera e outra até San Buenaventura. Ao meio-dia tomou banho num canal de irrigação e barbeou-se e lavou as roupas e dormiu deitado sobre o paletó enquanto as roupas secavam. Rio abaixo havia uma ensecadeira e quando ele acordou crianças nuas espadanavam no tanque e ele se levantou e amarrou o paletó na cintura e andou pela margem até um lugar onde se sentou e ficou a olhá-las. Duas garotas desceram o barranco carregando juntas uma tina coberta com um pano e baldes cobertos na mão livre. Levavam comida para os trabalhadores no campo e sorriram timidamente para ele ali sentado seminu e de pele tão clara com as marcas da furiosa sutura vermelha enladeiradas pelo peito e pela barriga. Fumando tranquilamente. Olhando as crianças tomarem banho na lodosa água do canal.

Caminhou a tarde toda pela seca e quente estrada para Cuatro Ciénagas. Ninguém que encontrava passava por ele sem falar. Passou por campos onde homens e mulheres ceifavam e os que trabalhavam à beira da estrada paravam e o cumprimentavam com a cabeça e diziam que o dia estava bom e ele concordava com tudo o que diziam. À noite jantou com trabalhadores no acampamento deles, cinco ou seis famílias sentadas juntas a uma mesa feita de varas cortadas amarradas com fios de cânhamo. A mesa era fincada embaixo de um toldo de lona e o sol laranja-claro do entardecer que entrava na tenda pelos buracos das costuras e pontos passava em sombras em seus rostos e roupas quando se moviam. As moças punham os pratos sobre pequenos estrados feitos com pedaços de caixotes para que nada virasse na insegura superfície da mesa e um velho na outra ponta rezou por todos. Pediu que Deus se lembrasse dos que haviam morrido e que os vivos ali reunidos lembrassem que o milho cresce pela vontade de Deus e que além dessa vontade não existe nem milho nem crescimento nem luz nem ar nem chuva nem nada só as trevas. Depois comeram.

Tinham feito uma cama para ele mas ele agradeceu e andou na escuridão ao lado da estrada até chegar a um grupo de árvores onde dormiu. Pela manhã havia carneiros na estrada. Dois caminhões transportando trabalhadores aproximavam-se por trás dos carneiros e ele foi até a estrada e pediu uma carona ao motorista. O motorista mandou-o subir com um gesto de cabeça e ele passou para trás da carroceria do caminhão em movimento e tentou subir. Não conseguiu e quando os trabalhadores viram sua situação levantaram-se imediatamente e puxaram-no para cima. Com uma série dessas caronas e muito caminhar ele seguiu para o oeste cruzando as baixas montanhas além de Nadadores e descendo o *barrial* e pegou a estrada em La Madrid e no fim da tarde entrou mais uma vez na aldeia de La Vega.

Comprou uma Coca-Cola na loja e ficou de pé encostado no balcão tomando-a. Depois tomou outra. A moça do balcão olhava-o incerta. Ele examinava uma folhinha na parede. Não sabia em que semana estava e quando perguntou ela também não sabia. Ele pôs a segunda garrafa no balcão junto à primeira e voltou para a rua de barro e subiu a pé a estrada para La Purísima.

Partira um mês e três semanas antes e o campo mudara, o verão passara. Não viu quase ninguém na estrada e chegou à *hacienda* pouco depois do escurecer.

Quando bateu à porta do *gerente* pôde ver a família jantando pela janela. A mulher veio à porta e quando o viu foi chamar Armando.

Ele veio à porta e ficou de pé palitando os dentes. Não o convidaram a entrar. Quando Antonio saiu sentaram-se debaixo da *ramada* fumando.

Quién está en la casa?, perguntou John Grady.

La dama.

Y el señor Rocha?

En México.

John Grady balançou a cabeça.

Se fué el y la hija a México. Por avión. Fez um gesto com as mãos imitando um avião.

Cuándo regresa?

Quién sabe?

Fumaram.

Tus cosas quedan aquí.

Sí?

Sí. Tu pistola. Todas tus cosas. Y las de tu compadre.

Gracias.

De nada.

Continuaram sentados. Antonio o olhou.

Yo no sé nada, joven.

Entiendo.

En serio.

Está bien. Puedo dormir en la cuadra?

Sí. Si no me lo digas.

Cómo están las yeguas?

Antonio sorriu. *Las yeguas*, disse.

Trouxe-lhe suas coisas. O revólver fora descarregado e as balas estavam na mochila com suas coisas de barbear e a faca de caça Marble de seu pai. Ele agradeceu a Antonio e dirigiu-se ao estábulo no escuro. O colchão em sua cama fora enrolado e não havia travesseiros nem roupa de cama. Ele o desenrolou e tirou as botas e deitou-se. Alguns dos cavalos que estavam nas baias haviam se adiantado quando ele entrara e ele os ouvia fungando e mexendo-se e adorou ouvi-los e sentir o cheiro deles e depois adormeceu.

Ao amanhecer o velho cavalariço abriu a porta e ficou parado olhando-o. Depois tornou a fechar a porta. Quando se foi John Grady levantou-se e pegou o sabão e a navalha e foi até a torneira no fundo do estábulo.

Quando se dirigiu à casa gatos saíam do estábulo e do pomar e vinham por cima do muro alto ou esperavam sua vez de passar por baixo da gasta madeira do portão. Carlos matara um carneiro e outros gatos sentavam-se pelo chão salpicado banhando-se na primeira luz que atravessava as hortênsias. Carlos de avental olhou da porta do cercado no fim do portal. John Grady disse-lhe bom-dia e ele balançou gravemente a cabeça e retirou-se.

María não pareceu surpresa ao vê-lo. Serviu-lhe desjejum e ele ficou observando-a e ouvindo-a tagarelar. A *señorita* ainda ia dormir por mais uma hora. Um carro vinha buscá-la às dez. Ia ficar fora o dia todo visitando a *quinta* Margarita. Ia voltar antes do escurecer. Não gostava de viajar pelas estradas à noite. Talvez pudesse vê-lo antes de sair.

John Grady sentava-se tomando seu café. Pediu um cigarro e ela trouxe um maço de El Toros da janela acima da pia e o pôs na mesa para ele. Nem perguntou onde ele andara nem como tinha passado mas quando ele se levantou para sair ela pôs a mão em seu ombro e serviu mais café em sua caneca.

Puedes esperar aquí, disse. *Se levantará pronto.*

Ele esperou. Carlos entrou e pôs suas facas na pia e tornou a sair. Às sete horas ela saiu com a bandeja do desjejum e quando voltou disse a ele que estava convidado a vir à casa às dez daquela noite, que a *señorita* o receberia então. Ele se levantou para sair.

Quisiera un caballo, disse.

Caballo.

Si. Por el día, no más.

Momentito, disse ela.

Quando ela voltou, fez que sim com a cabeça. *Tienes tu caballo. Espérate un momento. Siéntate.*

Ele esperou enquanto ela lhe preparava um almoço e o embrulhava num jornal e amarrava-o com um barbante e lhe entregava.

Gracias, ele disse.

De nada.

Ela pegou os cigarros e os fósforos na mesa e entregou-os a ele. Ele tentou ler no rosto dela alguma disposição da senhora tão recentemente visitada que pudesse ter relação com seu caso. Em tudo que viu esperou estar errado. Ela empurrou os cigarros para ele. *Ándale pues*, disse.

Havia éguas novas nas baias e ao passar pelo estábulo ele parou para examiná-las. No quarto de arreios acendeu a luz e pegou uma manta e a brida que sempre usara e a que parecia ser a melhor da meia dúzia de selas da prateleira e examinou-a e soprou a poeira e verificou as correias e jogou-a no ombro e saiu para o curral.

O garanhão ao vê-lo começou a trotar. Ele ficou parado no portão olhando-o. O cavalo passou com a cabeça inclinada e os olhos rolando e as narinas esguichando o ar da manhã e aí o reconheceu e voltou e aproximou-se dele e ele abriu a porteira e o cavalo rinchou e jogou a cabeça para cima e bufou e empurrou o longo pescoço contra o peito dele.

Quando ele passou pelo barracão Morales descascava cebolas debaixo da *ramada*. Ele acenou com a faca e gritou. John Grady gritou de volta seus agradecimentos ao velho antes de perceber que o velho não dissera que estava contente por vê-lo mas que o cavalo estava. Tornou a acenar e tocou o cavalo e saíram pisando forte e roçando-se como se o cavalo não conseguisse encontrar um passo em seu repertório que combinasse com o dia até que ele o montou e atravessou a porteira e sumiu-se da vista da casa e do estábulo e do cozinheiro e bateu no polido flanco a tremer embaixo e saíram num galope picado subindo a estrada da *ciénaga*.

Cavalgou entre os cavalos da meseta e espantou-os para fora dos pântanos e grupos de cedros onde eles tinham ido se esconder e fez o garanhão trotar junto às bordas do mato para o vento refrescá-lo. Enxotou abutres de um lugar onde eles se banqueteavam sobre um potro morto e ficou sentado no cavalo olhando a pobre forma estendida na grama suja sem olhos e nua.

Ao meio-dia sentou-se com as botas penduradas à borda de uma rocha e comeu o frango frio com pão que ela lhe preparara enquanto os cavalos cercados pastavam. O campo estendia-se ondulante para o oeste em meio a luz e sombra e a distantes tempestades de verão a cento e cinquenta quilômetros para o sul onde as *cordilleras* subiam e desciam na névoa num débil último brilho igual da Terra e do olho que a contemplava. Fumou um cigarro e depois enterrou o punho na copa do chapéu e pôs uma pedra dentro e deitou-se na grama e pôs o chapéu no rosto. Pensou em que tipo de sonho poderia trazer-lhe sorte. Via-a cavalgando com as costas muito eretas e o chapéu negro nivelado na cabeça e os cabelos soltos e a maneira de virar-se com os ombros e de sorrir e seus olhos. Pensou em Blevins. Pensou no rosto e nos olhos dele quando o obrigou a ficar com seus últimos pertences. Sonhara com ele uma noite em Saltillo e Blevins sentara-se a seu lado e haviam conversado sobre como era estar morto e Blevins dissera que não se parecia com nada e ele acreditara. Pensou que se sonhasse bastante com ele Blevins desapareceria para sempre e ficaria morto entre os seus e o mato rangia ao vento em seu ouvido e ele adormeceu e não sonhou com nada.

Quando atravessou as terras da fazenda ao entardecer o gado não parava de sair do meio das árvores à frente aonde tinha ido aproveitar a sombra durante o dia. Cavalgou por uma plantação de macieiras que retornara ao estado silvestre e estava coberta de mato e pegou uma maçã ao passar e mordeu-a e achou-a dura e verde e azeda. Puxou o cavalo pelas rédeas em meio ao mato à procura de maçãs no chão mas o gado comera todas. Passou montado pelas ruínas de uma velha cabana. A trave da porta caíra e ele entrou e puxou o cavalo para dentro. As vigas haviam caído em parte e caçadores ou pastores tinham acendido fogueiras no chão. Um velho couro de bezerro estava pregado numa parede e não havia vidros nas janelas pois os caixilhos e molduras havia muito tinham sido queimados para alimentar as fogueiras. O lugar tinha uma aparência estranha. Como de um lugar onde a vida não vingara. O cavalo não gostou nada dali e ele passou as rédeas contra o pescoço do animal e tocou-o com o calcanhar da bota e voltaram-se com cuidado no aposento e saíram e desceram através do pomar e dos pântanos rumo à estrada. Pombos recolhiam-se na luz cor de vinho. Ele puxava e desviava o cavalo para impedi-lo de pisar constantemente na própria sombra pois o bicho parecia intranquilo ao fazer isso.

Ele se lavou na torneira do estábulo e vestiu a outra camisa e espanou a poeira das botas e subiu para o barracão. Já anoitecera. Os *vaqueros* haviam acabado o jantar e sentavam-se sob a *ramada* fumando.

Buenas noches, ele disse.

Eres tú, Juan?

Claro.

Fez-se um momento de silêncio. Então alguém falou: *Estás bienvenido aquí.*

Gracias, ele disse.

Sentou-se e fumou com eles e contou-lhes tudo o que acontecera. Estavam preocupados com Rawlins, mais amigo deles que ele. Ficaram tristes por ele não vir mas disseram que um homem deixa muita coisa quando deixa seu país. Disseram que não era por acaso que um homem nascia em certo país e não em outro e que os climas e estações que formam uma terra formam também as fortunas interiores dos homens em suas gerações e são passadas para seus filhos e não alcançadas tão facilmente de outro modo. Falaram do gado e dos cavalos e das novas éguas selvagens no cio e de um casamento em La Vega e uma morte em Víbora. Ninguém falou do *patrón* nem da *dueña*. Ninguém falou da moça. No fim ele lhes desejou boa-noite e voltou andando para o estábulo e deitou-se no catre mas não tinha como saber as horas e levantou-se e subiu até a casa e bateu na porta da cozinha.

Esperou e tornou a bater. Quando María abriu a porta para atendê-lo ele soube que Carlos acabara de deixar o aposento. Ela olhou o relógio na parede acima da pia.

Ya comiste?, perguntou.

No.

Siéntate. Hay tiempo.

Ele se sentou à mesa e ela lhe preparou um prato de carneiro assado com molho de *adobada* e o pôs para esquentar no fogão e dentro de poucos minutos trouxe-o para ele com uma caneca de café. Acabou de lavar os pratos na pia e pouco antes das dez enxugou as mãos no avental e saiu. Quando voltou ficou parada na porta. Ele se levantou.

Está en la sala, ela disse.

Gracias.

Ele atravessou o corredor até o salão. Ela estava de pé numa atitude quase formal e vestia-se com uma elegância que lhe causou arrepios. Cruzou a sala e sentou-se e indicou com um gesto a cadeira defronte.

Sente-se, por favor.

Ele percorreu devagar o tapete cheio de desenhos e sentou-se. Atrás dela na parede via-se uma grande tapeçaria retratando um encontro numa paisagem desaparecida entre dois cavaleiros numa estrada. Acima das portas duplas que levavam à biblioteca a cabeça de um touro de tourada sem uma orelha.

Héctor disse que você não viria aqui. Eu lhe assegurei que se enganava.

Quando ele vai voltar?

Não vai voltar por algum tempo. De qualquer modo não vai ver você.

Eu acho que mereço uma explicação.

Eu acho que as contas foram acertadas bastante a seu favor. Você foi uma grande decepção para meu sobrinho e uma considerável despesa para mim.

Não quero ofender, senhora, mas também sofri alguns incômodos.

Os policiais estiveram aqui uma vez antes, você sabe. Meu sobrinho mandou-os embora até poder fazer uma investigação. Estava inteiramente certo de que os fatos eram outros. Inteiramente certo.

Por que ele não me disse alguma coisa?

Deu a palavra ao *comandante.* De outro modo vocês seriam levados logo. Ele queria fazer sua própria investigação. Acho que você entende que o *comandante* relutaria em avisar as pessoas antes de prendê-las.

Deviam ter me deixado contar o meu lado da história.

Você já havia mentido duas vezes para ele. Por que deveria ele supor que não faria isso uma terceira?

Eu nunca menti pra ele.

O caso do cavalo roubado era conhecido mesmo antes da sua chegada. Sabia-se que os ladrões eram americanos. Quando ele o interrogou sobre isso você negou tudo. Alguns meses depois seu amigo voltou à cidade de Encantada e cometeu assassinato. A vítima era um agente do Estado. Ninguém pode contestar esses fatos.

Quando ele vai voltar?

Ele não verá você.

A senhora me acha um criminoso.

Estou disposta a aceitar que certas circunstâncias devem ter conspirado contra você. Mas o que está feito não pode ser desfeito.

Por que pagou pra me tirar da prisão?

Acho que você sabe.

Por causa de Alejandra.

Sim.

E o que teve ela de dar em troca?

Acho que você também sabe.

Não me ver de novo.

Sim.

Ele se recostou na cadeira e olhou a parede atrás dela. A tapeçaria. Um vaso azul ornamental sobre a cômoda de nogueira trabalhada.

Minhas duas mãos mal dão para contar o número de mulheres desta família que tiveram histórias de amor desastrosas com homens de caráter duvidoso. Naturalmente os tempos permitiram a alguns desses homens se rotular de revolucionários. Minha irmã Matilde já tinha ficado viúva duas vezes aos vinte e um anos, os dois maridos mortos a tiros. Essas coisas. Bígamos. A gente não gosta de pensar na ideia de sangue sujo. Uma maldição da família. Mas não, ela não verá você.

A senhora se aproveitou dela.

Fiquei satisfeita por ter uma posição para negociar.

Não me peça pra lhe agradecer.

Não vou pedir.

A senhora não tinha o direito. Devia ter me deixado lá.

Você teria morrido.

Então teria.

Calaram-se. O relógio tiquetaqueava.

Estamos dispostos a lhe dar um cavalo. Espero que Antonio cuide da escolha. Você tem algum dinheiro?

Ele a olhou. Eu pensava que talvez as decepções em sua própria vida tivessem tornado a senhora mais simpática aos outros.

Pensou errado.

É o que eu acho.

Minha experiência não é a de que as dificuldades da vida tornam as pessoas mais caridosas.

Acho que isso depende das pessoas.

Você acha que sabe alguma coisa da minha vida. Uma velha cujo passado talvez a tenha deixado amarga. Ciúme da felicidade alheia. É uma história comum. Mas não é a minha. Eu defendi sua causa mesmo diante dos mais insultantes ataques da mãe de Alejandra — a quem felizmente você nunca encontrou. Isso o surpreende?

Sim.

Sim. Se ela fosse uma pessoa mais polida talvez eu tivesse sido menos advogada. Não sou uma pessoa de sociedade. As sociedades com que tive contato me pareceram em grande parte máquinas para suprimir as mulheres. A sociedade é muito importante no México. Onde as mulheres nem sequer votam. No México todos são malucos por sociedade e por política e muito ruins nas duas. Minha família é considerada de *gachupines* aqui, mas a loucura dos espanhóis não é tão diferente da loucura dos *criollos.* A loucura política da Espanha teve um ensaio geral vinte anos antes em solo mexicano. Para os que tinham olhos para ver. Nada foi igual e tudo foi. No coração espanhol há um grande anseio de liberdade, mas só a dele. Um grande amor pela verdade e a honra em todas as suas formas, mas não em sua substância. E uma profunda convicção de que nada pode ser provado a não ser se fazendo com que sangre. Virgens, touros, homens. No fim até o próprio Deus. Quando eu olho para minha sobrinha-neta vejo uma criança. E no entanto sei muito bem quem e o que eu era na idade dela. Numa vida diferente eu poderia ter sido uma *soldadera.* Talvez ela também. E jamais vou saber o que é a vida dela. Se há um padrão ali não assumirá nenhuma forma que estes olhos possam reconhecer. Porque para mim a questão foi sempre saber se a forma que vemos em nossas vidas estava lá desde o início ou se esses acontecimentos casuais só são chamados de padrão após o fato. Porque de outro modo não são nada. Você acredita em destino?

Sim, senhora. Acho que sim.

Meu pai tinha um grande senso da relação entre as coisas. Não sei se partilho isso. Ele dizia que a responsabilidade por uma decisão jamais deve ser abandonada a uma força cega mas só pode ser relegada a decisões humanas cada vez mais distantes de suas consequências. O exemplo que dava era de uma moeda jogada para cima que foi outrora uma placa numa fundição e do moedeiro que pegou essa placa na bandeja e a colocou na prensa numa de duas formas e de cujo ato tudo mais se seguiu, *cara y cruz.* Não importa por meio de que voltas nem de quantas. Até que chega a nossa vez e nossa vez passa.

Ela sorriu. Levemente. Brevemente.

É uma discussão tola. Mas aquele homenzinho em sua bancada de trabalho ficou comigo. Penso que se fosse o destino que governasse nossas casas talvez pudéssemos bajulá-lo ou argumentar com ele. Mas o moedeiro não pode. Olha com seus olhos míopes através de lentes baças às cegas placas de metal à sua frente. Faz sua escolha. Talvez hesite um momento. Enquanto os fados de desconhecidos destinos futuros pesam na balança. Meu pai deve ter visto nessa parábola a acessibilidade das origens das coisas, mas eu não vejo nada disso. Para mim o mundo sempre foi mais um espetáculo de marionetes. Mas quando a gente olha atrás da cortina e identifica os cordões para cima descobre que eles terminam nas mãos de ainda outros bonecos, eles mesmos com seus próprios cordões para cima, e assim por diante. Em minha vida eu vi esses cordões de origens intermináveis encenarem as mortes de grandes homens em violência e loucura. Encenarem a ruína de uma nação. Vou lhe contar como foi o México. Como foi e como voltará a ser. Você verá que as coisas que me dispuseram a seu favor foram as mesmas que me levaram a decidir contra você no fim.

Quando eu era menina a pobreza neste país era bastante terrível. O que vejo hoje não dá nem uma ideia. E eu fui muito afetada por isso. Nas aldeias havia *tiendas* que alugavam roupas aos camponeses quando eles vinham à feira. Porque não tinham roupas suas e as alugavam para o dia e voltavam para casa à noite envoltos em mantas e trapos. Não tinham nada. Cada *centavo* que conseguiam reunir todos juntos ia para enterros. A família média não tinha nada feito em fábrica, a não ser a faca da cozinha. Nada. Nem um alfinete nem um prato nem uma panela ou botão. Nada. Nunca. Nas aldeias a gente os via tentando vender coisas sem valor. Um rebite caído de um caminhão e apanhado na estrada ou uma peça estragada de uma máquina que ninguém sabia nem pra que servia. Coisas assim. Achavam que alguém devia estar procurando por essas coisas e saberia o valor delas e só tinham de encontrar essa pessoa. Uma fé que nenhuma decepção conseguia abalar. Que mais tinham? Por que outra coisa iriam abandoná-la? O mundo industrial era para eles uma coisa inimaginável e os que o habitavam lhes eram inteiramente estranhos. E no entanto não eram idiotas. Jamais idiotas. A gente vê isso nas crianças. A inteligência deles era assustadora. E tinham uma liberdade que nós invejávamos. Poucas coisas os retinham. Muito poucas esperanças. Aí, aos onze ou doze anos deixavam de ser crianças. Perdiam a infância da noite para o dia e não tinham juventude. Tornavam-se muito sérios. Como se uma verdade terrível se houvesse abatido sobre eles. Uma terrível visão. Num certo ponto de suas vidas tornavam-se sóbrios num instante e eu ficava intrigada com isso mas é claro que não podia saber o que eles viam. O que eles sabiam.

Quando fiz dezesseis anos já tinha lido muitos livros e me tornado uma livre-pensadora. Em todos os casos me recusava a acreditar num Deus que permitia a injustiça que eu via num mundo criado por Ele. Eu era muito idealista. Muito sem papas na língua. Meus pais ficavam horrorizados. Aí no verão de meu décimo sétimo aniversário minha vida mudou para sempre.

A família de Francisco Madero era de treze filhos e eu tinha muitos amigos entre eles. Rafaela era da minha idade e nós éramos muito íntimas. Muito mais do que com as filhas de Carranza. *Teníamos compadrazgo con su familia.* Você entende? Não tem tradução. A família me ofereceu minha *quinceañera* em Rosário. Naquele mesmo ano don Evaristo levou um grupo de nós à Califórnia. Todas mocinhas das *haciendas.* De Parras e Torreón. Já estava muito velho mesmo naquela época e fico maravilhada com sua coragem. Mas era um homem extraordinário. Tinha cumprido um mandato como governador do estado. Era muito rico e gostava muito de mim e não se irritava nem um pouco com minhas filosofadas. Eu adorava ir a Rosário. Naquele tempo as *haciendas* tinham mais vida social. Davam-se festas muito bem organizadas com orquestras e champanhe e muitas vezes havia visitantes europeus e as festas continuavam até o amanhecer. Para minha surpresa, descobri que era muito querida e é muito provável que me tivesse curado de minha excessiva sensibilidade não fossem duas coisas. A primeira foi a volta dos dois rapazes mais velhos, Francisco e Gustavo.

Eles tinham estudado cinco anos na França. Antes disso tinham estudado nos Estados Unidos. Na Califórnia e em Baltimore. Quando fui novamente apresentada a eles foi a velhos amigos, quase da família. Mas a lembrança que eu tinha deles eram as lembranças de uma criança e eu devia ser para eles uma pessoa inteiramente desconhecida.

Francisco como filho mais velho desfrutava um lugar especial na casa. Mantinha uma verdadeira corte com os amigos numa mesa sob o portal. No outono daquele ano fui convidada muitas vezes à casa deles e foi nessa casa que ouvi pela primeira vez toda a expressão daquelas coisas mais chegadas ao meu coração. Comecei a ver como o mundo devia se tornar se eu queria viver nele.

Francisco começou a criar escolas para as crianças pobres do distrito. Praticava medicina. Mais tarde ia alimentar centenas de pessoas em sua cozinha. Não é fácil transmitir a excitação daquele tempo às pessoas de hoje. As pessoas eram muito atraídas para Francisco. Tinham prazer com a companhia dele. Naquela época não se falava de ele entrar na política. Ele tentava apenas aplicar as ideias que tinha descoberto. Fazer com que funcionassem no dia a dia. Começou a vir gente da Cidade do México para conhecê-lo. Em tudo que fazia era apoiado por Gustavo.

Não sei se você entende o que estou lhe contando. Eu tinha dezessete anos e este país para mim era como um vaso valioso carregado por uma criança. Havia eletricidade no ar. Tudo parecia possível. Eu achava que havia milhares iguais a nós. Iguais a Francisco. Iguais a Gustavo. Não havia. Finalmente, no fim, parecia que não havia ninguém.

Gustavo tinha um olho de vidro em consequência de um acidente quando era menino. Isso parecia não diminuir sua atração para mim. Acho que o contrário talvez. Certamente não havia companhia que eu preferisse à dele. Me dava livros para ler. Falava durante horas. Era muito prático. Muito mais do que Francisco. Não partilhava o gosto de Francisco pelo ocultismo. Falava sempre de coisas sérias. Aí no outono daquele ano eu fui com meu pai e meu tio para a *hacienda* em San Luis Potosí e ali sofri o acidente na mão de que lhe falei.

Para um rapaz isso não teria sido um acontecimento importante. Para uma moça foi uma devastação. Eu não queria ser vista em público. Imaginei ver mudança até na relação do meu pai comigo. Que ele não podia deixar de me ver como meio desfigurada. Achei que agora iam supor que eu não poderia fazer um bom casamento e talvez isso fosse verdade. Não havia mais nem dedo para pôr a aliança. Me tratavam com muita delicadeza. Talvez como uma pessoa que voltou do asilo para casa. Eu desejava de todo coração ter nascido entre os pobres onde essas coisas são muito mais facilmente aceitas. Nessa condição esperei a velhice e a morte.

Passaram-se alguns meses. Aí um dia pouco antes do Natal Gustavo veio me visitar. Fiquei apavorada. Pedi à minha irmã que lhe rogasse que fosse embora. Ele não quis. Quando meu pai voltou bem tarde da noite ficou um tanto espantado por encontrá-lo sentado no salão sozinho com o chapéu no colo. Veio conversar comigo no quarto. Tapei os ouvidos com as mãos. Não me lembro do que aconteceu. Só que Gustavo continuou ali sentado. Passou a noite no salão como um *mozo*. Aqui. Nesta casa.

No outro dia meu pai estava furioso comigo. Não vou lhe contar a cena que se seguiu. Tenho certeza de que meus uivos de raiva e angústia chegaram até os ouvidos de Gustavo. Mas evidentemente eu não podia me opor à vontade de meu pai e acabei aparecendo. Vestida com certa elegância se me lembro bem. Tinha aprendido a andar com um lencinho na mão esquerda para esconder a deformidade. Gustavo se levantou e me deu um sorriso. Fomos andando até o jardim. Ele me falou de seus planos. Me deu notícias de Francisco e de Rafaela. De nossos amigos. Não me tratou diferente de antes. Me falou como tinha perdido o olho e da crueldade das crianças de sua escola e me disse coisas que nunca tinha dito a ninguém, nem mesmo a Francisco. Porque disse que eu entenderia.

Falou das coisas de que tínhamos falado tantas vezes em Rosário. Tantas vezes e tão noite adentro. Disse que aqueles que sofrem um infortúnio sempre são isolados mas é esse mesmo infortúnio que constitui o seu dom e a sua força e que eles devem abrir caminho de volta à luta comum do homem pois se não fizerem isso a luta não pode ir para a frente e eles próprios definharão na amargura. Me disse essas coisas com muita seriedade e delicadeza e à luz do portal eu via que ele chorava e sabia que era por minha alma que chorava. Eu nunca fora estimada daquele jeito. Que um homem se colocasse naquela posição. Eu não sabia o que dizer. Naquela noite fiquei pensando por muito tempo e não sem desespero no que ia ser de mim. Queria muito ser uma pessoa de valor e tinha de me perguntar como aquilo seria possível se não houvesse em nossa vida alguma coisa como uma alma ou um espírito que pode suportar qualquer infortúnio ou desfiguramento e ainda assim não ser diminuída por isso. Se quiséssemos ser pessoas de valor esse valor não podia ser uma condição sujeita aos azares da sorte. Tinha de ser uma qualidade imutável. Houvesse o que houvesse. Muito antes do amanhecer eu sabia que o que tentava descobrir era uma coisa que sempre soubera. Que toda coragem era uma forma de constância. Que era sempre a si mesmo que o covarde abandonava primeiro. Depois dessa todas as outras traições eram fáceis.

Eu sabia que a coragem custava menos para alguns do que para outros mas acreditava que qualquer um que a desejasse podia tê-la. Que o desejo é que importava. O que importava. Não conseguia pensar em mais nada a que isso se aplicasse.

Tanta coisa depende da sorte. Só anos mais tarde compreendi que determinação devia ter custado a Gustavo me falar daquele jeito. Vir à casa de meu pai daquele jeito. Indiferente a qualquer ideia de rejeição ou ridículo. Acima de tudo compreendi que o presente que ele me deu não estava nem mesmo nas palavras. A notícia que trouxe ele não pôde nem dar. Mas foi a partir daquele dia que comecei a amar o homem que tinha me trazido aquela notícia e embora ele já esteja morto há quase quarenta anos esses sentimentos não mudaram.

Ela tirou um lenço da manga e com ele tocou a pálpebra inferior de cada olho. Ergueu o olhar.

Bem, você vê. De qualquer modo é muito paciente. O resto da história não é tão difícil de imaginar depois de conhecidos os fatos. Nos meses seguintes se reacendeu meu espírito revolucionário e os aspectos políticos das atividades de Francisco Madero se tornaram mais claros. À medida que ele passou a ser levado mais a sério surgiram inimigos e seu nome logo chegou aos ouvidos do ditador Díaz. Francisco foi obrigado a vender a propriedade que tinha comprado na Austrália para financiar seus empreendimentos. Em breve foi preso. Depois fugiu para os Estados Unidos. Sua determinação jamais vacilou, mas naqueles anos poucos teriam previsto que ele se tornaria presidente do México. Quando ele e Gustavo voltaram, voltaram com armas. A revolução tinha começado.

Enquanto isso me mandaram para a Europa e na Europa eu fiquei. Meu pai era franco em suas opiniões sobre as responsabilidades das classes terratenentes. Mas revolução era toda uma outra coisa. Ele não me traria de volta para casa se eu não prometesse me desligar dos Madero e isso eu não faria. Gustavo e eu nunca fomos noivos. As cartas que ele me escrevia foram se tornando cada vez menos frequentes. Depois pararam. Finalmente me contaram que ele tinha se casado. Não o censurei naquele tempo nem censuro hoje. Houve meses na revolução em que toda a campanha foi financiada de seu bolso. Cada bala. Cada crosta de pão. Quando Díaz foi por fim obrigado a fugir e se fez uma eleição livre Francisco se tornou o primeiro presidente da República a ser posto no cargo pelo voto popular. E o último.

Vou lhe falar sobre o México. Vou lhe contar o que aconteceu a esses homens valentes e bons e honrados. Nessa época eu estava ensinando em Londres. Minha irmã foi ficar comigo e lá permaneceu até o verão. Me implorou para voltar com ela mas eu não quis. Eu era muito orgulhosa. Muito teimosa. Não podia perdoar a meu pai sua cegueira política nem a forma como tinha me tratado.

Francisco Madero estava cercado de conspiradores e traidores desde o primeiro dia no cargo. Sua confiança na bondade básica da humanidade se tornou sua perdição. A certa altura Gustavo levou o general Huerta a ele sob a mira de uma arma e denunciou-o como traidor mas Francisco não quis ouvi-lo e o reempossou. Huerta. Um assassino. Um animal. Isso foi em fevereiro de mil novecentos e treze. Houve um levante armado. Huerta claro era o cúmplice secreto. Quando sentiu sua posição segura capitulou diante dos rebeldes e os conduziu contra o governo. Gustavo foi preso. Depois Francisco e Pino Suárez. Gustavo foi entregue à multidão no pátio da *ciuda-*

dela. Caíram em cima dele com tochas e lampiões. Abusaram dele e o atormentaram, chamando-o de *Ojo Parado.* Quando ele pediu que o poupassem por sua esposa e filhos o chamaram de covarde. Ele, covarde. Deram-lhe empurrões e espancaram-no. Queimaram--no. Quando ele começou a pedir de novo que parassem um deles se adiantou com uma picareta e furou o seu olho são e ele recuou gemendo em suas trevas e não disse mais nada. Alguém se adiantou com um revólver e encostou-o na cabeça dele e disparou mas a multidão balançou o braço e o tiro lhe arrancou a mandíbula. Ele caiu aos pés da estátua de Morelos. Finalmente dispararam contra ele uma rajada de tiros de fuzil. Foi declarado morto. Um bêbado na multidão se adiantou e atirou nele de novo mesmo assim. Chutaram o cadáver e sentaram-se em cima dele. Um deles arrancou o olho de vidro e o olho foi passado de mão em mão entre a multidão como uma curiosidade.

Ficaram em silêncio, o relógio tiquetaqueando. Após algum tempo ela ergueu o olhar para ele.

Então. Essa era a comunidade da qual ele falava. Aquele rapaz bonito. Que tinha dado tudo.

Que aconteceu com Francisco?

Ele e Pino Suárez foram levados para trás da penitenciária e mortos a tiros. Não foi difícil para o cinismo dos assassinos alegar que tinham sido mortos tentando fugir. A mãe de Francisco tinha mandado um telegrama ao presidente Taft pedindo a ele que intercedesse pela vida de seu filho. Sara entregou-o pessoalmente ao embaixador na embaixada americana. O mais provável é que nunca tenha sido enviado. A família foi para o exílio. Foram para Cuba. Para os Estados Unidos. Para a França. Sempre tinha havido rumores de que eram de origem judaica. É possível que seja verdade. Eram todos muito inteligentes. Sem dúvida o destino deles sempre me pareceu a mim pelo menos um destino judeu. Uma diáspora dos tempos modernos. Martírio. Perseguição. Exílio. Sara vive hoje em Colonia Roma. Está com os netos. Nós nos vemos raramente mas temos uma irmandade tácita. Naquela noite no jardim aqui na casa de meu pai Gustavo me disse que os que sofreram grande dor ou ofensa ou perda estão unidos uns aos outros por laços de uma autoridade especial e isso mostrou ser verdade. Os laços mais estreitos que algum dia conheceremos são laços de sofrimento. A mais profunda comunidade é a da dor. Eu só voltei da Europa depois que meu pai morreu. Hoje lamento não tê-lo conhecido melhor. Acho que sob vários aspectos também ele não estava muito preparado para a vida que escolheu. Ou que escolheu a ele. Talvez todos nós. Ele lia livros sobre horticultura. Neste deserto. Já tinha iniciado o cultivo de algodão aqui e ficaria contente por ver o sucesso que isso teve. Nos últimos anos eu passei a ver como ele e Gustavo eram parecidos. Que nunca tinha sido soldado. Acho que não compreenderam o México. Como meu pai ele odiava o derramamento de sangue e a violência. Mas talvez não odiasse bastante. Francisco foi o mais iludido de todos. Jamais esteve preparado para ser presidente do México. Mal estava preparado para ser até mexicano. No fim nós todos terminamos curados de nossos sentimentos. Os que a vida não cura a morte cura. O mundo é bastante cruel na escolha entre o sonho e a realidade, mesmo quando nós não escolhemos. Entre o desejo e a coisa está o mundo à espera. Tenho pensado muito em minha vida e em meu país. Penso que pouca coisa pode ser realmente entendida. Minha família foi afortunada. Outras foram menos. Como estão sempre prontos a observar.

Na escola estudei biologia. Aprendi que ao fazerem as experiências os cientistas pegam um grupo — bactérias, camundongos, pessoas — e o submetem a certas condições. Comparam os resultados com um segundo grupo que não foi incomodado. O segundo grupo é chamado de grupo de controle. É o grupo de controle que possibilita ao cientista avaliar o efeito da experiência. Julgar o significado do que ocorreu. Na história não há grupos de controle. Não há ninguém para nos dizer o que poderia ter sido. Choramos pelo que poderia ter sido, mas não existe o poderia. Nunca houve. Supõe-se que seja verdade que os que não conhecem a história estão condenados a repeti-la. Não creio que o conhecimento nos salve. O que é constante na história é a ambição e a tolice e o amor ao sangue e isso é uma coisa que até mesmo Deus — que sabe tudo que se pode saber — parece impotente para mudar.

Meu pai está enterrado a menos de duzentos metros de onde estamos sentados agora. Eu vou lá muitas vezes e falo com ele. Falo com ele como nunca pude falar em vida. Ele me fez uma exilada em meu próprio país. Não pretendia fazer isso. Quando eu nasci esta casa já estava cheia de livros em cinco idiomas e desde que eu soube que sendo mulher o mundo me seria em grande parte negado me agarrei a esse outro mundo. Eu já lia quando tinha cinco anos e ninguém jamais tirou um livro de minhas mãos. Jamais. Depois meu pai me mandou para duas das melhores escolas da Europa. Apesar de toda a sua severidade e autoridade ele se revelou um libertino do tipo mais perigoso. Você fala de minhas decepções. Se são isso só me tornaram mais imprudente. Minha sobrinha-neta é o único futuro que prevejo e no que se refere a ela só posso jogar todas as minhas fichas. Pode ser que a vida que desejo para ela nem mais exista, mas eu sei o que ela não sabe. Não há nada a perder. Em janeiro vou fazer setenta e três anos. Conheci muita gente nesse tempo e poucos deles levaram vidas satisfatórias para si próprios. Eu gostaria que minha sobrinha-neta tivesse a oportunidade de fazer um casamento muito diferente daquele que a sociedade está decidida a exigir dela. Não vou aceitar um casamento convencional para ela. Também nisso sei o que ela não sabe. Que não há nada a perder. Não sei em que espécie de mundo ela vai viver e não tenho opiniões formadas sobre como ela deve viver nele. Só sei que se não vier a pôr a verdade acima da conveniência pouca diferença fará até mesmo se viverá ou não. E por verdade eu não me refiro ao que é correto mas apenas ao que é verdade. Você acha que eu rejeitei sua pretensão porque é jovem ou sem educação ou de outro país mas não é isso. Jamais descuidei de envenenar a mente de Alejandra contra as presunções sobre os tipos de pretendentes dela e nós duas há muito estamos dispostas a nutrir a ideia de que a salvação vem nos trajes que quer. Mas também lhe falei de certa extravagância no sangue feminino desta família. Uma coisa voluntariosa. Imprevidente. Conhecendo isso nela eu devia ter sido mais cautelosa no que se referia a você. Devia tê-lo visto com mais clareza. Agora vejo.

Não vai deixar que eu me defenda.

Conheço sua defesa. É a de que aconteceram certas coisas sobre as quais você não tinha controle.

É verdade.

Sei que é. Mas não é isso. Não simpatizo com pessoas às quais acontecem coisas. Pode ser que sejam azaradas, mas deve isso contar a favor delas?

Eu pretendo vê-la.

Devo ficar surpresa? Eu até lhe dou minha permissão. Embora isso pareça ser uma coisa que você nunca pediu. Ela não quebrará a palavra que me deu. Você vai ver.

Sim, senhora. Nós vamos ver.

Ela se levantou e arrepanhou a saia atrás para deixá-la cair e estendeu a mão. Ele se levantou e tomou-a, muito ligeiramente, muito fina e fria.

Sinto saber que não vou vê-lo mais. Dei-me ao trabalho de falar de mim para você porque entre outros motivos acho que devemos saber quem são nossos inimigos. Conheci pessoas que passaram a vida alimentando ódio contra fantasmas e não foram pessoas felizes.

Eu não odeio a senhora.

Vai odiar.

Vamos ver.

Sim. Vamos ver o que o destino nos reserva, não é?

Achei que a senhora não acreditava em destino.

Ela acenou com a mão. Não é tanto que eu não acredite nele. Não aprovo falar nele. Se o destino é a lei então estará também sujeito a essa lei? A certa altura não podemos fugir a falar em responsabilidade. Está em nossa natureza. Às vezes eu penso que somos como aquele moedeiro míope em sua prensa, pegando as placas cegas uma a uma na bandeja, todos nós muito ciosamente curvados sobre nossa obra, determinados a que nem mesmo o caos esteja fora de nossa fabricação.

De manhã ele foi até o barracão e tomou o desjejum com os *vaqueros* e despediu-se deles. Depois desceu até a casa do *gerente* e foi com Antonio ao estábulo e selaram os cavalos e passaram pelos cercados olhando os cavalos chucros. Ele sabia o que queria. Quando o viu o cavalo bufou e voltou-se e saiu trotando. Era o *grullo* de Rawlins e laçaram-no e trouxeram-no para o curral e ao meio-dia ele tinha um animal meio domado e deu algumas voltas puxando-o pelas rédeas e deixou-o esfriar. O cavalo não era montado havia semanas e não tinha marcas de cilha e mal sabia comer grãos. Ele foi até a casa e despediu-se de María e ela lhe deu o almoço que embrulhara para ele e um envelope cor-de-rosa com o emblema de La Purísima estampado no canto superior esquerdo. Quando ele saiu abriu-o e tirou o dinheiro e o guardou no bolso e dobrou o envelope e pôs no bolso da camisa. Depois passou por entre os pés de peca na frente da casa onde Antonio esperava com os cavalos e ficaram parados por um momento num *abrazo* sem palavras e então ele montou na sela e virou o cavalo para a estrada.

Passou por La Vega sem desmontar, o cavalo bufando e rolando os olhos para tudo que via. Quando um caminhão deu a partida mais adiante na rua e começou a vir em direção a eles o animal gemeu de desespero e tentou virar e ele o cortou quase nas ancas e deu-lhe tapinhas e não parou de falar-lhe até que o veículo passou por eles e tornaram a seguir. Assim que saíram da cidade ele deixou inteiramente a estrada e atravessou o imenso e antigo leito de lago do *bolsón*. Atravessou uma *playa* de gipsita seca onde a crosta de sal se partia sob os cascos do cavalo como mica e cruzou brancos montes de gesso cobertos de plantas mirradas e uma branca *bafada* cheia de flores de gipso como o chão de uma caverna exposto à luz. No revérbero da distância árvores e *jacales* erguiam-se ao longo das finas curvas de floresta claras e serrilhadas e meio fugidias no ar límpido da manhã. O cavalo tinha um bom passo natural e enquanto andavam ele lhe falava e dizia-lhe coisas do mundo que eram verdadeiras segundo sua experiência e outras que ele julgava poderem ser verdadeiras para ver como soariam ditas. Disse ao cavalo por que gostava dele e que não deixaria que nada de mau lhe acontecesse.

Ao meio-dia cavalgava por uma estrada de terras cultivadas onde as *acequias* traziam a água pelas bordas pisoteadas dos campos e parou o cavalo para dar-lhe de beber e andou de um lado para o outro à sombra dos choupos para refrescá-lo. Dividiu seu almoço com crianças que vieram sentar-se a seu lado. Algumas delas jamais tinham comido pão fermentado e olharam para um menino mais velho em busca de orientação no assunto. Sentaram-se numa fila na beira da trilha, cinco, e as metades dos sanduíches de presunto curado foram passadas à direita e à esquerda e elas comeram com muita solenidade e quando os sanduíches acabaram dividiram com a faca dele as tortas recém-assadas de maçã e goiaba.

Dónde vive?, perguntou o menino mais velho.

Ele considerou a pergunta. Elas esperavam. Eu vivia antes numa grande *hacienda*, ele disse, mas agora não tenho onde morar.

Os rostos das crianças estudaram-no com grande interesse. *Puede vivir con nosotros,* disseram, e ele agradeceu e disse-lhes que tinha uma *novia* em outra cidade e que ia procurá-la para pedi-la em casamento.

Es bonita, su novia?, perguntaram, e ele disse que era muito bonita e tinha olhos azuis o que elas mal podiam acreditar mas ele disse também que o pai dela era um rico *hacendado* enquanto ele próprio era muito pobre e as crianças ouviram isso em silêncio e ficaram muito pessimistas sobre suas perspectivas. A menina mais velha disse que se a *novia* dele o amasse de verdade casava-se com ele de qualquer jeito mas o menino não ficou muito encorajado e disse que mesmo nas famílias ricas uma moça não podia contrariar os desejos do pai. A menina disse que a avó devia ser consultada porque era muito importante nesses assuntos e que ele devia levar-lhe presentes e tentar conquistá-la para seu lado pois sem sua ajuda pouco se podia esperar. Disse que todo mundo sabia disso.

John Grady assentiu com a cabeça diante dessa sabedoria mas disse que já ofendera a avó e não podia depender da sua ajuda e diante disso várias crianças pararam de comer e ficaram de olhos no chão.

Es un problema, disse o menino.

De acuerdo.

Uma das meninas mais novas curvou-se para a frente. *Qué ofensa le dio a la abuelita?,* perguntou.

Es una historia larga, ele respondeu.

Hay tiempo, eles disseram.

Ele sorriu e olhou-os e como na verdade havia tempo contou-lhes tudo o que tinha acontecido. Disse que tinham vindo de outro país, dois jovens montados em seus cavalos e encontraram um terceiro sem dinheiro nem comida e quase sem roupas para cobrir-se e que viera juntar-se a eles e partilhar de tudo o que eles tinham. Esse cavaleiro era muito jovem e montava um esplêndido cavalo mas entre seus medos havia o de que Deus o matasse com um raio e por causa desse medo perdera o cavalo no deserto. Depois lhes contou o que acontecera com o cavalo e que o tinham tirado da aldeia de Encantada e o garoto voltara à aldeia de Encantada e lá matara um homem e a polícia fora à *hacienda* e prendera-o a ele e a seu amigo e que a avó tinha pago a fiança deles e depois proibido a *novia* de continuar vendo-o.

Quando acabou ficaram sentados calados e finalmente a menina disse que o que ele tinha a fazer era levar o garoto à avó para ele lhe dizer que era o culpado e John Grady disse que isso não era possível porque o garoto estava morto. Quando as crianças ouviram isso se benzeram e beijaram os dedos. O menino mais velho disse que era uma situação difícil mas que ele devia procurar um intercessor para falar em seu favor porque se pudesse fazer a avó ver que a culpa não era dele ela mudaria de ideia. A menina mais velha disse que ele esquecia o problema de que a família era rica e ele pobre. O menino disse que ele tendo um cavalo não era tão pobre e olharam para John Grady em busca de uma decisão sobre essa questão e ele disse-lhes que apesar das aparências era de fato muito pobre e que o cavalo lhe fora dado pela própria avó. Ao ouvirem isso alguns deles deram um fundo suspiro e balançaram a cabeça. A menina disse que ele precisava encontrar algum sábio para discutir seus problemas ou talvez uma *curandera* e a menina mais nova que ele devia rezar a Deus.

Era tarde da noite quando ele entrou em Torreón. Apeou o cavalo e amarrou-o na frente de um hotel e entrou e perguntou por um estábulo mas o recepcionista nada sabia dessas coisas. Olhou o cavalo pela janela da frente e depois para John Grady.

Puede dejarlo atrás, disse.

Atrás?

Sí. Afuera. Indicou os fundos.

John Grady olhou em direção aos fundos do edifício.

Por dónde?, ele perguntou.

O recepcionista deu de ombros. Passou a mão espalmada pela mesa em direção ao corredor. *Por aquí.*

Um velho sentado num sofá no saguão estivera olhando pela janela e voltou-se para John Grady e disse-lhe que estava tudo bem e que coisas muito piores que cavalos já tinham atravessado aquele saguão de hotel e John Grady olhou para o recepcionista e saiu e desamarrou o cavalo e conduziu-o. O recepcionista foi na frente e abriu as portas do fundo e ficou parado enquanto John Grady levava o cavalo para o pátio. Ele comprara um pequeno saco de grão em Tlahualilo e deu de beber ao cavalo num tanque de lavar roupa e abriu o saco de grãos e despejou-os na tampa virada de uma lata de lixo e tirou a sela do cavalo e molhou o saco vazio e esfregou o cavalo com ele e depois levou a sela e pegou sua chave e foi para a cama.

Quando acordou era meio-dia. Dormira quase doze horas. Levantou-se e foi até a janela e olhou. A janela dava para o pequeno pátio atrás e o cavalo andava pacientemente dentro do cercado com três crianças montadas e outra puxando-o e mais uma pendurada à cauda.

Ele passou a maior parte da manhã na fila da telefônica esperando sua vez numa das quatro cabinas e quando por fim fez a ligação não conseguiram encontrá-la. Ele se inscreveu de novo no balcão e a moça atrás do vidro vermelho leu o seu rosto e disse-lhe que teria melhor sorte à tarde e ele teve. Uma mulher atendeu ao telefone e mandou alguém chamá-la. Ele esperou. Quando ela atendeu disse que sabia que seria ele.

Preciso ver você, ele disse.

Não posso.

Você precisa. Vou aí.

Não. Não pode.

Vou partir de manhã. Estou em Torreón.

Você falou com minha tia?

Falei.

Ela ficou calada. Depois disse: Não posso ver você.

Pode, sim.

Não vou estar aqui. Vou pra La Purísima em dois dias.

Encontro você no trem.

Não pode. Antonio vai comigo.

Ele fechou os olhos e segurou firme o telefone e disse que a amava e que ela não tinha o direito de fazer a promessa que fizera mesmo que o matassem e que não ia embora sem vê-la mesmo que fosse a última vez que a visse e ela ficou calada por um longo tempo e depois disse que ia sair na manhã seguinte cedo e o encontraria em Zacatecas. E desligou.

Ele pôs o cavalo num estábulo além dos *barrios* ao sul da estrada de ferro e disse ao *patrón* para ter cuidado com ele pois estava na melhor das hipóteses meio domado e o homem balançou a cabeça e chamou o rapaz mas John Grady pôde ver que ele tinha suas próprias ideias sobre cavalos e tiraria suas próprias conclusões. Levou a sela para o quarto de arreios e pendurou-a e o rapaz fechou a porta atrás dele e ele voltou andando ao escritório.

Propôs pagar adiantado mas o dono descartou-o com um leve aceno da mão. Ele saiu para o sol e desceu a rua onde pegou o ônibus de volta à cidade.

Comprou uma pequena mochila de marinheiro numa loja e duas camisas novas e um novo par de botas e dirigiu-se à estação ferroviária e comprou uma passagem e foi a um café e comeu. Deu umas voltas para amaciar as botas e depois voltou ao hotel. Enrolou o revólver e a faca e as roupas velhas em sua manta e mandou o recepcionista guardá-los no depósito e pediu-lhe que o acordasse às seis da manhã e foi para a cama. Nem escurecera direito ainda.

Estava frio e escuro quando deixou o hotel de manhã e quando se instalou no vagão pingos de chuva espatifavam-se no vidro. Um menino estava sentado no banco defronte com a irmã e depois que o trem partiu o menino perguntou-lhe de onde era e aonde ia. Os dois não pareceram surpresos ao saber que era do Texas. Quando o camareiro passou chamando para o café ele os convidou a comer consigo mas o menino pareceu embaraçado e não quis. Ele próprio ficou embaraçado. Sentou-se no vagão-restaurante e comeu um prato grande de *huevos rancheros* e tomou café e ficou olhando os campos cinzentos passarem pela janela molhada e com suas botas e camisa nova começou a sentir-se melhor do que em muito tempo e o peso no coração começara a levantar-se e repetiu o que seu pai lhe dissera uma vez, que dinheiro medroso não vence e homem preocupado não ama. O trem atravessou uma medonha planície com plantações apenas de *cholla* e entrou numa vasta floresta de cinamomos. Ele abriu o maço de cigarros que comprara no quiosque da estação e acendeu um e pôs o maço sobre a toalha da mesa e soprou fumaça na vidraça e na região chuvosa que passava.

O trem parou em Zacatecas no fim da tarde. Ele saiu da estação e subiu a rua através dos altos *portales* do velho aqueduto de pedra e desceu para a cidade. A chuva seguira-o do norte e as estreitas ruas de pedra estavam molhadas e as lojas fechadas. Ele subiu a Hidalgo até a Plaza de Armas passando pela catedral e registrou-se no Hotel Reina Cristina. Era um velho hotel colonial tranquilo e frio com as pedras do piso do saguão escuras e polidas e uma arara numa gaiola observava as pessoas que entravam e saíam. No restaurante junto ao saguão ainda havia gente almoçando. Ele pegou a chave e subiu, um carregador levando sua pequena mochila. O quarto era grande e tinha um pé-direito alto e uma colcha de chenile cobria a cama e havia uma garrafa de água na mesa. O carregador abriu as cortinas da janela e foi ao banheiro ver se tudo estava em ordem. John Grady curvou-se sobre o parapeito da janela. No pátio embaixo um velho ajoelhava-se entre potes de gerânios vermelhos e brancos cantando baixinho um único verso de um velho *corrido* enquanto cuidava das flores.

Ele deu uma gorjeta ao carregador e pôs o chapéu na escrivaninha e fechou a porta. Deitou-se na cama e olhou as vigas lavradas do teto. Depois se levantou e pegou o chapéu e desceu ao restaurante para comer um sanduíche.

Atravessou as ruas estreitas e tortuosas da cidade com seus prédios antigos e pequenas praças reclusas. As pessoas pareciam vestidas com certa elegância. Parara de chover e o ar estava fresco. As lojas começavam a abrir-se. Ele se sentou num banco da *plaza* e mandou engraxar as botas e olhou as vitrinas tentando encontrar alguma coisa para ela. Por fim comprou um colar de prata muito simples e pagou à mulher o que ela pediu e a mulher embrulhou-o num papel com uma fita e ele o guardou no bolso da camisa e voltou ao hotel.

O trem de San Luis Potosí e da Cidade do México devia chegar às oito horas. Às sete e meia ele estava na estação. Já eram quase nove quando o trem chegou. Ele esperou na plataforma entre os outros e viu os passageiros descerem. Quando ela apareceu nos degraus ele quase não a reconheceu. Usava um vestido azul com uma saia quase até os tornozelos e um chapéu azul de aba larga e não parecia uma colegial nem a ele nem aos outros homens na plataforma. Trazia uma malinha de couro e o carregador tomou-a quando ela desceu e devolveu-a e tocou no quepe. Quando ela se voltou e olhou para onde ele estava ele percebeu que ela o vira da janela do vagão. Ao se aproximar dele sua beleza pareceu-lhe uma coisa impossível. Uma presença inexplicável naquele lugar ou em qualquer outro. Ela se aproximou dele e deu-lhe um sorriso triste e levou os dedos à cicatriz de seu rosto e curvou-se e ele a beijou e tomou a malinha.

Está tão magro, ela disse. Ele olhou dentro daqueles olhos azuis como um homem tendo uma visão do futuro incriado do universo. Mal tinha fôlego para falar e disse a ela que estava muito bonita e ela sorriu e nos olhos dela havia uma tristeza que ele tinha visto pela primeira vez na noite em que ela fora ao seu quarto e ele soube que embora fizesse parte daquela tristeza não era o único motivo dela.

Você está bem?, ela perguntou.

Sim. Estou bem.

E Lacey?

Ele está bem. Voltou pra casa.

Atravessaram conversando a pequena estação e ela tomou o braço dele.

Vou chamar um táxi, ele disse.

Vamos andar.

Tudo bem.

As ruas estavam cheias de gente e na Plaza de Armas carpinteiros montavam um palanque para um pódio forrado de crepe diante do Palácio do Governador onde dali a dois dias oradores iam falar por ocasião do Dia da Independência. Ele tomou a mão dela e atravessaram a rua até o hotel. Ele tentou ler o coração dela no aperto de mão mas não ficou sabendo nada.

Jantaram no restaurante do hotel. Ele nunca estivera num lugar público com ela e não estava preparado para os olhares ostensivos de homens mais velhos em mesas próximas nem para a graça com que ela os recebia. Ele comprara um maço de cigarros americanos na recepção e quando o garçom trouxe o café acendeu um e colocou-o no cinzeiro e disse que precisava contar-lhe o que acontecera.

Falou-lhe de Blevins e da *prisión* em Castelar e contou-lhe o que acontecera a Rawlins e afinal falou do *cuchillero* que desabara morto em seus braços com sua faca quebrada dentro do coração. Contou--lhe tudo. Depois ficaram calados. Quando ela ergueu os olhos estava chorando.

Fale, ele pediu.

Não posso.

Me diga.

Como sei quem é você? Sei que tipo de homem é você? Que tipo é meu pai? Você bebe uísque? Anda com prostitutas? Ele anda? Que são os homens?

Eu te contei coisas que nunca contei a ninguém. Contei tudo que tinha pra contar.

De que adianta? Que adianta?

Não sei. Acho que é só que eu acredito nisso.

Ficaram calados por um longo tempo. Finalmente ela olhou para ele. Eu contei a ele que nós éramos amantes, ela disse.

O arrepio que o atravessou era tão gelado. O salão tão quieto. Ela mal sussurrara mas ele sentia o silêncio em toda a volta e quase não podia olhar. Quando falou sua voz se perdeu.

Por quê?

Porque ela ameaçou contar a ele. Minha tia. Disse que eu tinha de parar de ver você senão contava a ele.

Não contava.

É. Eu não sei. Eu não podia suportar que ela tivesse esse poder. Eu mesma contei a ele.

Por quê?

Não sei. Não sei.

É verdade? Você contou a ele?

É. É verdade.

Ele se recostou. Levou as mãos ao rosto. Tornou a olhá-la.

Como foi que ela descobriu?

Não sei. Várias coisas. Estéban talvez. Ela me ouvia sair de casa. Me ouvia voltar.

Você não negou.

Não.

Que foi que seu pai disse?

Nada. Não disse nada.

Por que você não me contou?

Você estava na meseta. Eu teria contado. Mas quando você voltou foi preso.

Ele mandou me prender.

Sim.

Como pôde contar a ele?

Não sei. Fui tão idiota. Foi a arrogância dela. Eu disse a ela que não ia deixar que me chantageassem. Ela me deixou louca.

Você odeia ela?

Não. Não odeio ela. Mas ela disse que eu tenho de ser dona de mim e a cada vez que respiro tenta ser ela a dona de mim. Eu não odeio ela. Ela não pode evitar. Mas parti o coração de meu pai. Parti o coração dele.

Ele não disse absolutamente nada?

Não.

Que foi que ele fez?

Levantou-se da mesa e foi pro quarto.

Você contou a ele na mesa?

É.

Na frente dela?

É. Ele foi pro quarto e na manhã seguinte saiu antes do amanhecer. Selou um cavalo e partiu. Levou os cachorros. Subiu sozinho pras montanhas. Acho que ia matar você.

Ela chorava. As pessoas olhavam para a mesa deles. Ela baixou os olhos e ficou soluçando baixinho, só os ombros movendo-se e as lágrimas escorrendo pelas faces.

Não chore. Alejandra. Não chore.

Ela balançou a cabeça. Eu destruí tudo. Só queria morrer.

Não chore. Eu vou dar um jeito.

Não pode, ela disse. Ergueu os olhos e o olhou. Ele jamais vira o desespero antes. Achava que já, mas não.

Ele foi à meseta. Por que não me matou?

Não sei. Acho que tinha medo que eu me matasse.

Você se matava?

Não sei.

Eu vou dar um jeito. Você tem de deixar.

Ela balançou a cabeça. Você não entende.

Que é que eu não entendo?

Eu não sabia que ele ia deixar de me amar. Não sabia que ele podia. Agora eu sei.

Ela tirou um lenço da bolsa. Desculpe, disse. As pessoas estão olhando pra gente.

Choveu à noite e as cortinas não paravam de esvoaçar no quarto e ele ouvia o espadanar da chuva no pátio e apertava-a branca e nua contra si e ela chorou e disse que o amava e ele lhe pediu que se casasse com ele. Disse-lhe que podia ganhar a vida e que podiam ir morar no país dele e fazer sua vida lá e nada de mau lhes aconteceria. Ela não dormiu e quando ele acordou ao amanhecer ela estava de pé diante da janela usando a camisa dele.

Viene la madrugada, ela disse.

É.

Ela veio até a cama e sentou-se. Vi você num sonho. Vi você morto num sonho.

Esta noite?

Não. Há muito tempo. Antes de tudo isso. *Hice una manda.*

Uma promessa.

Sim.

Em troca de minha vida.

Sim. Carregavam você pelas ruas de uma cidade que eu nunca vi. Era de madrugada. As crianças rezavam. *Lloraba tu madre. Con más razón tu puta.*

Ele lhe pôs a mão na boca. Não diga isso. Não pode dizer isso.

Ela tomou a mão dele nas suas e tocou as veias.

Saíram de madrugada para a cidade e andaram pelas ruas. Falaram com os varredores de rua e as mulheres que abriam as lojas, lavando os degraus. Comeram num café e andaram pelos pequenos *paseos* e *callejones* onde velhos vendedores de doces, *melcochas* e *charamuscas*, expunham seus produtos nos paralelepípedos e ele comprou morangos para ela de um menino que os pesou numa pequena balança de metal e fez um *alcatruz* de jornal para jogá-los dentro. Andaram no velho Jardín Independência onde muito acima pairava um anjo branco com uma asa quebrada. Dos punhos de pedra pendiam as correntes quebradas dos grilhões que ele usava. Ele contava no coração as horas até a chegada do trem do sul que quando partisse para Torréon a levaria ou não e disse-lhe que se ela confiasse sua vida aos seus cuidados ele nunca a decepcionaria nem abandonaria e a amaria até a morte e ela disse que acreditava.

À tarde quando voltavam para o hotel ela pegou a mão dele e levou-o para o outro lado da rua.

Venha, disse. Vou lhe mostrar uma coisa.

Conduziu-o para o muro da catedral e passou pela arcada para a rua adiante.

Que é?, ele perguntou.

Um lugar.

Subiram a rua estreita e tortuosa. Passaram por uma tanoaria. Um funileiro. Entraram numa pequena *plaza* e ali ela se voltou.

Meu avô morreu aqui, disse. O pai de minha mãe.

Onde?

Aqui. Neste lugar. Plazuela de Guadalajarita.

Na revolução.

Foi. Em mil novecentos e catorze. Vinte e três de junho. Estava com a Brigada Zaragoza comandada por Raúl Madero. Tinha vinte e quatro anos. Eles vieram do norte da cidade. Cerro de Loreto. Tierra Negra. Além daqui naquele tempo tudo era *campo.* Ele morreu neste lugar estranho. *Esquina de la calle del Deseo y el callejón del Pensador Mexicano.* Não havia mãe para chorar. Como nos *corridos.* Nenhum passarinho voou. Só o sangue nas pedras. Eu queria lhe mostrar. Podemos ir.

Quién fue el Pensador Mexicano?

Un poeta. Joaquín Fernández de Lizardi. Teve uma vida de muita dificuldade e morreu jovem. Quanto à rua do Desejo, é como a calle de Noche Triste. São apenas nomes para o México. Podemos ir agora.

Quando chegaram aos aposentos a camareira fazia a limpeza e deixou-os e ele fechou as cortinas e fizeram amor e dormiram nos braços um do outro. Quando acordaram anoitecia. Ela saiu do chuveiro enrolada numa toalha e sentou-se na cama e pegou a mão dele e olhou-o de cima. Não posso fazer o que você pede, disse. Amo você. Mas não posso.

Ele via muito claramente como sua vida conduzia apenas àquele momento e depois a parte alguma. Sentiu uma coisa fria e desalmada entrar nele como outro ser e imaginou que essa coisa sorria malignamente e não tinha motivo para acreditar que ela algum dia fosse embora. Quando ela tornou a sair do banheiro estava vestida e ele a fez sentar-se na cama e tomou as mãos dela nas suas e falou com ela mas ela apenas balançou a cabeça e virou o rosto manchado de lágrimas e disse-lhe que era hora de ir e que não podia perder o trem.

Andaram pelas ruas e ela segurava a mão dele e ele levava a malinha. Atravessaram a *alameda* acima da velha arena de pedra e desceram os degraus além do coreto de pedra lavrada. Um vento seco levantara-se do sul e nos eucaliptos as graúnas pipilavam e gritavam. O sol estava baixo e um crepúsculo azul cobria o parque e as lâmpadas de gás amarelas acenderam-se ao longo dos muros do aqueduto e pelas *alamedas* entre as árvores.

Ficaram parados na plataforma e ela encostou o rosto no ombro dele e ele falou com ela mas ela não respondeu. O trem chegou bufando do sul e ficou fumaçando e estremecendo com as janelas dos vagões estendendo-se em curva pelos trilhos abaixo como grandes dominós fumegando no escuro e ele não pôde deixar de comparar aquela chegada à outra de vinte e quatro horas antes e ela tocou a corrente de prata no pescoço e virou-se e curvou-se para pegar a malinha e inclinou-se para beijá-lo uma última vez com o rosto todo molhado e então se fora. Ele a viu afastar-se como se ele próprio estivesse num sonho. Ao longo da plataforma famílias e amantes se cumprimentavam. Viu um homem com uma menina nos braços a girá-la e ela ria e quando viu seu rosto parou de rir. Ele não via como podia ficar ali parado até a partida do trem mas ficou e quando o trem se foi ele se virou e voltou para a rua.

Pagou a conta no hotel e pegou suas coisas e partiu. Foi a um bar numa rua lateral onde uma áspera música híbrida de cervejaria do norte saía atroando de uma porta aberta e se embebedou e se meteu numa briga e acordou na madrugada cinzenta numa cama de ferro num quarto verde com cortinas de papel numa janela além da qual ouvia galos cantando.

Examinou o rosto num espelho turvo. Tinha o queixo machucado e inchado. Quando movia a cabeça para um certo lugar no espelho conseguia restaurar alguma simetria aos dois lados do rosto e a dor era tolerável se mantivesse a boca fechada. Tinha a camisa rasgada e ensanguentada e a mochila sumira. Lembrava coisas da noite passada cuja realidade lhe parecia incerta. Lembrava a silhueta de um homem no fim da rua que parecia muito com Rawlins na última vez que o vira, meio virado na despedida, o paletó frouxamente pendurado no ombro. Rawlins que não viera para arruinar a casa de homem algum. A filha de homem algum. Viu uma luz sobre uma entrada na parede de ferro corrugado de um armazém onde ninguém entrava nem saía. Viu um terreno baldio numa cidade sob a chuva e no terreno uma caixa de madeira e viu um cachorro sair da caixa para a luz frouxa e pálida do poste como um cachorro de parque de diversões indiferente e atravessar tropegamente o lixo do terreno e desaparecer sem fanfarra entre as casas às escuras.

Quando saiu pela porta não sabia onde estava. Caía uma chuva fina. Tentou orientar-se por La Bufa erguendo-se acima da cidade a oeste mas logo se perdeu nas ruas tortuosas e perguntou o caminho para o centro a uma mulher e ela indicou a rua e depois ficou olhando-o seguir. Quando ele alcançou Hidalgo uma matilha de cães descia a rua correndo e ao passarem à sua frente um deles escorregou e derrapou nas pedras molhadas e caiu. Os outros voltaram-se numa rosnante massa de dentes e pelos mas o cachorro caído levantou-se antes de poder ser atacado e todos prosseguiram como antes. Ele andou até os arredores da cidade pela rodovia e ergueu o polegar. Quase não tinha dinheiro e tinha um longo caminho pela frente.

Viajou o dia todo num velho fáeton LaSalle de capota arriada dirigido por um homem de terno branco. O homem disse que aquele era o único carro daquele tipo no México. Disse que tinha viajado o mundo todo quando era jovem e estudara ópera em Milão e Buenos Aires e enquanto cruzavam o campo ele cantou árias a gesticular com muito vigor.

Com esse e outros transportes ele chegou a Torreón por volta de meio-dia do dia seguinte e foi ao hotel e pegou sua manta. Depois foi pegar o cavalo. Não se barbeara nem se lavara e não tinha outras roupas para usar e o hoteleiro ao vê-lo balançou a cabeça com simpatia e não pareceu surpreso com o seu estado. Ele meteu o cavalo no tráfego da tarde e o cavalo ficou rebelde e assustado e negaceava na rua e deu um grande coice no lado de um ônibus para grande diversão dos passageiros que se curvavam para fora e gritavam desafios da segurança das janelas.

Havia uma *armería* na calle Degollado e ele desmontou na frente dela e amarrou o cavalo a um poste e entrou e comprou uma caixa de balas para Long Colt 45. Parou numa *tienda* nos arredores da cidade e comprou algumas *tortillas* e algumas latas de feijão e salsa e um pouco de queijo e enrolou-os em sua manta e tornou a amarrá-la atrás da sela e reencheu o cantil e montou e virou o cavalo para o norte. A chuva regara todo o campo em redor e o mato à beira da estrada estava luminoso e verde com aquela lavada e flores desabrochavam por todo o campo aberto. Nessa noite ele dormiu num campo distante de qualquer cidade. Não fez fogueira. Ficou deitado ouvindo o cavalo comer o mato na ponta da corda e o vento no vazio e viu as estrelas traçarem o arco do hemisfério e morrerem na escuridão da borda do mundo e ali deitado sentia a agonia como uma estaca enterrada no coração. Imaginou que a dor do mundo era como um informe ser parasitário buscando o calor das almas do mundo onde incubar-se e achou que sabia o que tornava a pessoa suscetível a tais ataques. O que não sabia antes era que o ser parasitário não pensava e por isso não tinha como conhecer os limites dessas almas e o que temia era que não houvesse limites.

Na tarde do dia seguinte estava no fundo do *bolsón* e um dia depois entrava na região montanhosa e no terreno acidentado que ascendia para as montanhas ao norte. O cavalo não tinha condições para aquele esforço que lhe era exigido e ele era obrigado a descansá-lo com muita frequência. Cavalgava à noite para que os cascos aproveitassem a umidade ou a umidade que houvesse e enquanto cavalgava via aldeias distantes na planície brilhando com um leve fulgor amarelado na escuridão descoordenada e sabia que não podia imaginar a vida ali. Cinco dias depois chegou à noite a um pequeno *pueblo* de entroncamento anônimo para ele e parou o cavalo na encruzilhada e à luz de uma lua cheia leu os nomes das cidades marcados a fogo em tábuas de caixote e pregadas num poste. San Jerónimo. Los Pintos. La Rosita. No pé um papelão com a seta apontada na outra direção dizendo La Encantada. Ele ficou parado um longo tempo. Curvou-se e cuspiu. Olhou a escuridão para o oeste. Ao diabo, disse. Não vou deixar meu cavalo aqui.

Cavalgou a noite toda e à primeira luz da manhã com o cavalo mal se arrastando saiu puxando-o para uma elevação abaixo da qual podia distinguir os contornos de uma aldeia, as janelas amarelas nas velhas paredes de taipa onde as primeiras lâmpadas se acendiam, as finas colunas de fumaça erguendo-se verticalmente na madrugada sem vento tão paradas que a aldeia parecia pendurada por fios da escuridão. Desmontou e desenrolou seus trastes e abriu a caixa de balas e pôs meia dúzia delas no bolso e certificou-se de que o revólver tinha todas as câmaras carregadas e fechou o tambor e pôs o revólver no cinto e tornou a enrolar as coisas e a amarrar o rolo atrás da sela e montou no cavalo e entrou na aldeia.

Não havia ninguém nas ruas. Ele amarrou o cavalo na frente de uma loja e desceu até a velha escola e olhou para dentro parado na varanda. Experimentou a porta. Rodeou até o fundo e quebrou o vidro e enfiou a mão e abriu o ferrolho e entrou com o revólver na mão. Atravessou a sala e olhou a rua pela janela. Depois se voltou e foi até a mesa do capitão. Abriu a gaveta de cima e tirou as algemas e as pôs em cima da mesa. Depois se sentou e pôs os pés na mesa.

Uma hora depois chegou a criada e abriu a porta com sua chave. Ficou espantada ao vê-lo sentado ali e parou sem saber o que fazer.

Pásale, pásale, ele disse. *Está bien.*

Gracias, ela disse.

Teria atravessado a sala e ido para os fundos mas ele a deteve e a fez sentar-se numa das cadeiras dobráveis de metal encostadas na parede. Ela se sentou muito calada. Não lhe perguntou absolutamente nada. Eles esperaram.

Ele viu o capitão atravessar a rua. Ouviu as botas nas tábuas. Ele entrou com o café numa mão e o molho de chaves na outra e a correspondência debaixo do braço e ficou olhando para John Grady e o revólver que ele segurava com o cabo apoiado no tampo da mesa.

Cierra la puerta, disse John Grady.

Os olhos do capitão precipitaram-se para a porta. John Grady levantou-se. Armou o revólver. O clique do mecanismo e o outro da câmara do tambor encaixando-se no lugar ressoaram alto e claro no silêncio da manhã. A empregada tapou os ouvidos com as mãos e fechou os olhos. O capitão fechou a porta devagar com o ombro.

Que é que você quer?, perguntou.

Vim buscar meu cavalo.

Seu cavalo?

É.

Eu não estou com seu cavalo.

É melhor saber onde ele está.

O capitão olhou para a criada. Ela ainda tapava os ouvidos com as mãos mas tinha erguido o olhar.

Venha cá e largue essas coisas, disse John Grady.

O capitão foi até a mesa e depôs o café e a correspondência e ficou segurando as chaves.

Largue as chaves.

Ele pôs as chaves na mesa.

Se vire.

Está criando problemas sérios pra você.

Eu tenho problemas que o senhor nem sequer imagina. Se vire.

O capitão virou-se. John Grady curvou-se para a frente e abriu a capa do coldre que ele usava e tirou o revólver e o desarmou e pôs no cinto.

Se vire, disse.

O outro virou-se. Não recebera ordem para levantar as mãos mas levantou-as assim mesmo. John Grady pegou as algemas na mesa e enfiou-as no cinto.

Onde quer pôr a criada?

Mande?

Deixa pra lá. Vamos.

Pegou as chaves e saiu de trás da mesa e empurrou o capitão para a frente. Gesticulou para a mulher com o queixo.

Vámonos, disse.

A porta dos fundos continuava aberta e saíram e desceram o caminho até a cadeia. John Grady abriu o cadeado e a porta. Piscando para o pálido triângulo de luz sentava-se o velho como antes.

Ya estás, viejo?

Sí, cómo no.

Ven aquí.

O velho demorou muito para levantar-se. Adiantou-se arrastando os pés com uma mão na parede e John Grady disse-lhe que estava livre e podia ir. Fez sinal para que a faxineira entrasse e pediu-lhe desculpas pelo incômodo e ela lhe disse que não ligasse e ele fechou e trancou a porta.

Quando se voltou o velho continuava ali parado. John Grady mandou-o ir para casa. O velho olhou para o capitão.

No lo mire a él, disse John Grady. *Te lo digo yo. Ándale.*

O velho tomou sua mão e ia beijá-la quando John Grady a retirou.

Dê o fora daqui, disse. Não fique olhando pra ele. Vá.

O velho saiu capengando em direção ao portão e abriu-o e saiu para a rua e virou-se e fechou o portão e desapareceu.

Quando ele e o capitão subiram a rua John Grady ia montado no cavalo com os revólveres metidos no cinto e a jaqueta cobrindo-os. Tinha as mãos algemadas à frente e o capitão puxava o cavalo. Dobraram a rua até a casa azul onde morava o *charro* e o capitão bateu à porta. Uma mulher apareceu e olhou o capitão e voltou pelo *zaguán* e após algum tempo o *charro* veio até a porta e balançou a cabeça e ficou palitando os dentes. Depois tornou a olhar para John Grady.

Tenemos un problema, disse o capitão.

Ele chupou o palito. Não tinha visto o revólver no cinto de John Grady e não conseguia entender a atitude do capitão.

Ven aquí, disse John Grady. *Cierra la puerta.*

Quando o *charro* ergueu o olhar para dentro do cano do revólver John Grady pôde ver as engrenagens movendo-se em sua cabeça e tudo girando e encaixando-se no lugar. Ele pôs a mão para trás e fechou a porta. Ergueu o olhar para o cavaleiro. O sol batia em seus olhos e ele se afastou um pouco para um lado e tornou a olhar.

Quiero mi caballo, disse John Grady.

Ele olhou para o capitão. O capitão encolheu os ombros. Ele tornou a olhar para o cavaleiro e começou a desviar os olhos para a direita e depois os baixou. John Grady olhou para o outro lado da cerca de *ocotillo* onde de cima do cavalo podia ver alguns barracos de taipa e o telhado de zinco enferrujado de uma casa maior. Desceu do cavalo, as algemas pendendo de um dos pulsos.

Vámonos, disse.

O cavalo de Rawlins estava num estábulo de taipa no terreno atrás da casa. Ele lhe falou e o cavalo ergueu a cabeça ao ouvir sua voz e relinchou para ele. John Grady mandou o *charro* pegar uma brida e ficou segurando o revólver enquanto o *charro* punha a brida no cavalo e depois tomou as rédeas dele. Perguntou-lhe onde estavam os outros cavalos. O *charro* engoliu em seco e olhou para o capitão. John Grady pegou o capitão pela gola e encostou-lhe o revólver na cabeça e disse ao *charro* que se tornasse a olhar para o capitão atiraria nele. O *charro* ficou cabisbaixo. John Grady disse-lhe que não tinha mais paciência nem tempo e que o capitão era um homem morto de qualquer modo mas que ele ainda podia salvar-se. Disse-lhes que Blevins era seu irmão e que ele fizera um juramento de sangue de não voltar para seu pai sem a cabeça do capitão e que se falhasse nisso havia mais irmãos cada um esperando sua vez. O *charro* perdeu o controle dos olhos e olhou para o capitão e fechou os olhos e virou-se e agarrou o topo da pequena cabeça com uma mão. John Grady olhava o capitão e viu a dúvida anuviar o seu rosto pela primeira vez. O capitão começou a dizer alguma coisa ao *charro* mas ele o fez voltar-se puxando-o pela gola com o revólver em sua cabeça e disse-lhe que se falasse de novo atiraria nele ali mesmo.

Tú, disse. *Dónde están los otros caballos?*

O *charro* ficou parado olhando o corredor do estábulo. Parecia um extra numa peça de teatro recitando suas únicas falas.

En la hacienda de don Rafael, disse.

Atravessaram a aldeia com o capitão e o *charro* montados em pelo no cavalo de Rawlins e John Grady cavalgando atrás deles com as mãos algemadas como antes. Trazia uma brida sobre um dos ombros. Atravessaram o centro da aldeia. Velhas que varriam a rua de barro ao ar da manhã cedo paravam para vê-los passar.

Eram uns dez quilômetros até a tal *hacienda* e chegaram lá no meio da manhã e passaram pela porteira aberta e a casa rumo aos estábulos nos fundos guardados por cachorros que saltavam e latiam e corriam na frente dos cavalos.

No curral John Grady parou e retirou as algemas e as guardou no bolso da jaqueta e tirou o revólver do cinto. Depois desmontou e abriu a porteira e acenou para que eles entrassem. Levou o *grullo* para dentro e fechou a porteira e ordenou-lhes que saltassem do cavalo e indicou o estábulo com o revólver.

A construção era nova e feita de adobe e com um telhado de zinco alto. As portas na outra ponta estavam fechadas e as baias também e havia pouca luz no corredor. Ele empurrou o capitão e o *charro* para a frente sob a mira do revólver. Ouvia os cavalos bufando nas baias e os pombos arrulhando em algum lugar no sótão acima.

Redbo, chamou.

O cavalo relinchou para ele da outra ponta do estábulo.

Ele fez um gesto para que os dois andassem. *Vámonos*, disse.

Quando se voltou um homem apareceu na entrada atrás deles e ficou parado silhuetado contra a luz.

Quién está?, perguntou.

John Grady passou para trás do *charro* e encostou o revólver em suas costelas. *Respóndele*, disse.

Luis, disse o *charro*.

Luis?

Sí.

Quién más?

Raúl. El capitán.

O homem continuou hesitante. John Grady passou para trás do capitão. *Tenemos un preso*, disse.

Tenemos un preso, gritou o capitão.

Un ladrón, sussurrou John Grady.

Un ladrón.

Tenemos que ver un caballo.

Tenemos que ver un caballo, disse o capitão.

Cuál caballo?

El caballo americano.

O homem continuou parado. Depois saiu da luz da entrada. Ninguém disse nada.

Qué pasó, hombre?, gritou o homem.

Ninguém respondeu. John Grady olhava o terreno iluminado além da porta do estábulo. Via a sombra do homem parado ao lado da porta. Depois a sombra retirou-se. Ele empurrou os dois homens para o fundo do estábulo. *Vámonos*, disse.

Tornou a chamar seu cavalo e localizou a baia e abriu a porta e tirou-o de lá. O cavalo empurrou o focinho e a testa contra o peito de John Grady e John Grady falou com ele e ele relinchou e virou-se e saiu trotando para a luz na porta sem brida ou cabresto. Quando voltavam pelo corredor dois outros cavalos puseram a cabeça por cima das portas das baias. O segundo era o grande cavalo baio de Blevins.

Ele parou e olhou o animal. Ainda tinha a brida extra no ombro e chamou o *charro* pelo nome e entregou-a a ele e mandou-o pegar o cavalo e trazê-lo para fora. Sabia que o homem que aparecera no estábulo vira os dois cavalos parados no curral, um selado e com brida e outro com brida e em pelo, e calculou que ele fora em casa pegar um rifle e provavelmente estaria de volta antes que o *charro* pudesse sequer pôr a brida no cavalo de Blevins e em tudo isso estava certo. Quando o homem voltou a gritar de fora do estábulo chamou o capitão. O capitão olhou para John Grady. O *charro* ficou parado com a brida numa mão e o focinho do cavalo na curva do braço.

Ándale, disse John Grady.

Raúl, gritou o homem.

O *charro* passou a brida pelas orelhas do cavalo e ficou parado na porta da baia segurando as rédeas.

Vámonos, disse John Grady.

Cordas e cabrestos de corda e outros apetrechos pendiam do corrimão na entrada e ele pegou um rolo de corda e entregou-o ao *charro* e mandou-o amarrar uma ponta na brida do cavalo de Blevins. Sabia que não precisava verificar nada do que o homem fazia porque o *charro* não teria coragem de fazer nada errado. Seu cavalo estava parado na porta olhando para trás. Depois se voltou e olhou para o homem parado junto à parede do estábulo.

Quién está contigo?, gritou o homem.

John Grady tirou as algemas do bolso e mandou o capitão se virar e pôr as mãos para trás. O capitão hesitou e olhou para a porta. John Grady ergueu o revólver e engatilhou-o.

Bien, bien, disse o capitão. John Grady fechou as algemas em seus pulsos e empurrou-o para a frente e fez sinal ao *charro* para que trouxesse o cavalo. O cavalo de Rawlins aparecera na porta do estábulo e ficou focinhando Redbo. Ele ergueu a cabeça e os dois os olharam quando eles se aproximaram pelo corredor trazendo o outro cavalo.

No limite da linha de sombra onde a luz caía dentro do estábulo John Grady tomou a corda do *charro*.

Espera aquí, disse.

Sí.

Ele empurrou o capitão para a frente.

Quiero mis caballos, gritou. *Nada más*.

Ninguém respondeu.

Ele soltou a corda e deu uma palmada na anca do cavalo que saiu trotando do estábulo com a cabeça de lado para não pisar na corda. Lá fora encostou a testa no cavalo de Rawlins e depois ficou parado olhando o homem agachado junto à parede. O homem deve ter feito um movimento para ele porque ele jogou a cabeça para trás e piscou mas não se moveu. John Grady pegou a ponta da corda que o cavalo arrastava e passou-a por entre os braços algemados do capitão e adiantou-se e amarrou-a no mourão onde se prendia a porta do estábulo. Depois passou pela porta e pôs o cano do revólver entre os olhos do homem ali agachado.

O homem segurava o rifle à altura da cintura e deixou-o cair e ergueu as mãos. Quase no mesmo instante John Grady sentiu uma pancada nas pernas e caiu. Nem sequer ouviu o estampido do rifle mas o cavalo de Blevins ouviu e recuou sobre as patas traseiras acima dele e saltou e atingiu a ponta da corda e embaraçou-se e desabou com um grande baque na poeira. Uma revoada de pombos saiu da ponta da torreta do sótão acima para o sol da manhã. Os outros dois cavalos saíram trotando e o *grullo* pôs-se a correr ao longo da cerca. Ele segurou o revólver e tentou levantar-se. Sabia que recebera um tiro e tentava ver onde se escondia o homem. O outro homem estendeu o braço para recuperar o rifle no chão mas John Grady voltou-se e jogou-se sobre ele com o revólver e estendeu o braço e pegou o rifle e rolou e cobriu a cabeça do cavalo que estava caído e esforçando-se para levantar-se para que ficasse quieto. Depois se ergueu com cuidado para olhar.

No tire el caballo, gritou o homem atrás dele. John Grady viu o homem que atirara nele de pé na carroceria de um caminhão a uns trinta metros do outro lado do terreno com o rifle apoiado na boleia. Apontou-lhe o revólver e o homem agachou-se e olhou-o pela janela de trás da boleia e pelo para-brisa. Ele engatilhou e ergueu o revólver e abriu um buraco no para-brisa e tornou a engatilhar e apontar o revólver e girou e apontou-a para o homem atrás de si. O cavalo gemeu embaixo dele. Sentia-o respirando devagar e firme na boca do estômago. O homem ergueu as mãos. *No me mate*, disse. John Grady olhou para o caminhão. Viu as botas do homem abaixo do eixo de transmissão na traseira do veículo e estendeu-se sobre o cavalo e apontou e atirou nelas. O homem passou para trás da roda traseira e ele tornou a atirar e acertou um pneu. O homem correu de detrás do caminhão e atravessou o campo aberto em direção a um telheiro. O pneu chiava com uma única nota longa no silêncio da manhã e o caminhão começara a arriar de um lado.

Redbo e Junior continuavam de pé tremendo à sombra da parede do estábulo com as pernas ligeiramente afastadas e rolando os olhos. John Grady cobria o cavalo e apontou o revólver para o homem atrás de si e gritou para o *charro.* O *charro* não respondeu e ele o chamou de novo e mandou que trouxesse a sela e a brida para o outro cavalo e uma corda senão matava o *patrón.* Ficaram à espera. Dentro de alguns minutos o *charro* apareceu à porta. Gritava seu próprio nome como um talismã contra o mal.

Pásale, disse John Grady. *Nadie le va a molestar.*

Falou com Redbo enquanto o *charro* o selava e punha a brida. O cavalo de Blevins respirava com lenta regularidade e ele sentia a barriga quente e a camisa úmida do bafio do cavalo. Descobriu que respirava no mesmo ritmo do cavalo como se alguma parte do cavalo respirasse dentro dele e depois entrou numa união mais profunda para a qual não tinha sequer um nome. Olhou para a sua perna. A calça estava empapada de sangue e havia sangue no chão. Sentia-se dormente e estranho mas nenhuma dor. O *charro* trouxe-lhe Redbo selado e ele levantou-se de cima do cavalo e olhou-o. O cavalo rolou os olhos para ele, para o eterno azul além. Ele firmou o rifle no chão e tentou levantar-se. Quando apoiou o peso no cabo da arma uma dor branca subiu-lhe pelo lado direito e ele sugou todo o ar que conseguiu encontrar. O cavalo de Blevins moveu-se e levantou-se e esticou a corda e ouviu-se um grito vindo do estábulo e o capitão saiu tropeçando dobrado sobre si mesmo com os braços às costas erguidos na ponta da corda tremulante como alguma coisa fumigada de um buraco. Perdera o quepe e o negro cabelo escorrido caía e o rosto tinha uma cor cinza e ele lhes gritava que o ajudassem. O cavalo ao atingir a corda no primeiro tiro tinha-o suspendido e já deslocara seu ombro e ele sofria muita dor. John Grady levantou-se e desamarrou a corda do cabresto do baio e amarrou a corda que o *charro* lhe trouxera e entregou a ponta solta ao *charro* e mandou que ele a amarrasse no arção da sela de Redbo e lhe trouxesse os outros dois cavalos. Olhou para o capitão. Ele se sentava no chão ligeiramente curvado para um lado com as mãos algemadas para trás. O segundo homem ainda se ajoelhava a alguns palmos com as mãos para cima. Quando John Grady baixou o olhar para ele ele balançou a cabeça.

Está loco, disse.

Tiene razón, disse John Grady.

Mandou que chamasse o *carabinero* para fora do estábulo e ele gritou-lhe duas vezes mas o homem não quis sair. Ele sabia que não ia sair da fazenda sem que o homem tentasse detê-lo e sabia que tinha de fazer alguma coisa em relação ao enlouquecido cavalo de Blevins. *O charro* continuava segurando os cavalos e ele pegou a corda e devolveu-lhe as rédeas e mandou que fosse buscar o capitão e montá-lo no *grullo* e encostou-se no cavalo de Blevins e recuperou o fôlego e olhou sua perna. Quando olhou para o *charro* ele estava parado junto ao capitão segurando o cavalo atrás mas o capitão não queria ir a parte alguma. Ele ergueu o revólver e estava para atirar no chão na frente do capitão quando se lembrou do cavalo de Blevins. Tornou a olhar o homem ajoelhado e depois usando o rifle como muleta passou sob o pescoço do cavalo e pegou as rédeas de Redbo no chão e enfiou o revólver no cinto e ergueu-se e jogou a perna ensanguentada por cima da sela. Jogou-a com mais força do que era preciso porque sabia que se falhasse a primeira vez não poderia fazê-lo de novo e quase gritou de dor. Desatou a corda do arção e fez o cavalo recuar até onde o capitão se sentava. Levava o rifle debaixo do braço e olhava o celeiro onde o atirador se entocara. Quase atropelou o capitão ao fazer o cavalo recuar e pouco ligava se houvesse atropelado. Mandou o *charro* desatar a corda do mourão da porta do estábulo e trazê-la. Já imaginara que havia ressentimentos entre os dois homens. Quando o *charro* trouxe a ponta da corda ele mandou que a amarrasse às algemas do capitão e ele o fez e recuou.

Gracias, disse John Grady. Enrolara a corda e passou-a pelo arção e fez o cavalo avançar. Quando o capitão viu sua situação levantou-se.

Momento, gritou.

John Grady adiantou-se de olho no celeiro. O capitão ao ver a corda frouxa correndo pelo chão gritou para ele e pôs-se a correr, as mãos às costas. *Momento*, gritou.

Quando atravessaram a porteira o capitão ia montado em Redbo e ele curvado na garupa com o braço em torno da cintura do cavaleiro. Puxavam o cavalo de Blevins pela corda e tangiam os outros dois à frente. Ele estava decidido a tirar os quatro cavalos do terreiro do estábulo mesmo que morresse na estrada e além disso não pensara mais muita coisa. Tinha a perna dormente e sangrando e sentia-se pesado como um saco de farinha e a bota inundava-se de sangue. Quando cruzou a porteira o *charro* estava lá parado com o seu chapéu na mão e ele se abaixou e tomou-o e o pôs na cabeça e agradeceu com a cabeça.

Adiós, disse.

O *charro* balançou a cabeça e recuou. Ele tocou o cavalo e desceram a estrada de acesso à fazenda, ele agarrado ao capitão e meio virado de lado com o rifle na altura da cintura, de olho no curral lá atrás. O *charro* continuava na porteira mas não havia sinal dos outros dois homens. O capitão na sela à sua frente tinha um cheiro azedo e suarento. Havia desabotoado parte da frente da túnica e pusera a mão dentro para servir de tipoia. Quando passaram pela casa não se via ninguém em volta mas quando chegaram à estrada meia dúzia de mulheres e meninas da cozinha espiavam pela quina da casa.

Na estrada ele soltou Junior e o *grullo* na frente e com o cavalo de Blevins na corda atrás partiram a trote de volta a Encantada. Ele não sabia se o *grullo* ia tentar fugir ou não e desejava ter a sela sobressalente em Junior mas quanto a isso nada havia a fazer. O capitão queixava-se do ombro e tentou tomar as rédeas e depois disse que precisava de um médico e depois que precisava urinar. John Grady vigiava a estrada atrás. Urine, disse. Não pode cheirar pior do que já está cheirando.

Passaram-se uns bons dez minutos até surgirem os cavaleiros, quatro deles em galope picado, curvados para a frente, segurando os rifles ao lado. John Grady soltou as rédeas e girou e apontou o rifle e atirou. O cavalo de Blevins empinou rodopiando como um cavalo de circo e o capitão deve ter contido as rédeas de Redbo porque ele parou de chofre no meio da estrada e John Grady bateu no capitão e quase o empurrou para fora da sela. Lá atrás os cavaleiros desmontavam e corriam na estrada e ele recarregou o rifle e tornou a disparar e Redbo virou na estrada de frente para a corda e o cavalo de Blevins se descontrolara inteiramente e ele girou e bateu no braço do capitão com o cano do rifle para fazê-lo largar as rédeas e tomou-as e fez Redbo girar e bateu nele e tornou a olhar para trás. Os cavaleiros haviam deixado a estrada mas ele viu o último cavalo desaparecer no mato e sabia para que lado eles tinham ido. Curvou-se e pegou a corda e puxou o cavalo ensandecido para si e enrolou a corda e conteve e deu um puxão no cavalo e bateu novamente em Redbo e trotando lado a lado tornaram a alcançar os dois cavalos na estrada à frente e tangeram-nos para o mato e para a região ondulante a leste da aldeia. O capitão meio se voltou para ele com alguma nova queixa mas ele apenas apertou sua antipática carga com mais força, o capitão oscilando duro na sela à frente com sua dor como um manequim de loja levado para uma brincadeira.

Desceram para um *arroyo* largo e plano e ele pôs os cavalos a passo, a perna esquerda latejando horrivelmente e o capitão choramingando para que o soltasse. O *arroyo* corria para leste a julgar pelo sol e eles o seguiram por uma boa distância até que começou a estreitar-se e a tornar-se pedregoso e os cavalos soltos à frente a pisar com cuidado e a olhar para as encostas acima. Ele os tocou para a frente e eles arremeteram por sobre as pedras de basalto caídas dos barrancos acima e seguiram para a encosta norte e por um monte de cascalho pelado onde ele agarrou de novo o capitão e olhou para trás. Os cavaleiros haviam se separado em leque no campo aberto um quilômetro e meio atrás e ele contou não quatro mas seis deles antes que sumissem de vista num leito seco. Afrouxou a corda no arção diante do capitão e tornou a amarrá-la com mais folga.

Você deve estar devendo dinheiro àqueles filhos da puta, disse.

Tornou a tocar o cavalo e alcançou os outros que estavam parados olhando para trás a uns trinta metros no monte. Não havia lugar para ir no leito acima nem para se esconder no campo aberto adiante. Ele precisava de quinze minutos e não os tinha. Escorregou para baixo e pegou o cavalo de La Purísima, capengando atrás dele numa perna só e o cavalo mexendo-se e olhando-o nervosamente. Ele soltou as rédeas do arção e pisou no estribo e ergueu-se dolorosamente e voltou-se e olhou para o capitão.

Quero que você me siga, disse. E sei o que está pensando. Mas se acha que eu não posso montar é melhor pensar mais um pouco. E se tiver de ir atrás de você vou espancá-lo como um cão. *Me entiende?*

O capitão não respondeu. Conseguiu dar um sorriso sardônico e John Grady balançou a cabeça. Pode continuar sorrindo. Quando eu morrer você morre.

Virou o cavalo e tornou a descer o *arroyo*. O capitão seguiu-o. Na encosta da rocha ele desmontou e amarrou o cavalo e tirou um cigarro e acendeu-o e capengou pelas pedras e rochas caídas com o rifle na mão. Na parte abrigada da encosta parou e tirou o revólver do capitão do cinto e o pôs no chão e pegou a faca e cortou uma longa faixa de sua camisa e torceu-a num barbante. Depois o cortou em dois e amarrou-o no gatilho do revólver. Amarrou com força para puxar a trava de segurança e quebrou um graveto e amarrou-lhe o outro barbante e prendeu a outra ponta no cão do revólver. Pôs uma pedra de bom tamanho em cima do graveto para segurá-lo e puxou o revólver até o barbante armar o cão e pôs o revólver no chão e rolou uma pedra para cima dele e quando o soltou devagar ele ficou firme. Tirou uma boa baforada do cigarro para reavivá-lo e o pôs cuidadosamente na outra ponta do barbante e recuou e pegou o rifle e virou-se e voltou capengando para onde estavam os cavalos.

Pegou as garrafas de água e tirou as rédeas pela cabeça do *grullo* e bateu-lhe debaixo da queixada. Detesto ter de deixar você, amigo velho, disse. Você foi dos bons.

Entregou as garrafas de água ao capitão e pôs as rédeas no ombro e ergueu uma mão e o capitão olhou para ele e estendeu a mão boa e ele subiu com esforço para a garupa do cavalo do capitão e pegou as rédeas e virou o cavalo para tornar a subir o morro. Alcançou os cavalos soltos e tangeu-os do morro para o campo aberto. O solo era de cascalho vulcânico e difícil para tocar os cavalos mas não impossível. Ele forçou os cavalos. Havia uma meseta rochosa baixa e a perspectiva de terreno acidentado. Ainda não estava na metade quando ouviu o estalo seco do revólver que estava aguardando.

Capitão, disse. O senhor acabou de dar um tiro em defesa do homem comum.

As árvores que vira ao longe eram os anteparos de um rio seco e ele tocou os cavalos pelo mato e entrou num grupo de choupos e virou o cavalo e ficou olhando a planície que tinham atravessado lá atrás. Nenhum cavaleiro à vista. Olhou o sol no sul e julgou que ainda demoraria umas boas quatro horas até o escurecer. O cavalo estava quente e coberto de espuma e ele olhou mais uma vez o campo aberto atrás e seguiu para onde estavam os outros dois cavalos rio acima numa macega de juncos bebendo numa poça no leito seco do rio. Alcançou-os e desmontou e pegou Junior e tirou a brida do ombro e a colocou nele e com o rifle fez sinal para que o capitão descesse do cavalo. Soltou as cilhas e pôs a sela e a manta no chão e pegou a manta e jogou-a sobre Junior e encostou-se nele para pegar seu bafio. A perna começava a doer horrivelmente. Ele encostou o rifle no cavalo e pegou a sela e conseguiu pô-la e puxou a cilha e descansou e bufou com o cavalo e depois apertou a correia e afivelou-a.

Pegou o rifle e voltou-se para o capitão.

Se quer um pouco de água é melhor pegar, disse.

O capitão passou pelos cavalos apertando o braço e ajoelhou-se e bebeu e jogou água na nuca com a mão boa. Quando se levantou parecia muito sério.

Por que não me deixa aqui?, perguntou.

Não vou deixar você aqui. Você é um refém.

Mande?

Vamos.

O capitão ficou parado na dúvida.

Por que voltou?, perguntou.

Voltei pra buscar meu cavalo. Vamos.

O capitão indicou com a cabeça a ferida na perna dele, ainda sangrando. Toda a perna da calça escura de sangue.

Você vai morrer, disse.

Vamos deixar que Deus decida sobre isso. Vamos embora.

Você não tem medo de Deus?

Não tenho motivo pra ter medo de Deus. Tenho até umas continhas a acertar com ele.

Devia ter medo de Deus, disse o capitão. Você não é agente da lei. Não tem autoridade nenhuma.

John Grady apoiava-se no rifle. Voltou-se e cuspiu seco e olhou o capitão.

Monte nesse cavalo, disse. Vá na frente. Desapareça de minha vista que eu lhe dou um tiro.

A noite encontrou-os nos pés da Sierra Encantada. Seguiram por um curso de água seco acima até embaixo de um *rincón* escuro nas rochas e percorreram com dificuldade uma represa de pedras caídas no chão do leito seco e saíram sobre uma *tinaja* de pedra no centro da qual havia uma rasa bacia de água perfeitamente redonda, perfeitamente negra, onde as estrelas da noite se refletiam em perfeita quietude. Os cavalos soltos desceram hesitantes a rasa inclinação de rocha da bacia e bufaram na água e beberam.

Eles desmontaram e rodearam até o outro lado da *tinaja* e deitaram-se de bruços na rocha de onde ainda subia o calor do dia e sugaram a água fria e suave e negra como veludo e passaram água nas faces e na nuca e observaram os cavalos bebendo e beberam de novo.

Ele deixou o capitão no tanque e capengou com o rifle *arroyo* acima e recolheu mato seco trazido pela enchente e voltou capengando e fez uma fogueira na parte de cima da bacia. Abanou a chama com o chapéu e pôs mais lenha. Os cavalos à luz da fogueira refletida na água tinham uma auréola de suor que secava e mexiam-se pálidos e fantasmagóricos e piscavam os olhos rubros. Ele olhou para o capitão. O capitão deitava-se de lado na leve encosta rochosa da bacia como alguma coisa que não conseguira chegar inteiramente à água.

Ele capengou em torno dos cavalos e pegou a corda e sentou-se com a faca e cortou peias e passou-as pelas patas dianteiras deles. Depois retirou todas as balas do rifle e guardou-as no bolso e pegou uma das garrafas de água e voltou à fogueira.

Abanou a fogueira e tirou o revólver do cinto e puxou o pino do tambor e pôs o tambor cheio no bolso com as balas do rifle. Depois pegou a faca e com a ponta desatarraxou o parafuso das placas da coronha e guardou as placas e o parafuso no outro bolso. Abanou as brasas no centro da fogueira com o chapéu e com uma vara arrumou-as numa pilha e depois se curvou e enfiou o cano do revólver entre elas.

O capitão sentara-se para observá-lo.

Vão achar você, disse. Neste lugar.

A gente não vai ficar neste lugar.

Eu não posso montar mais.

Vai ficar surpreso com o que pode fazer.

Tirou a camisa e ensopou-a na *tinaja* e voltou à fogueira e tornou a abanar as chamas com o chapéu e depois tirou as botas e desafivelou o cinto e baixou a calça.

A bala do rifle entrara-lhe na coxa no alto do lado de fora e o ferimento de saída era uma rotação atrás de modo que virando a perna ele podia ver claramente as duas feridas. Pegou a camisa e com muito cuidado limpou o sangue até que os ferimentos ficaram visíveis e nus como dois buracos numa máscara. A área em torno das feridas estava descorada e parecia roxa à luz da fogueira e a pele em redor amarela. Ele se curvou e passou uma vareta no meio da estrutura da coronha do revólver e sacudiu-o para cima e afastado do fogo à sua sombra e olhou-o e o pôs de volta. O capitão sentava-se segurando o braço no colo observando-o.

Vai ficar meio barulhento aqui, ele disse. Cuidado pra não ser atropelado por um cavalo.

O capitão não respondeu. Observava-o abanando o fogo. Quando ele tirou outra vez o revólver do meio das brasas a ponta do cano fulgia com um calor rubro mortiço e ele o colocou nas rochas e pegou-o com cuidado pela coronha com a camisa molhada e enterrou o cano incandescente com cinza e tudo no buraco em sua perna.

O capitão ou não sabia o que ele ia fazer ou sabendo não acreditara. Tentou levantar-se e caiu de costas e quase deslizou para dentro da *tinaja.* John Grady começara a berrar mesmo antes de o metal do revólver chiar na carne. Seu berro silenciou os gritos de outras criaturas menores por toda parte na noite em torno e os cavalos todos ficaram parados boiando na escuridão além da fogueira e agachados aterrorizados sobre as grandes coxas gritando e pisoteando as estrelas e ele inspirou fundo e tornou a berrar e enfiou o cano da arma na segunda ferida e manteve-o por mais tempo por causa do esfriamento do metal e depois caiu de lado e soltou o revólver nas pedras onde ele matraqueou e rolou e deslizou pela bacia abaixo e desapareceu chiando na poça.

Ele mordera a polpa do polegar tremendo de agonia. Com a outra mão pegou a garrafa de água destampada sobre as pedras e derramou-a sobre a perna e ouviu a carne chiar como uma coisa num espeto e arquejou e deixou cair a garrafa e levantou-se e chamou o nome de seu cavalo baixinho e cambaleou e caiu nas pedras por causa da peia entre os outros para aliviar o pavor no coração do cavalo.

Quando se virou e estendeu a mão para pegar a garrafa de água entornada nas pedras o capitão a chutou com sua bota. Ele ergueu o olhar. O capitão de pé a seu lado apontava-lhe o rifle. Segurava-o com o cabo sob a axila e fez um gesto para cima com ele.

Levanta, disse.

Ele se levantou sobre as pedras e olhou os cavalos do outro lado do tanque. Só via dois e achou que o terceiro devia ter fugido pelo *arroyo* abaixo e não soube dizer qual o que estava faltando mas calculou que era o cavalo de Blevins. Pegou o cinto e conseguiu suspender a calça.

Onde estão as chaves?, perguntou o capitão.

Ele fez um esforço e levantou-se e voltou-se e tomou o rifle do capitão. O cão bateu com um estalido metálico surdo.

Volte pra lá e se sente, disse.

O capitão hesitou. Os olhos negros do homem voltavam-se para o fogo e ele pôde ver neles o cálculo e estava em tal fúria de dor que pensou que poderia tê-lo matado se a arma estivesse carregada. Agarrou a corrente entre as algemas e puxou o homem de lado e o capitão deu um grito baixo e saiu cambaleando curvado e segurando o braço.

Ele pegou as balas e sentou-se e recarregou o rifle. Recarregou-o bala por bala suando e arquejando e tentando concentrar-se. Não sabia como a dor deixava a pessoa idiota e pensou que devia ser o contrário senão de que adiantava? Quando estava com o rifle carregado pegou um trapo de camisa molhado e usou-o para levar um tição da fogueira para a beira do tanque onde ficou segurando-o sobre a água. A água era claríssima no poço de pedra e ele viu o revólver e entrou e curvou-se e pegou-o e enfiou-o no cinto. Andou no tanque até a água chegar-lhe à altura da coxa que era o ponto mais fundo e ficou ali tirando o sangue da calça e o fogo das feridas e falando com o seu cavalo. O cavalo tropeçou até a beira da água e parou e ele ficou de pé na *tinaja* escura com o rifle no ombro segurando o tição acima até que ele se apagou e então ele ficou segurando a brasa laranja, ainda falando com o cavalo.

Deixaram a fogueira ardendo no tanque e desceram montados o leito seco e pegaram o cavalo de Blevins e seguiram em frente. A noite estava carregada para o sul de onde tinham vindo e havia chuva no ar. Ele montava Redbo em pelo na frente da pequena caravana e parava de vez em quando para escutar mas nada havia para escutar. A fogueira no tanque lá atrás era invisível a não ser pelos reflexos nas pedras do *rincón* e enquanto eles cavalgavam foi reduzindo-se a um fraco fulgor envolto na escuridão da noite do deserto e depois desapareceu de todo.

Deixaram o leito seco e seguiram pela encosta sul do monte, o campo escuro e silencioso e ilimitado e os altos aloés passando negramente pelo monte um a um. Ele calculou que devia passar da meia-noite. Olhava o capitão lá atrás de vez em quando mas o capitão cavalgava desmoronado na sela no cavalo de Rawlins e parecia muito abatido por suas aventuras. Seguiam em frente. Ele amarrara o trapo molhado que era a sua camisa no cinto e cavalgava nu da cintura para cima e dizia ao cavalo que ia ser uma longa noite e ia mesmo.

A certa altura da noite adormeceu. O barulho do rifle caindo no chão rochoso despertou-o e ele endireitou-se e virou e voltou. Ficou parado olhando o rifle. O capitão em cima do cavalo de Rawlins olhava-o. Ele não sabia se conseguiria tornar a montar e pensou em deixar o rifle ali. Acabou escorregando para baixo e pegando o rifle e depois levou o cavalo para o lado de Junior e mandou o capitão tirar o pé do estribo e usou o estribo para montar em seu próprio cavalo e tornaram a seguir.

O amanhecer encontrou-o sentado sozinho na face de cascalho da encosta com o rifle encostado no ombro e a garrafa de água a seus pés olhando o deserto ganhar formas com a luz cinzenta. Meseta e planície, a escura forma das montanhas ao leste além das quais o sol nascia.

Ele pegou a garrafa de água e torceu a tampa e bebeu e ficou sentado segurando a garrafa. Depois tornou a beber. As primeiras barras de sol surgiram além dos cabeços de pedra das montanhas ao leste e estenderam-se por oitenta quilômetros sobre a planície. Nada se mexia. Na encosta de frente para o vale a um quilômetro e meio alguns gamos parados olhavam-no.

Ele ficou sentado por um longo tempo. Quando tornou a subir o morro para os cedros onde deixara os cavalos o capitão sentava-se no chão e parecia muito maltratado.

Vamos embora, ele disse.

O capitão ergueu o olhar. Não posso ir mais adiante, disse.

Vamos embora, ele disse. *Podemos descansar un poco más adelante. Vámonos.*

Desceram o morro e subiram por um comprido e estreito vale em busca de água mas não havia nenhuma. Desceram e atravessaram o vale rumo a leste e o sol já ia alto e dava-lhe uma boa sensação nas costas e ele amarrou a camisa em torno da cintura para secar. Quando chegaram à crista acima do vale a manhã já ia a meio e os cavalos achavam-se em péssimo estado e ocorreu-lhe que o capitão podia morrer.

Encontraram água em um reservatório de pedra e desmontaram e beberam no cano e deram de beber aos cavalos e sentaram-se nas faixas de sombra dos carvalhos mortos e retorcidos junto ao tanque e ficaram olhando o campo aberto abaixo. Viam algumas cabeças de gado a um quilômetro e meio talvez. Os bois olhavam para o leste, sem pastar. Ele virou-se para ver o que eles olhavam mas nada havia ali. Olhou para o capitão, uma figura pálida e murcha. Faltava-lhe o salto de uma bota. Havia rajas cinzentas e negras de cinza da fogueira nas pernas de sua calça e o cinto afivelado pendia numa volta do pescoço onde ele o usava como tipoia para o braço.

Não vou matar você, ele disse. Não sou igual a você.

O capitão não respondeu.

Ele se levantou e tirou as chaves do bolso e usando o rifle para apoiar-se aproximou-se capengando e curvou-se e pegou os pulsos do capitão e tirou as algemas. O capitão olhou os pulsos. Estavam descorados e feridos das algemas e ele ficou sentado esfregando-os de leve. John Grady ficou parado a seu lado.

Tire a camisa, disse. Vou encaixar esse ombro.

Mande?

Quítese su camisa.

O capitão fez que não com a cabeça e segurou o braço contra o peito como uma criança.

Não se amue comigo. Não estou pedindo, estou mandando.

Cómo?

No tiene otra salida.

Tirou a camisa do capitão e estendeu-a e o fez deitar-se de barriga para cima. O ombro estava seriamente descorado e todo o braço um roxo forte. Ele ergueu o olhar. Gotas de suor brilhavam em sua testa. John Grady sentou-se e pôs a bota na axila do capitão e pegou o braço pelo pulso e o cotovelo e girou-o de leve. O capitão olhava-o como um homem que cai de um penhasco.

Não se preocupe, ele disse. Minha família vem praticando medicina em mexicanos há cem anos.

Se o capitão decidira não gritar não conseguiu. Os cavalos assustaram-se e correram e tentaram esconder-se um atrás do outro. Ele estendeu a mão e agarrou seu braço como se quisesse reclamá-lo mas John Grady sentira a junta estalar encaixando-se e agarrou o ombro e girou o braço outra vez enquanto o capitão jogava a cabeça para trás e arquejava. Depois ele o soltou e pegou o rifle e levantou-se.

Está compuesto?, arquejou o capitão.

Está. Você está todo inteiro.

Ele estendeu o braço e ficou piscando os olhos.

Vista a camisa e vamos embora, disse John Grady. Não vamos ficar aqui sentados em campo aberto até seus amigos aparecerem.

Subindo as baixas montanhas passaram por uma pequena *estancia* e desmontaram e atravessaram a pé os restos de um milharal e encontraram alguns melões e sentaram-se nas pedregosas leiras lavadas e comeram-nos. Ele desceu capengando as fileiras e colheu melões e levou-os para o outro lado do campo onde estavam os cavalos e abriu-os no chão aos pés deles para alimentá-los e levantou-se e ficou apoiado no rifle e olhou a casa. Alguns perus andavam no terreiro e havia um curral de estacas além da casa no qual se viam vários cavalos. Ele voltou e pegou o capitão e montaram e seguiram em frente. Quando olhou para trás de cima do morro acima da *estancia* viu que ela era mais extensa. Havia um conjunto de casas além da casa e ele podia ver os quadrângulos formados pelas cercas e as paredes de adobe e as valas de irrigação. Várias cabeças de gado magro com as costelas aparecendo espalhavam-se pelo mato. Ele ouviu um galo cantar no calor do meio-dia. Ouviu um martelar de metal distante como alguém numa forja.

Atravessaram os morros num passo pesado. Ele descarregara o rifle para poupar-se de segurá-lo e o prendera no saiote da sela do cavalo do capitão e remontara o revólver enegrecido pelo fogo e o carregara e o pusera no cinto. Montava o cavalo de Blevins e o animal tinha um passo leve e sua perna não parara de doer mas era a única coisa que o mantinha acordado.

Ao anoitecer na borda oriental da meseta ele parou e estudou a região enquanto os cavalos descansavam. Um gavião e sua sombra que deslizava como um pássaro de papel cruzaram as encostas abaixo. Ele estudou o terreno a sua frente e depois de um tempo viu os cavaleiros. Estavam talvez a uns oito quilômetros de distância. Ele ficou observando-os e eles desapareceram num corte ou numa sombra. Depois tornaram a reaparecer.

Ele montou e seguiram em frente. O capitão dormia oscilando na sela com o braço passado pelo cinto. Estava fresco na região mais elevada e quando o sol se pusesse iria fazer frio. Ele seguiu em frente e antes do escurecer encontraram uma funda ravina na encosta norte da montanha que haviam atravessado e desceram e encontraram água parada entre as rochas e os cavalos desceram tropeçando e beberam.

Ele tirou a sela de Junior e passou as algemas do capitão pelos estribos de madeira e disse-lhe que podia ir até onde achasse que podia carregar a sela. Depois fez uma fogueira nas pedras e abriu um buraco no chão com o pé para seus quadris e esticou a perna dolorida e pôs o revólver no cinto e fechou os olhos.

No sono ouvia os cavalos pateando nas pedras e bebendo nas rasas poças na escuridão onde as rochas eram lisas e retilíneas como pedras de ruínas antigas e a água pingava dos focinhos e escorria como água a correr para um poço e no sono ele sonhou com cavalos e os cavalos no sonho moviam-se gravemente entre as pedras viradas como cavalos que encontram um antigo sítio onde alguma ordem do mundo deu errado e se alguma coisa fora escrita nas pedras o tempo a apagara e os cavalos eram cautelosos e moviam-se com grande circunspecção no sangue como faziam com a lembrança daquele e de outros lugares onde houvera e voltaria a haver cavalos. Finalmente o que ele viu no sonho era que a ordem no coração do cavalo era mais durável porque estava escrita num lugar onde chuva alguma poderia apagá-la.

Quando acordou três homens o cercavam. Traziam serapes nos ombros e um deles segurava o rifle descarregado e todos tinham revólveres. A fogueira ardia com o mato que eles tinham empilhado mas ele sentia muito frio e não tinha como saber quanto tempo dormira. Sentou-se. O homem do rifle estalou os dedos e estendeu a mão.

Deme las llaves, disse.

Ele enfiou a mão no bolso e tirou as chaves e entregou-as. Ele e um dos outros homens aproximaram-se de onde o capitão se sentava acorrentado à sela do outro lado da fogueira. O terceiro homem permaneceu a seu lado. Libertaram o capitão e o que tinha o rifle voltou.

Cuáles de los caballos son suyos?, perguntou.

Todos son míos.

O homem estudou seus olhos à luz da fogueira. Voltou para junto dos outros e confabularam. Quando voltaram com o capitão este tinha as mãos algemadas para trás. O homem do rifle o abriu e ao ver que estava descarregado encostou-o numa pedra. Olhou para John Grady.

Dónde está su serape?, perguntou.

No tengo.

O homem soltou a manta dos próprios ombros e tirou-a lentamente como um toureiro e entregou-a a ele. Depois se voltou e saiu da luz da fogueira para onde seus cavalos esperavam no escuro com outros companheiros, outros cavalos.

Quiénes son ustedes?, ele gritou.

O homem que lhe dera o serape voltou-se além da área da luz e tocou a aba do chapéu. *Hombres del país*, disse. Depois partiram.

Homens do país. Ele ficou sentado ouvindo-os afastar-se da ravina montados e depois desapareceram todos. Jamais tornou a vê-los. Pela manhã selou Redbo e tangendo os outros dois cavalos na frente subiu a ravina e virou para o norte pela meseta.

Cavalgou o dia todo e o dia escureceu à frente e um vento frio soprava do sul. Ele tornou a carregar o rifle e o pôs atravessado no arção da sela e continuou com o serape nos ombros e tangendo os cavalos soltos na frente. Ao anoitecer toda a região norte estava escura e o vento era frio e ele tateava o caminho pela região de fronteira através de campinas pantanosas cobertas de mato e rocha vulcânica partida e sentou-se acima de uma *bajada* de planalto no crepúsculo frio e azul com o rifle atravessado nos joelhos enquanto os cavalos amarrados pastavam lá atrás e na última luz suficiente para ver a massa de mira de ferro do rifle cinco gamos entraram na *bajada* e ergueram as orelhas e pararam e depois se curvaram para pastar.

Ele escolheu o menor deles e atirou. O cavalo de Blevins levantou-se uivando onde ele o amarrara e os gamos na *bajada* afastaram-se aos saltos e desapareceram no crepúsculo e o pequeno gamo ficou esperneando.

Quando ele o alcançou ele jazia em seu sangue no mato e ele se ajoelhou com o rifle e pôs a mão no pescoço dele e ele o olhou e seus olhos estavam quentes e úmidos e não havia medo neles e ele morreu. Ele ficou olhando-o por um longo tempo. Pensou no capitão e imaginou se estaria vivo e pensou em Blevins. Pensou em Alejandra e lembrou-se da primeira vez que a vira passando pela estrada da *ciénaga* ao anoitecer com o cavalo ainda molhado por ela tê-lo metido no lago e lembrou-se dos pássaros e do gado parado no capim e dos cavalos na meseta. O céu estava escuro e um vento frio cortava a *bajada* e na luz agonizante um tom azul frio tornava os olhos do gamo apenas mais uma coisa daquelas entre as quais ele jazia naquela paisagem a escurecer. Capim e sangue. Sangue e pedra. Pedras e os medalhões negros que as primeiras gotas de chuva abriam nelas. Lembrou-se de Alejandra e da tristeza que vira pela primeira vez na curva de seus ombros e que pensara entender e da qual nada sabia já que era uma criança e sentia-se inteiramente estranho ao mundo embora ainda o amasse. Pensou que na beleza do mundo havia um segredo oculto. Pensou que o coração do mundo batia a um custo terrível e que a dor do mundo e sua beleza moviam-se numa relação de equidade divergente e que nesse déficit invertido o sangue das multidões podia em última análise ser cobrado pela visão de uma única flor.

De manhã o céu estava claro e fazia muito frio e havia neve nas montanhas ao norte. Quando acordou ele compreendeu que sabia que seu pai estava morto. Raspou as brasas e soprou o fogo e assou tiras cortadas do traseiro do gamo e envolto na manta ficou sentado comendo e olhando a região ao sul de onde viera.

Seguiram em frente. Ao meio-dia os cavalos estavam na neve e havia neve no passo e os cavalos pisavam e quebravam finas lâminas de gelo na trilha onde o degelo corria pela terra negra molhada escura como tinta e eles subiram mourejando pelos trechos de neve e desceram pela encosta norte por entre bolsas de sol, bolsas de sombra, onde o ar cheirava a resina e pedra molhada e nenhum pássaro cantava.

Com o dia terminando viu luzes ao longe e seguiu na direção delas sem parar e em plena noite profundamente exaustos ele e os cavalos chegaram à aldeia de Los Picos.

Uma única rua de lama esburacada pelas chuvas recentes. Uma miserável *alameda* onde se erguia um mirante de arbustos em ruínas e alguns velhos bancos de ferro. As árvores da *alameda* estavam recém-caiadas e a parte superior dos troncos perdia-se na escuridão acima da luz das poucas lâmpadas ainda ardendo de modo que pareciam árvores de palco recém-saídas dos moldes. Os cavalos pisavam com muita cautela entre os sulcos secos de lama da rua e cachorros latiam para eles por trás de portões de madeira e portas por onde passavam.

Estava frio quando ele acordou pela manhã e voltara a chover. Acampara no lado norte da aldeia e acordou molhado e com frio e cheirando mal e selou o cavalo e voltou para a aldeia enrolado no serape e tangendo os dois cavalos à frente.

Na *alameda* haviam armado umas poucas mesas de dobrar metálicas e meninas amarravam fitas de papel acima. Estavam molhadas da chuva e riam e atiravam os rolos de papel crepom por cima dos fios e tornavam a pegá-los e a tinta desprendia-se do papel e elas tinham as mãos vermelhas e verdes e azuis. Ele amarrou os cavalos na frente da *tienda* pela qual passara na noite anterior e entrou e comprou um saco de aveia para os cavalos e pediu emprestado um balde de zinco para dar-lhes de beber e ficou parado na *alameda* apoiado no rifle vendo-os beber. Achou que atrairia alguma curiosidade mas as pessoas apenas o cumprimentavam gravemente com a cabeça e passavam adiante. Ele levou o balde de volta à loja e desceu a rua até onde havia um pequeno café e entrou e sentou-se a uma das três pequenas mesas de madeira. O chão do café era de terra batida recém-varrida e ele o único cliente. Encostou o rifle à parede e pediu *huevos revueltos* e uma xícara de chocolate e sentou-se e esperou chegar e comeu muito devagar. A comida era boa para seu gosto e o chocolate preparado com *canela* e ele o tomou e pediu outro e dobrou uma *tortilla* e comeu e ficou vigiando os cavalos na praça do outro lado da rua e as meninas. Elas tinham enfeitado o mirante com papel crepom deixando-o parecido com festões de mato. O dono mostrou-lhe grande cortesia e trouxe-lhe novas *tortillas* quentes do *comal* e disse que ia haver um casamento e seria uma pena se chovesse. Perguntou de onde ele vinha e mostrou surpresa por ter ele vindo de tão longe. Ficou em pé à janela do café vazio observando as atividades na praça e disse que era bom que Deus escondesse as verdades da vida dos garotos quando começavam a vida senão eles não teriam coragem sequer de começar.

No meio da manhã a chuva parara. A água pingava das árvores na *alameda* e o papel crepom pendia em tiras encharcadas. Ele ficou junto aos cavalos e viu o grupo do casamento sair da igreja. O noivo usava um terno negro fosco grande demais para ele e parecia não nervoso mas meio desesperado, como se não estivesse acostumado com roupas. A noiva estava envergonhada e agarrava-se a ele e os dois pararam nos degraus para a fotografia e em seus trajes formais antigos ali postados na frente da igreja já tinham a aparência das velhas fotos. No monocromo sépia do dia de chuva naquela aldeia perdida tinham envelhecido instantaneamente.

Na *alameda* uma velha num *rebozo* preto inclinava as mesas e cadeiras de metal para que a água escorresse. Ela e outras começaram a servir comida de baldes e cestas e um grupo de três músicos em sujos ternos prateados aguardava com seus instrumentos. O noivo pegou a mão da noiva para ajudá-la a atravessar a água empoçada na frente dos degraus da igreja. Na água eram figuras cinzentas refletidas contra um céu cinzento. Um menino correu e pisou na poça e espadanou um lençol da água lodosa cinzenta em cima deles e fugiu com seus companheiros. A noiva agarrou-se ao marido. Ele armou uma carranca e olhou os meninos mas não podia fazer nada e ela baixou os olhos para seu vestido e olhou para ele e deu uma risada. O marido riu e os outros do grupo também e atravessaram a rua rindo e olhando uns para os outros e entraram na *alameda* entre as mesas e os músicos puseram-se a tocar.

Com os últimos trocados ele comprou café e *tortillas* e algumas frutas e feijão enlatados. As latas estavam havia tanto tempo na prateleira que tinham empretecido e os rótulos desbotado. Quando ele passou pela rua o grupo do casamento sentava-se às mesas comendo e os músicos haviam parado de tocar e agachavam-se juntos bebendo em canecas de metal. Um homem sentado sozinho num dos bancos que parecia não fazer parte do casamento ergueu o olhar ao som de cascos vagarosos na estrada e ergueu a mão para o pálido cavaleiro passando de manta e rifle e ele retribuiu o cumprimento com a mão e seguiu em frente.

Saiu passando pelas casas baixas de taipa e tomou a estrada para o norte, uma trilha de barro que serpeava através dos pelados morros de cascalho e dividia-se e interrompia-se e finalmente terminava nos trilhos de uma mina abandonada entre as formas enferrujadas de canos e mourões de bombas e velho madeirame. Passou para a região alta do outro lado e à noite desceu a encosta norte e tomou a planície onde o verde-escuro do creosoto das chuvas se destacava em solenes colônias como se destacava mil anos e mais naquele agreste desabitado mais velho que qualquer coisa viva existente.

Seguiu em frente, os dois cavalos atrás, espantando rolinhas das poças e águas paradas e o sol caindo das nuvens escuras a oeste onde seu rubor percorria a faixa de céu acima das montanhas como se se infiltrasse em água e o frio da chuva no deserto transformava-se em dourado na luz do entardecer e depois se aprofundava num tom escuro lento na *bajada* e os montes e a nua extensão de pedra das *cordilleras* escurecia longe ao sul no México. A planície de aluvião que ele atravessava era emparedada por basalto caído e no crepúsculo as pequenas raposas-do-deserto saíam e postavam-se ao longo das paredes caladas e aristocráticas como ícones vendo a noite chegar e as pombas gritavam das acácias e depois a noite caiu escura como no Egito e houve apenas a quietude e o silêncio e o som dos cavalos respirando e de seus cascos batendo no escuro. Ele virou o cavalo para a estrela polar e seguiu em frente e cavalgaram a lua redonda saída do leste e coiotes martelavam e respondiam-se uns aos outros de um lado a outro da planície ao sul de onde tinham vindo.

Ele cruzou o rio pouco a oeste de Langtry, Texas, sob uma chuva que caía fininha. O vento no norte, o dia frio. O gado de pé cinzento e imóvel ao longo das barrancas do rio. Ele seguiu a trilha de gado por dentro dos juncos e atravessando o *carrizal* até onde a água cinzenta se espalhava sobre o cascalho.

Examinou as frias e cinzentas ondulações da corrente e desmontou e afrouxou a cilha e despiu-se e enfiou as botas nas pernas da calça como tinha feito antes naquele dia tanto tempo atrás e pôs a camisa e a jaqueta e o revólver depois e passou o cinto nas casas para fechar a cintura. Depois jogou a calça no ombro e montou nu com o rifle erguido e tangendo os cavalos à frente meteu Redbo na água.

Saiu montado para o chão do Texas pálido e tremendo e ficou parado sobre o cavalo um instante e olhou a planície para o norte onde o gado já começava a aparecer surgindo lentamente da pálida paisagem e mugindo baixinho para os cavalos e a ideia de que seu pai estava morto naquele país e ficou parado no cavalo nu sob a chuva e chorou.

Quando entrou em Langtry era no início da tarde e ainda chovia. A primeira coisa que viu foi uma camionete com o capô levantado e dois homens tentando fazê-la pegar. Um deles se ergueu e o olhou. Ele devia parecer-lhes uma assombração vinda do passado distante porque o homem cutucou o outro com o cotovelo e os dois olharam.

Como vão?, disse John Grady. Imagino se podem me dizer que dia é hoje.

Eles olharam um para o outro.

Quinta-feira, disse o primeiro.

Estou falando da data.

O homem o olhou. Olhou os cavalos parados atrás dele. A data?, perguntou.

Sim, senhor.

Dia de Ação de Graças, disse o outro homem.

Ele os olhou. Olhou a rua abaixo.

Aquele café está aberto?

Sim, está aberto.

Ele ergueu a mão do arção da sela e ia tocar o cavalo mas parou.

Nenhum de vocês quer comprar um rifle, quer?, perguntou.

Os homens entreolharam-se.

Earl talvez compre de você, disse o primeiro homem. Ele geralmente tenta ajudar as pessoas.

É o homem do café?

É.

Ele tocou a aba do chapéu. Muito obrigado, disse. Depois tocou o cavalo para a frente e desceu a rua conduzindo os cavalos atrás. Os dois observaram-no partir. Nenhum disse nada porque nada havia a dizer. O que segurava a chave de boca colocou-a no para-lama e os dois ficaram olhando até que ele dobrou a esquina no café e nada mais havia para ver.

Ele correu a região da fronteira durante semanas procurando o dono do cavalo. Em Ozona pouco antes do Natal três homens entraram com uma ação judicial e o policial do condado impugnou o animal. A audiência realizou-se na sala do juiz no velho prédio de pedra do tribunal e o meirinho leu as acusações e os nomes e o juiz voltou-se e olhou para John Grady.

Filho, disse, você tem advogado?

Não, senhor, não tenho, disse John Grady. Não preciso de advogado. Só preciso falar ao senhor desse cavalo.

O juiz balançou a cabeça. Tudo bem, disse. Fale.

Sim, senhor. Se não se importa, eu gostaria de contar do começo. Da primeira vez que vi o cavalo.

Bem, se você gostaria de contar nós gostaríamos de ouvir, por isso fique à vontade.

Ele levou quase meia hora. Quando acabou perguntou se podia beber um copo de água. Ninguém falou. O juiz voltou-se para o meirinho.

Emil, pegue um copo de água pro rapaz.

Olhou para sua prancheta de anotações e voltou-se para John Grady.

Filho, vou lhe fazer três perguntas e se puder responder o cavalo é seu.

Sim, senhor. Vou tentar.

Bem, ou você sabe as respostas ou não sabe. O problema do mentiroso é que não consegue lembrar o que disse.

Eu não sou mentiroso.

Sei que não é. Isso é só pra constar. Não acredito que ninguém pudesse inventar a história que você acabou de contar.

Tornou a pôr os óculos e perguntou a John Grady o número de hectares da Fazenda Nuestra Señora de La Purísima Concepción. Depois perguntou o nome do marido da cozinheira do *hacendado.* Por último depôs as anotações e perguntou a John Grady se estava usando cuecas limpas.

Um riso abafado percorreu o tribunal mas o juiz não estava rindo nem o meirinho.

Sim, senhor. Estou.

Bem, não há mulheres aqui e por isso você não vai achar muito embaraçoso se eu lhe pedir que mostre ao tribunal os buracos de bala em sua perna. Se não quiser eu lhe pergunto outra coisa.

Sim, senhor, disse John Grady. Desafivelou o cinto e baixou a calça até os joelhos e virou a perna direita de lado para o juiz.

Está ótimo, filho. Obrigado. Agora tome sua água.

Ele puxou a calça e abotoou-a e afivelou o cinto e pegou o copo de água na mesa onde o meirinho o deixara e bebeu.

São uns buracos feios, disse o juiz. Você não teve cuidados médicos?

Não, senhor. Não tinha como.

Acho que não. Teve sorte em não pegar uma gangrena.

Sim, senhor. Eu queimei bem.

Queimou?

Sim, senhor.

Queimou com o quê?

O cano de um revólver. Queimei com o cano de um revólver quente.

Fez-se um silêncio absoluto na sala. O juiz recostou-se.

O delegado é instruído a devolver o bem em questão ao senhor Cole. Sr. Smith, providencie para que o rapaz receba seu cavalo. Filho, você está livre para ir embora e o tribunal agradece o seu depoimento. Presido o tribunal deste condado desde que é condado e nesse tempo ouvi muitas coisas que me criaram dúvidas sobre a raça humana mas esta não é uma delas. Os três queixosos neste caso eu gostaria de ver aqui em minha corte após o almoço. Isso quer dizer à uma hora da tarde.

O advogado dos queixosos levantou-se. Meritíssimo, trata-se visivelmente de um caso de erro de identidade.

O juiz fechou o caderno de anotações e levantou-se. Sim, senhor, disse. Erro grave. A audiência está encerrada.

Nessa noite ele bateu na porta do juiz quando ainda havia luzes no andar térreo da casa. Uma moça mexicana atendeu à porta e perguntou-lhe o que queria e ele disse que queria ver o juiz. Disse isso em espanhol e ela repetiu-lhe em inglês com certa frieza e mandou-o esperar.

O juiz quando apareceu à porta ainda estava vestido mas pusera um roupão de banho de flanela. Se ficou surpreso ao ver o rapaz na varanda não demonstrou. Abriu a porta de tela.

Entre, filho, disse. Entre.

Eu não queria incomodar o senhor.

Tudo bem.

John Grady agarrou seu chapéu.

Eu não vou sair aí, disse o juiz. Assim se quer falar comigo é melhor entrar.

Sim, senhor.

Entrou num longo corredor. Uma escada de corrimão erguia-se à direita para o segundo andar. A casa cheirava a cozinha e a verniz de móveis. O juiz usava chinelos de couro e atravessou em silêncio o corredor atapetado e entrou numa porta aberta à esquerda. A sala estava cheia de livros e um fogo ardia na lareira. Aqui estamos, disse o juiz. Dixie, este é John Cole.

Uma mulher grisalha levantou-se quando ele entrou e sorriu-lhe. Depois se voltou para o juiz.

Vou subir, Charles, disse.

Muito bem, Mama.

Ele voltou-se para John Grady. Sente-se, filho.

John Grady sentou-se e pôs o chapéu no colo.

Ficaram sentados.

Bem, fique à vontade, disse o juiz. Nenhuma hora é melhor que agora.

Sim, senhor. Acho que o que eu queria dizer acima de tudo é que me incomodou um pouco o que o senhor disse no tribunal. Era como se eu estivesse certo em tudo e eu não me sinto assim.

Como se sente?

Ele ficou calado olhando o chapéu. Por um longo tempo. Por fim ergueu o olhar. Não me sinto justificado, disse.

O juiz balançou a cabeça. Você não distorceu nada pra mim sobre o cavalo, distorceu?

Não, senhor. Não foi isso.

Que foi?

Bem, senhor. A moça, eu acho.

Tudo bem.

Eu trabalhei pra aquele homem e respeitei ele e nunca tive queixa nenhuma sobre o trabalho que fiz pra ele e ele foi muitíssimo bom comigo. E aquele homem subiu na montanha onde eu trabalhava e eu acho que queria me matar. E fui eu que causei isso. Só eu, mais ninguém.

Você não engravidou a moça, engravidou?

Não, senhor. Estava apaixonado por ela.

O juiz balançou a cabeça gravemente. Bem, disse. Podia estar apaixonado por ela e mesmo assim engravidá-la.

Sim, senhor.

O juiz o observava. Filho, disse, você me parece uma pessoa que talvez tenda a ser um pouco dura consigo mesma. Acho pelo que me disse que fez muito bem saindo de lá com o couro inteiro. Talvez o melhor a fazer seja seguir em frente e deixar tudo isso pra trás. Meu pai me dizia pra não remoer uma coisa que está comendo a gente.

Sim, senhor.

Tem mais alguma coisa, não tem?

Sim, senhor.

Que é?

Quando eu estava na penitenciária lá eu matei um rapaz.

O juiz recostou-se em sua poltrona. Bem, disse. Sinto saber isso.

Isso não para de me incomodar.

Você deve ter sofrido alguma provocação.

Foi. Mas isso não ajuda. Ele tentou me matar com uma faca. Eu simplesmente levei a melhor.

E por que isso o incomoda?

Não sei. Não sei nada sobre ele. Nunca nem soube o nome dele. Talvez fosse um rapaz muito bom. Eu não sei. Não sei se devia estar morto.

Ergueu o olhar. Tinha os olhos úmidos à luz da lareira. O juiz o observava.

Você sabe que ele não era um bom rapaz. Não sabe?

Sim, senhor. Imagino.

Você não gostaria de ser juiz, gostaria?

Não, senhor. Tenho certeza de que não.

Eu também não.

Senhor?

Eu não queria ser juiz. Era um jovem advogado advogando em San Antonio e voltei aqui quando meu pai ficou doente e fui trabalhar pro promotor do condado. Certamente não queria ser juiz. Acho que me sentia um bocado como você. Ainda sinto.

Que foi que fez o senhor mudar de ideia?

Não sei se mudei. Apenas vi um monte de injustiças no sistema do tribunal e vi pessoas de minha idade com as quais crescera em posições de autoridade e tinha certeza de que elas não tinham um fiapo de senso. Acho que simplesmente não tive escolha nenhuma. Simplesmente não tive escolha. Mandei um rapaz deste condado pra cadeira elétrica em Huntsville em mil novecentos e trinta e dois. Não creio que fosse um rapaz muito bom. Mas penso nisso. Faria de novo? Sim, faria.

Eu quase fiz de novo.

Fez o quê, matar alguém?

Sim, senhor.

O capitão mexicano?

Sim, senhor. Capitão. Fosse lá o que fosse. Era o que eles chamam uma *madrina.* Nem mesmo um verdadeiro oficial de paz.

Mas não matou.

Não, senhor. Não matei.

Ficaram em silêncio. O fogo consumira as brasas. Do lado de fora o vento soprava e ele ia ter de sair muito breve.

Mas eu não tinha tomado uma decisão a respeito. Disse a mim mesmo que tinha. Mas não tinha. Não sei o que ia acontecer se eles não tivessem vindo buscar ele. De qualquer modo espero que esteja morto.

Ergueu os olhos do fogo para o juiz.

Eu nem sequer estava bravo com ele. Ou achava que não estava. O garoto que ele matou, eu mal conhecia. Me senti mal. Mas ele não era nada pra mim.

Por que acha que queria matá-lo?

Não sei.

Bem, disse o juiz. Acho que isso é uma coisa entre você e o bom Deus. Não acha?

Sim, senhor. Não quero dizer que esperasse uma resposta. Talvez não tenha resposta. Só me incomodava que o senhor pensasse que eu era alguma coisa de especial. Não sou.

Bem, não é uma maneira ruim de se incomodar.

Ele pegou seu chapéu e segurou-o com as duas mãos. Parecia que ia levantar-se mas não o fez.

Teria adiantado?

Não, senhor. Mas isso não faz com que a coisa seja certa.

O juiz curvou-se de sua cadeira e pegou o atiçador na lareira e mexeu os carvões e tornou a pôr o atiçador no lugar e cruzou as mãos e olhou para o rapaz.

Que teria feito se eu não decidisse a seu favor hoje?

Não sei.

Bem, acho que é uma resposta justa.

O cavalo não era deles. Isso teria me incomodado.

É, disse o juiz. Acho que teria.

Preciso descobrir a quem pertence o cavalo. Se tornou uma mó de moinho pendurada em meu pescoço.

Não há nada de errado com você, filho. Acho que vai resolver.

Sim, senhor. Acho que vou. Se viver.

Levantou-se.

Agradeço o seu tempo. E por me receber em sua casa e tudo mais.

O juiz levantou-se. Pode voltar e me visitar quando quiser, disse.

Sim, senhor. Eu agradeço.

Estava frio mas o juiz ficou parado na varanda de roupão e chinelos enquanto ele desamarrava o cavalo e arrumava os dois outros e montava. Virou o cavalo e olhou-o ali parado na luz da porta e ergueu a mão e o juiz retribuiu e ele foi descendo a rua de uma poça de luz de poste a outra até desaparecer na escuridão.

Na manhã do domingo seguinte sentava-se num café em Brackettville Texas tomando café. Não havia mais ninguém na casa a não ser o balconista que se sentava no último tamborete da ponta do balcão fumando um cigarro e lendo o jornal. Um rádio tocava atrás do balcão e após algum tempo uma voz disse que era a Hora Evangélica de Jimmy Blevins.

John Grady ergueu a cabeça. De onde vem essa estação de rádio?, perguntou.

De Del Rio, disse o balconista.

Ele chegou a Del Rio às três e meia da tarde e quando encontrou a casa de Blevins já estava quase escurecendo. O reverendo vivia numa casa branca de madeira com um acesso de cascalho e John Grady desmontou junto à caixa de correspondência e puxou o cavalo até o fundo da casa e bateu à porta da cozinha. Uma mulherzinha loura olhou para fora. Abriu a porta.

Sim?, disse. Posso ajudar o senhor?

Sim, senhora. O reverendo Blevins está em casa?

Que deseja o senhor dele?

Bem. Acho que queria falar com ele sobre um cavalo.

Um cavalo?

Sim, senhora.

Ela olhou os cavalos parados atrás dele. Qual?, perguntou.

O baio. O maior.

Ele abençoa o cavalo, mas não põe a mão.

Senhora?

Ele não vai pôr as mãos. Em animais, não.

Quem está aí, querida?, gritou um homem da cozinha.

Um rapaz aqui com um cavalo, ela gritou.

O reverendo saiu para a varanda. Meu Deus, disse. Veja só esses cavalos.

Sinto incomodar o senhor, mas esse cavalo não é seu, é?

Meu cavalo? Eu nunca tive um cavalo em minha vida.

Quer que ele abençoe o cavalo ou não?, perguntou a mulher.

O senhor conheceu um garoto de uns catorze anos chamado Jimmy Blevins?

A gente tinha uma mula quando eu era pequeno. Uma mula grande. Manhosa que só ela também. Um garoto chamado Jimmy Blevins? Quer dizer Jimmy Blevins só?

Sim, senhor.

Não. Não que me lembre. Tem muitos Jimmy Blevins aí pelo mundo mas é Jimmy Blevins Smith e Jimmy Blevins Jones. Não passa uma semana que eu não receba uma ou duas cartas nos falando de um novo Jimmy Blevins isso ou aquilo. Não é, querida?

É, reverendo.

A gente recebe do estrangeiro, você sabe. Jimmy Blevins Chang. Esse foi o mais recente. Um velho bebê chorão. Mandam fotos, sabe. Instantâneos. Como você se chama?

Cole. John Grady Cole.

O reverendo estendeu a mão e cumprimentaram-se, o reverendo pensativo. Cole, disse. Talvez a gente tenha tido um Cole. Eu detestaria dizer que não. Já jantou?

Não, senhor.

Querida, talvez o senhor Cole gostasse de jantar com a gente. Gosta de frango com massa, sr. Cole?

Gosto, sim, senhor. Sempre tive um fraco por isso a vida toda.

Vai ter um fraco maior ainda porque minha esposa faz o melhor que o senhor já comeu.

Comeram na cozinha. Ela disse: A gente come na cozinha agora que somos só dois.

Ele não perguntou quem eram os outros. O reverendo esperou que ela se sentasse e depois curvou a cabeça e abençoou a comida e a mesa e as pessoas a ela sentadas. Foi ainda mais adiante e saiu abençoando tudo num crescendo que chegou até o país e depois a alguns países estrangeiros também e falou da guerra e da fome e das missões e outros problemas no mundo com referência particular à Rússia e aos judeus e ao canibalismo e pediu tudo isso em nome de Cristo amém e levantou-se e estendeu o braço para pegar o pão de milho.

As pessoas sempre perguntam como eu comecei, disse. Bem, não foi mistério para mim. Quando ouvi pela primeira vez um rádio eu soube pra que servia e não tive dúvida. O irmão de minha mãe montou um rádio de cristal. Comprou pelo correio. Vinha numa caixa e a gente montava. A gente morava no sul da Geórgia e tinha ouvido falar do rádio, claro. Mas nunca tinha visto um tocando com os próprios olhos. É um mundo de diferença. Bem, eu soube pra que servia. Porque não poderia haver mais desculpas, você sabe. A pessoa pode endurecer o coração até onde não mais ouça a palavra de Deus, mas se a gente liga o rádio alto mesmo? Bem, a dureza de coração não serve mais. Ele tem de ser surdo como um poste além disso. Há um propósito pra tudo no mundo, você sabe. Às vezes é difícil ver qual é. Mas o rádio? Ora, meu Deus. Não se pode tornar mais claro que isso. O rádio estava nos meus planos desde o início. Foi o que me trouxe para o ministério.

Encheu seu prato falando e depois parou de falar e comeu. Não era um homem grande mas comeu dois pratos cheios e depois uma grande porção de torta de pêssego e bebeu vários copos grandes de leitelho.

Quando acabou limpou a boca e empurrou a cadeira para trás. Bem, disse. Vai me desculpar. Preciso ir trabalhar. O Senhor não tira férias.

Levantou-se e desapareceu dentro de casa. A mulher serviu a John Grady uma segunda porção de torta e ele agradeceu e ela se recostou e ficou vendo-o comer.

Ele foi o primeiro a fazer a gente pôr as mãos no rádio, sabe?, disse.

Senhora?

Ele iniciou isso. Pôr as mãos no rádio. Rezava pelo rádio e curava todo mundo lá sentado com as mãos em cima do rádio.

Sim, senhora.

Antes disso as pessoas mandavam coisas pra gente e ele rezava sobre as coisas mas dava muitos problemas. As pessoas esperam muito de um ministro de Deus. Ele curou um monte de gente e é claro que todo mundo ouvia falar disso pelo rádio e eu não gosto de dizer isso mas a coisa ficou feia. Achei que ficou.

Ele continuou comendo. Ela o observava.

Mandaram gente morta, ela disse.

Senhora?

Mandaram gente morta. Encaixotavam e embarcavam no trem expresso. A coisa perdeu o controle. Não se pode fazer nada com gente morta. Só Jesus.

Sim, senhora.

Quer mais um pouco de leitelho?

Sim, senhora, por favor. Isto está muito bom.

Bem, me alegra que você esteja gostando.

Ela encheu o copo dele e tornou a sentar-se.

Ele trabalha muito pro seu ministério. As pessoas não fazem ideia. Sabia que a voz dele chega a todo o mundo?

É mesmo?

A gente recebe cartas da China. É difícil de imaginar. Aquelas pessoinhas sentadas em torno dos rádios lá. Ouvindo Jimmy.

Eu achava que não iam entender o que ele diz.

Cartas da França. Cartas da Espanha. Do mundo todo. A voz dele é como um instrumento, você sabe. Quando ele manda pôr as mãos. Eles podem estar em Tombuctu. Podem estar no polo Sul. Não faz diferença. A voz dele está lá. Não se pode ir a lugar nenhum onde ele não esteja. No ar. O tempo todo. É só ligar o rádio.

Claro que tentaram fechar a estação, mas foi lá no México. Foi por isso que o doutor Brinkley veio aqui. Pra fundar essa estação de rádio. Sabe que podem ouvir ele em Marte?

Não, senhora.

Bem, pois podem. Quando penso neles lá em cima ouvindo as palavras de Jesus pela primeira vez me dá vontade de chorar. E foi Jimmy Blevins que fez isso. Foi ele.

Do interior da casa veio um longo e tonitruante ressonar. Ela sorriu. Pobre querido, disse. Está simplesmente exausto. As pessoas não fazem ideia.

Ele não encontrou o dono do cavalo. Lá por fins de fevereiro tornou a vagar para o norte, arrastando os cavalos pelas valas nas beiras das estradas asfaltadas, os grandes caminhões soprando-os contra as cercas. Na primeira semana de março estava de volta a San Angelo e atravessou a região tão conhecida e chegou à cerca do pasto de Rawlins só um pouco depois do escurecer na primeira noite cálida do ano e sem vento e tudo parado e límpido nas planícies do oeste do Texas. Subiu até o estábulo e desmontou e andou até a casa. Havia uma luz no quarto de Rawlins e ele pôs dois dedos entre os dentes e assobiou.

Rawlins chegou à janela e olhou para fora. Em poucos minutos saiu da cozinha e contornou o lado da casa.

Parceiro, é você?

Sou.

Potrinho, ele disse. Potrinho.

Andou em volta dele para vê-lo à luz e olhou-o como se fosse uma coisa estranha.

Achei que você talvez quisesse seu velho cavalo, disse John Grady.

Eu não acredito. Está com Junior aí?

Está parado lá no estábulo.

Potrinho, disse Rawlins. Eu não acredito. Potrinho.

Cavalgaram na pradaria e sentaram-se no chão e deixaram os animais vagar com as rédeas caídas e ele contou a Rawlins tudo o que tinha acontecido. Ficaram sentados muito calados. A lua parada pairava no oeste e as longas formas planas das nuvens noturnas passavam na frente dela como uma frota fantasma.

Foi ver sua mãe?, perguntou Rawlins.

Não.

Você sabia que seu pai morreu.

É. Acho que sabia.

Ela tentou avisar você no México.

É.

A mãe de Luisa está bem doente.

Abuela?

É.

Como eles estão indo?

Acho que bem. Vi Arturo na cidade. Thatcher Cole arranjou um emprego pra ele na escola. Faxina e esse tipo de coisa.

Ela vai ficar boa?

Não sei. Está muito velha.

É.

Que vai fazer?

Partir.

Pra onde?

Não sei.

Podia se arranjar nas refinarias. Eles pagam muito bem.

É. Eu sei.

Podia ficar aqui em casa.

Acho que vou viajar.

Esta ainda é uma boa terra.

É. Sei que é. Mas não é minha terra.

Ele se levantou e virou-se e olhou para o norte onde as luzes da cidade pairavam sobre o deserto. Depois se afastou e pegou as rédeas e montou em seu cavalo e aproximou-se e pegou o cavalo de Blevins pelo cabresto.

Pegue seu cavalo, disse. Senão ele vai atrás de mim.

Rawlins aproximou-se e pegou o seu cavalo e ficou parado segurando-o.

Onde é sua terra?, perguntou.

Não sei, disse John Grady. Não sei onde é. Não sei o que acontece com a terra.

Rawlins não respondeu.

A gente se vê, parceiro velho, disse John Grady.

Tudo bem. A gente se vê.

Ficou segurando seu cavalo enquanto o cavaleiro se virava e se afastava e afundava lentamente na linha do horizonte. Agachou-se sobre os calcanhares para vê-lo mais um pouco mas depois de algum tempo ele desapareceu.

O dia do enterro em Knickerbocker foi frio e ventoso. Ele soltara os cavalos num pasto do outro lado da estrada e ficou lá sentado olhando a estrada ao norte onde o céu estava cinzento e se fechava e após um longo tempo apareceu o cortejo fúnebre. Um velho Packard mortuário com uma variada coleção de carros e caminhões empoeirados atrás. Pararam na estrada diante do pequeno cemitério mexicano e as pessoas saltaram na estrada e os que iam levar o caixão de ternos escuros desbotados postaram-se na traseira do carro mortuário e levaram o caixão da *abuela* para o cemitério pelo portão. Ele ficou do outro lado da estrada segurando o chapéu. Ninguém o olhou. Levaram-na para dentro do cemitério seguida por um padre e um menino de bata branca tocando um sino e enterraram-na e rezaram e choraram e gemeram e depois saíram do cemitério para a estrada amparando-se uns aos outros e chorando e entraram nos carros e manobraram um após o outro no asfalto estreito e voltaram por onde tinham vindo.

O carro mortuário já se fora. Uma camionete estava parada abaixo na estrada e ele pôs o chapéu e ficou sentado ali na encosta da vala e em pouco tempo dois homens desceram a trilha do cemitério com pás nos ombros e chegaram à estrada e puseram as pás na carroceria da camionete e entraram e manobraram e partiram.

Ele se levantou e atravessou a estrada e entrou no cemitério passando pela velha cripta de pedra lavrada e as pequenas lápides e suas pequenas recordações, as flores de papel desbotadas pelo sol, um vaso de porcelana, uma Virgem de celuloide quebrada. Os nomes ele conhecia ou conhecera. Villareal, Sosa, Reyes. Jesusita Holguín. *Nació. Falleció.* Uma garça de louça. Um copo de leite rachado. As ondulantes terras cultivadas adiante, o vento nos cedros. Armendares. Ornelos. Tiodosa Tarín, Salomer Jáquez. Epitacio Villareal Cuéllar.

Ficou parado de chapéu na mão junto à terra sem marca. Aquela mulher trabalhara cinquenta anos para sua família. Cuidara de sua mãe quando bebê e já trabalhava para a família muitos anos antes de sua mãe nascer e conhecera e cuidara dos endiabrados meninos Grady que eram tios de sua mãe e que tinham morrido todos havia muito tempo e ficou segurando o chapéu e chamou-a de *abuela* e disse-lhe adeus em espanhol e depois se virou e pôs o chapéu e voltou o rosto molhado para o vento e por um momento estendeu as mãos como para firmar-se ou para abençoar o chão ali ou talvez para diminuir a marcha do mundo que se precipitava e parecia não ligar nada para os velhos ou jovens ou ricos ou pobres ou pretos ou brancos ou eles ou elas. Nada para suas lutas, nada para seus nomes. Nada para os vivos ou mortos.

Em quatro dias de cavalgada ele cruzou o Pecos em Iraan Texas e subiu na barranca do rio onde os braços das bombas de petróleo do Campo Yates enfileiradas contra o horizonte subiam e baixavam como pássaros mecânicos. Como grandes pássaros primitivos feitos de ferro segundo informações numa terra talvez onde esses pássaros existiram outrora. Nessa época ainda havia índios acampados nas planícies do oeste e no fim do dia ele passou em sua cavalgada por um conjunto de tendas deles especadas naquele deserto flagelado e trêmulo. Estavam a meio quilômetro ao norte, apenas tendas feitas de varas e mato com umas poucas peles de cabra estendidas por cima. Os índios ficaram parados olhando-o. Ele viu que não falavam entre si nem comentavam sua passagem nem erguiam a mão em cumprimento nem gritavam para ele. Não tinham a mínima curiosidade a seu respeito. Como se soubessem tudo o que precisavam saber. Parados viram-no passar e desaparecer naquela paisagem apenas porque passava. Apenas porque ia desaparecer.

O deserto por onde ele cavalgava era vermelho e vermelha a poeira que levantava, o pó fino que empoava as pernas do cavalo que cavalgava, o cavalo que conduzia. À noite levantou-se um vento que avermelhou todo o céu à frente. Havia poucas cabeças de gado naquela região porque era terra seca de fato mas ele encontrou ao anoitecer um touro solitário rolando na poeira contra o pôr do sol sangrento como um animal em tormento sacrificial. A poeira cor de sangue soprada do sol. Tocou o cavalo com os calcanhares e seguiu em frente. Cavalgou com o sol acobreando-lhe o rosto e o vento rubro soprando do oeste a terra noturna e os passarinhos do deserto voavam chilreando entre as samambaias secas e cavalo e cavaleiro e cavalo seguiam em frente e suas longas sombras passavam engatadas como a sombra de um único ser. Passavam e empalideciam na terra a escurecer, no mundo a vir.

1ª EDIÇÃO [2017] 2 reimpressões

ESTA OBRA FOI COMPOSTA PELA ABREU'S SYSTEM EM ADOBE GARAMOND
E IMPRESSA EM OFSETE PELA LIS GRÁFICA SOBRE PAPEL PÓLEN SOFT DA
SUZANO S.A. PARA A EDITORA SCHWARCZ EM OUTUBRO DE 2023